Wieland Vagts war einer der Mitbegründer der »Hamburger Szene«. Nach einem Soziologie- und Psychologiestudim gründete er 1974 den überregional bedeutenden »LOGO-Live Club«, wo Leute wie Jango Edwards, Mathias Riechling, Karl Dall (als Talkmaster) und Gruppen wie die »1. Allgemeine Verunsicherung« entdeckt wurden. Nach acht »wilden Jahren« verkaufte er alles und zog mit seiner Freundin in ein selbst ausgebautes Wohnmobil, um mit den Freunden Dieter Bockhorn und Uschi Obermaier durch Amerika zu touren, landete aber zwei Jahre später allein auf Ibiza. Nach dem vergeblichen Versuch, dort vom Malen und Schreiben zu leben, betrieb Wieland Vagts von 1986 bis 1990 gemeinsam mit seiner Schwester Silke Höllerich, der Ex-Frau von Roy Black, in Hamburg das Prominentenlokal »Lichtfest«.

Reif für den Süden Tilo hat sein Lehrerstudium geschmissen. Angeödet von WG-Knatsch und überfüllten Seminaren und verlockt von der Aussicht, »einmal richtig Kohle zu machen«, läßt er sich von seinem Freund Koenig, einem Drahtzieher der Hamburger Szene, dazu überreden, mit »dessen« Geld seinen nebenbei im Univiertel betriebenen Müsli-Laden in eine Musikkneipe umzuwandeln: »Schneider's-Varieté« wird ein unerwarteter Erfolg.

Aber dieser Erfolg ist teuer erkauft: Hinter Koenig stehen finstere Halbweltschläger als die eigentlichen Geldgeber, die ihren Einsatz angesichts des florierenden Ladens mit Zins und Zinseszins zurückwollen. Und auch im persönlichen Bereich fordert das wilde Leben seinen Preis: Kokain, kaputte Beziehungen und nach zwei Jahren Streß die bittere Ahnung, daß Erfolg tödlich enden kann. Tilo ist endgültig »reif für den Süden«. Er verkauft alles und zieht sich im selbstgebauten Wohnmobil jahrelang nach Ibiza zurück. In der scheinbaren Idylle süßen Nichtstuns versucht Tilo dann endlich, »über dem Abgrund fliegen zu lernen«.

Wieland Vagts
Reif für den Süden

Roman

Fischer Taschenbuch Verlag

Originalausgabe
Veröffentlicht im Fischer Taschenbuch Verlag GmbH,
Frankfurt am Main, Mai 1993

Umschlaggestaltung: Friederike Simmel, Frankfurt am Main
Gesamtherstellung: Clausen & Bosse, Leck
Printed in Germany
ISBN 3-596-11778-X

Gedruckt auf chlor- und säurefreiem Papier

Prolog

Im Wohnmobil auf Ibiza. Hochsommer 1988.

Ich brauche Hilfe, stieg es wie Luftblasen in seinem durchgeschüttelten Gehirn nach oben. Ehrlich! Ich brauche wirklich Hilfe!

Und nun verlangte sein väterlicher Freund Joachim Koenig Hilfe von ihm. Tilo stand vor der »Poco Loco«-Bar in Ibiza-Stadt und grinste blödsinnig, wie er es empfand. Vorbeiflanierenden Frauen stierte er auf die Jeans und glaubte, Wünsche von den geteilten Lippen ablesen zu können. Angestrengt versuchte er, nicht an den schwerkranken Koenig zu denken.

Tilo träumte und hoffte, die Angst vor der Angst zu verlieren. Jeder Tag eine neue Fahrt zwischen Erwartung und Resignation. Wobei die Fahrtzeit immer kürzer zu werden drohte. In den letzten Jahren hatte er versucht, dem vorgelebten Hang zur Regelmäßigkeit auszuweichen. Er wollte noch nicht einmal den Anschein erwecken, vielleicht auch so zu sein, wie seine ältere Schwester ihren Mann manchmal beschrieb: »Weißt du, Tilo, Klaus ist abends der Schlüssel in der Tür, der Mantel auf dem Bügel, das Naseputzen, das Küßchen für mich, die Frage nach dem Wachstum der Rosen, die *Bild* auf der Toilette und die Tagesschau um acht.«

Er bestellte eine neue Flasche Rosado-Wein und versuchte mit flackerndem Blick zu übersehen, daß die Frau, die er seit seiner Ankunft auf Ibiza zu erobern versuchte, am Nachbartisch abwechselnd stritt oder herummachte. Und das mit ihrem Ex-Noch-Oder-Schon-Wieder-Freund Arnim, dem blonden Barbesitzer des »Poco Loco«.

Wenn die in Hamburg wüßten, kam es Tilo in den Sinn, daß er hier, von allem überfordert, eifersüchtig und allein auf einem

Barhocker saß und sich fühlte wie ein »hareico«-Würstchen, das man vor zwei Tagen aus dem Wasser genommen hatte. Vielleicht hatte Nicole, die Frau, die ihn nach drei auslaugenden Jahren kurz vor der Abreise verlassen hatte, ja doch recht. Sie hatte immer gemeint, in Tilos Paß sollte unter »Besondere Kennzeichen« stehen: »Braucht viel Zuwendung und dauernde Bestätigung. Gebende Person: Jederzeit abschaltbar«. Er wußte bis heute nicht, was seine »Ex« daran auszusetzen hatte. Brauchen wir nicht alle mehr Lob, fragte seine innere Stimme, während er so tat, als sei ihm der Mann, der sich gerade auf den Nachbarhocker quetschte, bekannt. *»Are you able to tell me, with which voice you think?«* fragte er den mit dieser philosophischen Frage völlig überraschten Neuankömmling. Denn der sah einfach an ihm vorbei. So als ob er es nur mit einem Besoffenen zu tun hatte und nicht auch mit einem irrsinnig tief Denkenden.

Blödarsch, dachte Tilo und verließ damit langsam den Zustand Generationen umfassender Geilheit. Er näherte sich der generellen Schuldzuweisungsphase, in der er sauer wurde. Sauer auf alle! Vom Feinsten! Genau! Er wollte die Insel, die ihn so freundlich aufgenommen hatte, heute nicht gut finden müssen. Er wollte, daß jemand Schuld hatte, so allgemein.

Tilo blickte kurz noch einmal bösartig zu Claudine hinüber. Er wußte ja, daß sie mit diesem Angeber von Barbesitzer in den letzten Monaten liiert gewesen war und sie das abklären wollte, ehe sie…

Aber trotzdem und überhaupt. Wieder hatte der Impfstoff versagt. Kurz vor seiner überhasteten Abfahrt aus dem von seinen Feinden überfüllten Hamburg hatte er eine lebenslustige, begeisterungsfähige junge Frau kennengelernt. Sabine, diese kleinere und harmlosere Version von der »Krankheit« Nicole, hatte der Impfstoff sein sollen, mit dem Tilo wieder einmal versucht hatte, immun gegen die große »Schwäche Frau« zu werden.

Er hatte gehofft, wenigstens Sabine in seinem Blut abwehren zu können, ihr immerhin wollte er nicht erliegen. Bei ihr sollten seine Abwehrkräfte siegen. Und nun? Wo war sie? Er wußte im Moment nicht genau, ob er die Immunität meinte oder Sabine.

Wie er da vor Wochen, an der Alster am Abschiedsmorgen, in

dem gerade fertiggestellten Wohnbus auf ihr gelegen hatte! Schweißgebadet. Um unter genauesten Anweisungen seine Latte auf ihrem Schamhügel herumflutschen zu lassen. Das konnte ja wohl auch nicht der Beginn eines Abenteurerlebens gewesen sein! Oder? Diese ständige Konzentration: Nicht zu technisch! Nicht zu beobachtend! Baucheinziehend! Den Körper im Gleichklang. Hoffentlich nicht stinkend! Und wer zu früh kommt, den bestraft die Frau sowieso? Was hatte er in seinem Leben nicht alles ertragen und zusammengelogen, um in einem kurzen Tremolo in eine Frau hineinspritzen zu können. Also ehrlich! Schon der Gedanke daran, jetzt im Zustand reduzierter rhetorischer Fähigkeiten, wie er den Totalabsturz gerne nannte – schon der Gedanke daran regte ihn fürchterlich auf. Er machte ihn krank.

Unwillkürlich preßte er das Weinglas in seiner Hand so stark, daß es klirrend zerbarst. Einen kurzen Augenblick war der blutende Tilo der Mittelpunkt der Aufmerksamkeit an den Straßentischen. Claudine blickte verwirrt zu ihm herüber. Immerhin. Dann ging das nächtliche Gemurmel und Gepresse weiter. Die Gedanken schossen wie Maschinengewehrsalven in seinem erschöpften Gehirn umher. Immer mehr fremde Menschen schoben sich an ihm vorbei. Sie machten ihm angst: diese vielen Blicke, denen er nicht standhalten konnte. In denen er nur Reaktionen auf sich sah. Nie blickte er wirklich zurück. Er fühlte sich von einer dampfenden Feindseligkeit umgeben. Er wollte sich wehren! Gegen wen? Gegen das Schamgefühl, doch nicht dem zu entsprechen, was er sich als Lebensentwurf so ausgedacht hatte? Seine eigentlich auf andere gerichtete Aggression wurde nur wieder zur Lethargie eines verwundeten Trinkers. Seine Sinne waren überreizt. Er bewertete alles falsch. Nach kurzer Zeit war er völlig erschöpft. Endlich war ihm alles gleichgültig: das Ende seines Varietés, das verlorene Geld, die Perspektivelosigkeit, die Trennung von Nicole, die Bitte seines besten Freundes um Hilfe und die Mücke auf seiner Nase.

Auch daß er nicht mehr wußte, wo sein Scheiß-Motorrad stand. Diese vielen bunten Lichter hier, entrüstete er sich, während er betont unauffällig durch die Altstadtgassen wankte. Das Ganze kam ihm vor wie ein modernes Labyrinth, aus dem keiner nüchtern herausfinden sollte. Manchmal hatte er die Furcht, aus seinem Kopf herauszuwollen und nicht zu können. Endlich kam ihm eine der verdreckten Enduro-Maschinen bekannt vor. Nach vielen vergeblichen Tritten sprang sie an. Er hatte vergessen, den Benzinhahn aufzudrehen und den Choke zu ziehen. Zum hundertsten Male wünschte er sich einen Rückwärtsgang an dem schweren Ding.

Als er kurz darauf den frischen Fahrtwind im Gesicht spürte, kam er sich vor wie Peter Fonda als *Easy Rider*. Mußte aber zugeben, daß sein Spiegelbild in einer Schaufensterscheibe eher »Werner« widerspiegelte. Eiskalt. Immerhin sah er mit der vor Fliegen schützenden Sonnenbrille ernst aus. Ernste Menschen sahen immer irgendwie besser aus als freundlich grinsende, fand er. Ein Lächeln war fast so verräterisch wie die Form der Finger. Man ist ein Haufen angesammelter Niederlagen. Nur gut, daß niemand die manchmal so armseligen Gedanken mitbekam. Wenn keiner etwas bemerkte, war alles nicht ganz so schlimm, fand er, ein wenig irre kichernd. Tränen stiegen in seine Augen, nicht nur wegen des Fahrtwindes. Mit verschleiertem Blick rauschte er auf dem Weg in den Süden der Insel, vorbei an den grellbunten Farben der Landebefeuerung des Flughafens.

Was trieb sie alle an? Die Genschers, Gottschalks oder Grafs? Waren es die Niederlagen des Alltags? Die Häßlichkeit? Eine zu große Nase? Ein Vater? Tilo verstand nicht, daß die Menschen, die es sich leisten konnten, nicht ausbrachen und sich in die Sonne legten. Er war immer noch geschockt von seiner kurzen steilen Karriere als Hamburgs bekanntester Gastronom. Er wollte erst recht nicht an den Brief denken, den Koenig (er nannte sich selbst so) ihm geschickt hatte. Tilo wußte, welche Bitte darin ausgesprochen wurde. Auch ohne daß er bisher den Mut gefunden hatte, ihn zu öffnen. Zu oft hatten beide in den Wochen vor seiner Abreise über körperliches Leiden und den Tod gesprochen. Er wußte, daß sein Freund nicht wehleidig war, und das machte ihm angst. Joachim Koenig war in den fünfziger Jahren als sechstes Kind ohne Vater in einfachen Verhältnissen aufgewachsen. Von Anbeginn an hatte er seiner Mutter und seinem fünf Jahre älteren Bruder imponieren wollen. Er wedelte um die beiden herum wie der spielbereite Dackel um die genervte Katze. Immer hatte er sich durch Originalität um Anerkennung bemüht.

Koenig hatte immer amüsanter und besser sein wollen als andere und wunderte sich bis heute darüber, daß die meisten Angepaßteren das nicht mochten. Nun fühlten sich diese grauen Mäuse am Ende bestätigt: Das hat ja auch nicht gutgehen können, nicht wahr?!

Die Geländemaschine knatterte vorbei an endlosen Salzseen und riesig aufgetürmten Salzbergen. Sie brachte ihn langsam, ohne sein bewußtes Zutun, zu seinem überlangen Wohnbus am Südstrand der Insel.

Ha! Er könnte ihnen jetzt reichlich erzählen über ihre romantischen Vorstellungen, mit einem Wohnmobil »durch die Welt zu fahren«. Sie alle würden sich wundern, wie schwarz die Nacht im Wald sein konnte. Ohne Mond oder Sternenhimmel. Mit wieviel Motten und Mücken es zu kämpfen galt, falls man Licht ins Dunkel bringen wollte. Wieviel Freude aufkommen konnte, wenn die Endlos-Kassette die Angst und die Einsamkeit der Nacht vertreiben sollte und morgens die Busbatterien leergelutscht waren. Er wollte sie alle sehen bei sechzig Grad Hitze im Bus und vierzig Grad Fieber. Übergelaufene Chemietoiletten als Folge der Eiswürfel, die man irgendwann als Dreckwasser in der Weinschorle mittrank, schmelzende Elektrokabel, explodierende Thermometer, ein überforderter Kühlschrank, neugierig kommentierende Mitmenschen an jeder Scheibe...

Für alle Besucher hatte sich Tilo inzwischen eine überlegen und lässig grinsende Miene zugelegt, mit der er jedem klarmachte, wie gut ihm das Nomadenleben bekam. Er erzählte vom Parfüm in der Luft, von dem Konzert der vielen Millionen Grillen, er schwärmte vom direkten Naturerlebnis und von der köstlichen Freiheit, ungebunden zu sein. Den armen Daheimgebliebenen schickte er Fotos: Ich und Claudine. – Ich auf dem Motorrad im Matsch. – Ich und mein Schauspielerfreund Del Gardo. Na ja. Es stimmte ja alles. Irgendwie. Und doch wollte er heute nicht. Heute wartete Koenigs Brief auf ihn, und heute schlief Claudine wahrscheinlich schon wieder bei diesem Arnim.

Heute nacht waren es vierundzwanzig Grad. Angenehm kühl,

wie er inzwischen fand. In Hamburg mußte der ständig laufende Fernsehapparat, das Opium der Regelmäßigen, ihm die nicht wirklich vorhandene Familie ersetzen. Hier gaben ihm die vor dem Bus auf Lauer liegenden wilden Hunde das Gefühl, erwartet zu werden. Nach anfänglich bösem Geknurre und Zähnefletschen hatten sie dann doch begriffen, daß er in den Bus gehörte. Jetzt freuten sie sich auf ihn. Über die weichen wedelnden Hundekörper hinwegtapsend, gelangte er in den über zehn Meter langen Bus. Er knipste umständlich jede einzelne der achtzehn Niedervoltbirnen an, die das Innere indirekt beleuchteten. Bloß keine Deckenleuchten, war die Devise seiner schwedischen Mutter gewesen: Indirekt! Immer alles indirekt beleuchten, hatte sie ihren drei Kindern eingetrichtert. So kam das Licht der Strahler sehr milde von dem gelben Samtflausch zurück.

Tilo mußte pinkeln. Schwankend versuchte er, die Original-»501«-Knöpfe zu öffnen, um am Schluß festzustellen, daß der zwischen zwei geöffneten Knöpfen Hervorlugende in seinem verknitterten Zustand nicht gerade erhebend aussah. Ein Quatsch war das mit dem »Penisneid«. Er kannte nur Schwanzangst. Bei den Männern. Sollte der sich also lieber in der Hose verstecken, stellte er ernüchtert fest. Unglaublich, daß durch so ein Organ Einstein erzeugt worden war. Oder Kim Basinger. Unvorstellbar! Tilo fühlte sich sehr allein mit seinem Eingeschrumpften am Ende der Welt.

Er dachte an seine neue Liebe hier auf Ibiza, an Claudine, die sich hoffentlich bald von diesem Stinker von Barbesitzer trennen würde. Er hatte mit ihr viel geredet. So ehrlich und so intelligent, daß er sich nicht recht traute, mit ihr zu schlafen. Glücklicherweise war Claudine ihrem Freund treu, und so fiel es nicht weiter auf. Sie hatten sich jetzt seit einer Woche nicht gesehen. Distanz schafft Harmonie und Erkenntnis, hatte er sehr vernünftig die Pause erklärt, in der Claudine sich Klarheit über ihre Gefühle verschaffen wollte.

Sie müsse wissen, hatte er getönt, daß der Weg vom Schlechten zum Guten über das noch Schlechtere führt. Er meinte den Entzug nach der Trennung von dem Barbesitzer. Claudine jedoch hatte ihn so angesehen, als ob er mit dem Schlechteren sich selbst gemeint haben könnte. Dabei hatte der Satz in dem

Philosophiebuch doch so gut geklungen. Doch das geistige Band war ein zartes Fädchen...

Tilo hatte endgültig den Faden verloren. Schnell setzte er Wasser für die Miracoli-Nudelpackung auf. Das war seit mindestens fünfzehn Jahren nachts seine Rettung. Ob wohl der Druide in *Asterix* in seinem Zaubertrank Nudeln kochte und deshalb »Miracolix« hieß, fragte er sein Spiegelbild und fand sich schon echt witzig. Nur das in verschiedene Knautschzonen gelegte Gesicht gefiel ihm beim prüfenden »Sich-Anlachen« nicht. Viel zu kleine Augen über den aufgeblähten Pausbacken. Pech, dachte er. Alles eine Sache der Knochen. Er warf eine Handvoll Salz in das siedende Wasser, und als er noch ein wenig Margarine hinzufügte, fühlte er sich wie Paul Bocuse vor der Fernsehkamera.

Er war zuviel allein! Na und? Anderen nicht zu folgen, bedeutete eben auch, nicht so viel Auswahl zu haben. Frust hatte ja glücklicherweise nicht nur der, der mit sich allein ins Bett ging. Oder? Im übrigen fand er sich existentiell tapfer hier vor der flackernden Gasflamme und den weich werdenden Hartweizennudeln.

In seinen Augen übertrieben die Frauen immer mit dem Kochen und so. Bestimmt hatten sie stets den Abwasch vor Augen und die Frage: Lohnt sich eine lebenslange Abwaschphobie für eine meist zu kurzfristige Gaumenbefriedigung. Tilo jedenfalls variierte immer wieder gern, mit steigender Wonne, seine Spaghetti. Immer wieder überraschend die Nudeln! Immer wieder neu!

Mit leichtem Schwindelgefühl schaute er hinüber zu dem ungeöffneten Brief von Joachim Koenig auf dem Eßtisch. Am Schluß hatten sie sogar einen solchen Kerl kleingekriegt, dachte er wütend. Er ahnte den Inhalt des Schreibens. Hatte er doch diese letzte Hilfe seinem Freund zugesagt. Jetzt hatte Tilo Angst vor seiner eigenen Courage. Er stand vor den verklebten Spaghetti und fühlte sich vollkommen überfordert. Wieder übermannte ihn diese niederschmetternde Beweisangst. Er konnte eigentlich viel. Darauf vertraute er. Nur nie auf Befehl.

Noch kurz vor dem Abschied in Hamburg hatte er Sabine erzählt, daß er, seit er Koenig kannte, nicht mehr so locker im Traum fliegen konnte. Immer, wenn er Koenig beweisen wollte, wie locker er in der Lage war, abzuheben, ruderte er nur verzweifelt mit den Ärmchen und machte ein paar kleine Sätze in die Luft. »Verstehst du?« hatte er die neue Freundin gefragt. »Dabei weiß ich doch jetzt, daß er und ich uns ergänzen. Daß er mir nicht überlegen sein will.«

»Logisch nicht!« hatte Sabine bestätigt. »Reichst du mir die Flora-Packung rüber?«

Tilo erklärte leicht irritiert weiter: »Koenig kennt das mit der Beweisangst selber. Er findet, daß es deshalb keinen lebensferneren Satz für ihn gibt als den von der ›Angst des Tormannes vor dem Elfmeter‹.«

»Wieso?« fragte die aufmerksam zuhörende Nachfolgerin von Nicole, »heißt das denn nicht Torwart?«

Koenig fuhr durch die Welt, weil es soviel Spaß machte, wieder nach Hause zu kommen. Koenigs Sternzeichen war Krebs. Tilos auch. Koenig war immer einer, der Wege freischlug für andere. Aber manchmal war er selbst gerade noch mit Müh und Not über die klapprige Brücke gekommen, der nächste jedoch...?

Die Tomatensoße war fertig, der Herd sah aus wie ein Schlachtfeld, aber wie immer schmeckte ihm das, was er selbst zusammengekocht hatte, vorzüglich. Sogar die fast rohen Zwiebeln. Lustvoll schmatzte er die mit stinkendem Parmesan verquirlten Spaghetti in sich hinein. Er war wirklich froh, daß ihm keine Frau dabei zusah. Eine Freundin hatte ihm mal zu verstehen gegeben, daß sie genau wüßte, wie ein Mann auf Frauen im Bett einginge, wenn sie ihn nur essen sähe. Tilo hatte damals nicht genau nachgefragt. Er verlernte immer mehr, Fragen zu stellen, von denen er wußte, daß er die Antworten schwer ertragen konnte. Er selbst stellte viel zu viele solcher Fragen, hatte Nicole einmal gesagt, ohne sich über die nichtgegebenen Antworten und das Unheil, das er damit anrichtete, im klaren zu sein.

Nach ein paar Minuten war er mit der Viererpackung Spaghetti fertig und fühlte sich bettreif. Tilo legte noch die Rod-Stewart-Kassette ein, die Nicole ihm vor Jahren zusammengeschnitten hatte, als er noch geglaubt hatte, Frauen wie sie verkraften zu können. Er kroch zusammen mit zwei Moskitos unter das hinten über dem Doppelbett hängende Netz und schlief bei ihrem Summen langsam ein. Der tägliche kleine Tod, dachte er und dachte an Koenig. Schöne Musik... Damals Kraft spendend... Jetzt zum Heulen. Scheiße. Er hatte keine Lust, den Recorder abzustellen. Hätte er doch nie dieses Buch von der Beauvoir gelesen und dann so locker über den Tod gefaselt.

Aber konnte er nach den Erlebnissen der letzten zwanzig Monate kneifen? Er würde morgen den Brief lesen. Ernüchtert!

1. Kapitel

Zwei Jahre zuvor. 1986 in Hamburg.

»Vergiß den ganzen Scheiß!« schlug Joachim Koenig gerade vor, als sie die Nachtklubtür seines Szeneladens abschlossen. »Diesen ganzen angesammelten Mist von der ›Aufopferung für eine gerechtere Gesellschaft‹. Nützlich sein wollen! Daß ich nicht lache. Geil bist du! Erfolg bei Muschis willst du haben! Dein Gesülze von heute nacht ist Selbstzerfleischung. Eine Anhäufung von Minderwertigkeitsgefühlen, weil deine Alte nicht abspritzt oder sonstwas!«

Ernüchtert, wie nur der vom Suff Genesende sein kann, staksten sie zu Koenigs 450er. Angewidert von der bläulichen Morgensonne konterte Tilo mit einem »Ja, aber...!« und beließ es dabei. Er war sich sicher, die besseren Argumente zu haben. Sein Freund Koenig, dieser selbstgefällige Szenegockel, führte ein völlig unsoziales Leben. Tilo schwieg, während der Mercedes schwebend seinen Weg zu ihrer gemeinsamen Villa in Hamburg-Niendorf fand. »Für mich seid ihr allesamt ein Haufen von Kopfickern, die ihre Kastration auch noch mit friedensbewegten Worten begrüßen«, fing Koenig erneut an. Er fummelte aus seinem schwarzen Lederanzug die wohl hundertste Zigarette dieser Nacht hervor. »Daß ihr glaubt, irgend etwas erreichen zu können. Daß irgendwann irgendwer euretwegen etwas ändert...! Tilo, mein Schatz (bis hierher und nicht weiter, dachte Tilo), lebe direkt. Schäme dich nicht für das, was Spaß macht. Und wenn dein Tod kommt, bist du schon weg.« Tilo hätte seinen Freund gerne darauf hingewiesen, daß er ihn für opportunistisch, grundsatzlos, parasitär und eingebildet hielt. Er ließ es aber, weil Koenig sich dann garantiert als zielbewußt, aufgeschlossen, charmant und stolz eingeschätzt hätte. Was ja nun auch irgendwie stimmte. Tilo war verunsichert. Schon seit Wochen, nachdem Koenig mit seiner Freundin bei ihnen eingezogen war, hatte er sich insgeheim gefragt, ob eine Frau im Mini und tiefem Ausschnitt nicht doch erstrebenswerter sei als ein weibliches Wesen, das, vollkommen in Henna getunkt, in überweitem Schlabberpulli genauso dahergelatscht kam wie die meisten »neuen Männer«.

Als die beiden nun auf die pflanzenumwucherte Villa zugingen, sah Tilo die einst als fröhlich empfundene lila Protestfarbe des Hauses in einem anderen Licht, und er war traurig. Der zehn Jahre ältere Koenig nahm seinen verwirrten Freund zärtlich in den Arm und meinte: »Komm schon, Alter! Ich glaube an dich! Du bist die intelligenteste Birne von Hamburg. Aber du mußt diesen ganzen Erziehungsmist wegreißen. Wir werden dich schon noch hinbekommen. Gelle?«

Kichernd betraten sie die grellrot lackierte Gemeinschaftsküche am Fuß der Treppe, dic zu Koenigs Zimmern führte. Acht kleine unausgeschlafene Augen musterten die Ankömmlinge unbarmherzig. Tilo vermutete, daß die »Regenerierungsphase des revolutionären Potentials« in der letzten Nacht zu kurz ausgefallen war. Vor Jahren hatten sie sich alle auf den Weg durch die Institutionen gemacht und hatten sich unterwegs aus den unterschiedlichsten Gründen im Gestrüpp ihrer wahren Bedürfnisse verfangen. Jeder von ihnen war auf seine individuelle Art schamverwundet aus den kollektiv geträumten Eitelkeiten aufgewacht.

Ohne Worte, aber mit einem vorwurfsvollen Knall, schmiß Gisela die Handzettel auf den mit ungewaschenem Geschirr bedeckten Eßtisch. Eine schon seit Tagen herumstehende Milchtüte ergoß sich auf den fettigen Fußboden. Gisela war eine großgewachsene Sozialpädagogin, die mit Richard und ihrem zweijährigen Sohn Timo im Hochkeller wohnte. Sie hatte sich aus der Umklammerung ihres patriarchalischen Elternhauses befreit und war mit wehenden Korkenzieherhaaren in die großzügigen Arme des Buddhismus geflohen. »Alles Leben ist Leiden, und das hat seine Ursache in der Begierde«, zitierte sie seither eine der »Wahrheiten« Buddhas. Gierig sog sie meditativ weise lächelnd die Weisheiten in sich auf und wandte sich gegen die

Gier eines jeden anderen. Und so kam sie sofort auf den Punkt ihrer gemeinsamen Anklage: »Tilo, du brauchst gar nicht so blöde zu grienen. Wir sollen heute im Industriehafen Handzettel verteilen und versuchen, ein Werkstor geschlossen zu halten, und du haust die ganze Nacht ab. Mit dem Autoschlüssel! Rücksichtslos, Mann! Ehrlich.«

»Ist ja immerhin mein Ford, den ihr da benutzen wollt«, warf Tilo lustlos in die Debatte und versuchte dabei angestrengt das Geschirrtuch hinter dem altertümlichen Eisenkühlschrank hervorzuzerren. »Hört euch doch nur mal diesen so typischen Rückfall in sein bürgerliches Besitzdenken an!« höhnte Richard da, die anderen drei triumphierend anblickend. Er war Soziologiestudent mit einer imponierenden Semesterzahl auf dem nachdenklich verkrümmten Buckel. Trotz seines erheblichen Weinkonsums wirkte er seltsam vertrocknet. Tilo und er hatten viele Demonstrationen zusammen überstanden und sich aufeinander verlassen können. Tilo brachte immer den gefüllten Flachmann zu den Sitzblockaden und Richard die Packung vorgedrehter Joints; Tilo die Haarbürste gegen die verwüstete Frisur nach einem Wasserwerfereinsatz und Richard die Arnika-Salbe gegen die blauen Flecken der Gummiknüppeleien.

Nur in letzter Zeit hatten sich ihre Wege offensichtlich getrennt. Richard litt darunter, daß er die Zeit bis zu seinem »Grundsatzwerk, das allumfassend alles vom Kopf auf die Füße stellen würde«, bisher nur als Verfasser von Examensarbeiten für die jüngeren Kommilitonen genutzt hatte. Außerdem litt er unter Giselas ständig geäußertem Vorwurf, daß er sie noch nie gestreichelt hatte.

Kleinlaut hatte er auf seine Ausdauer während seiner »Sexbemühungen« verwiesen, von ihr aber nur den Satz entgegengeschleudert bekommen: »Schön und gut, Richard, aber können wir nicht irgendwann einmal etwas machen, was auch mir Spaß bringt?« Richard war nicht der leibliche Vater von Timo und konnte so sehr geschickt das schlechte Gewissen Giselas für sich ausnutzen. So hielten sie durch. Richard war zu Hause immer eine große Zukunft vorausgesagt worden: als Musiker, Dichter oder zumindest als Journalist beim Fernsehen. Er hatte viele Möglichkeiten mitbekommen und fühlte sich jetzt für sein

Schicksal allein verantwortlich und zerbrach daran. Er schämte sich für sein Unvermögen, alle Anlagen zur Auszahlung zu bringen, und er wußte nicht, wie er diese Scham loswerden konnte. Es sei denn durch ständiges Gegenantrinken. Seine Aggression gegen die Herrschenden, gegen die Anforderungen der Leistungsgesellschaft wurde langsam zur Lethargie eines Süchtigen, der nur noch von glorreichen Taten reden wollte.

»Tilo!« unterbrach Richard in diesem Augenblick mit einem Seitenblick auf Koenig Tilos Gedanken. »Ehrlich, wir haben nichts dagegen gehabt, daß Nicole und du einen völlig Außenstehenden hier habt einziehen lassen. Wir haben es hingenommen, daß wir plötzlich wegen seiner Freundin, der ›berühmten‹ Tatjana Sommer, in die Klatschpresse gekommen sind. Wenn aber Joachim (er konnte ihn einfach nicht ›Koenig‹ nennen) augenscheinlich anfängt, andere dazu zu verleiten, die Zielvorstellung eines Kampfes für eine friedfertige, ökologische und soziale Gesellschaft fallenzulassen, müssen wir das neu bewerten. Wir müßten über diesen bourgeoisen, vergnügungssüchtigen Lebensstil auf Kosten anderer einen WG-Abend einberufen!«

Tilo hörte nicht wirklich zu. Er hatte das seit seiner Mitarbeit bei der »Grünen Alternativen Liste« zu oft gehört: kleinbürgerliche Eitelkeit, selbstsüchtiges Gewinnstreben, Verkennung der gesellschaftlichen Notwendigkeiten und so weiter. Während er in dem pilzüberwucherten Abwaschbecken nach einem brauchbaren Messer suchte, verabschiedete sich Koenig mit den Worten: »Was du redest, du Möchtegern-Revolutionär, ist Hundekacke. Euer Bestreben, daß alle das gleiche verdienen sollen, gleichgültig wo, ist nichts anderes als ein vorgezogener Sprung in die Urne. Das ist in meinen Augen Neid und Beamtenmentalität. Trotzdem könntest du eines wirklich tun: du könntest mir irgendwann deine Stiefel schenken. Die sind nämlich echt verschärft!« Tilo feixte.

Sofort fuhr ihn die wilde Ingrid an, und Tilo zuckte zusammen. Er erhaschte kurz den Blick, den sie bei ihrer kämpferischen Parteinahme gegen Koenig auf ihn gerichtet hatte. Tilo fürchtete immer noch ständig, daß Ingrid nicht mit seiner ihr vor Jahren im Bett offenbarten Angst umgehen konnte. Er hatte ihr seine Eitelkeiten und Komplexe eingestanden, seine ständige

Bitte, attraktiv gefunden zu werden, und seine ständige Verunsicherung. Er hatte Scham gemeint, körperliche Zurückhaltung, sie hingegen hatte wohl Prüderie verstanden. Um ihn »zu befreien«, hatte sie ihm damals während ihrer kurzen Verliebtheit einen in Glasmasse gegossenen blutigen Tampon geschenkt. Dieses »Stück bewußter Körperumgang« hing nun über besagtem Eisschrank, und keiner wagte es, diese Form der »Frauenbefreiung« wegzuwerfen. Auch setzte sie sich seitdem irgendwie erschreckend therapeutisch immer dann ›zufällig‹ vor ihm auf die Toilette, wenn Tilo ein Vollbad nahm. Ingrid war ausgebildete Psychologin und hatte wirklich überhaupt keine Ahnung von Menschen. Sie konnte alles erklären, aber nichts wirklich verstehen. Hoffte Tilo.

Sie hatte ein pfirsichhäutiges Gesicht mit einem vertrauenerweckenden Stich ins Pfannkuchenhafte. Sie wußte immer, wie viele Rollen Toilettenpapier noch da waren, wie viele Stufen zu ihrem Zimmer führten und wie viele Bücher Tilo in seinen Regalen stehen hatte. Ingrid wirkte immer sehr konzentriert, wenn sie wie fast immer nicht wirklich zuhörte. Tilo überlegte, wovon sie eigentlich lebte, und kam nicht drauf. Es war ihm heute morgen auch nicht wichtig. War es ihm überhaupt jemals wichtig gewesen? Im Augenblick fühlte er sich nur noch unverstanden von den Mitkämpfern vergangener Tage. Am Anfang, vor ungefähr drei Jahren, hatte er in dieser Wohngemeinschaft vor Lachen noch zusammenbrechen können. Alleine Ingrids urkomische Art, ihre erlernten Psychologieerkenntnisse so konsequent zu Ende zu denken, daß klar wurde, wer wirklich krank war in dieser so gut »funktionierenden« Gesellschaft.

Oder Richards entwaffnende Eitelkeit, daß »die Revolution heute nicht stattfindet, da es heute wirklich zu stark regnete«. Oder ihre ausgedehnten gemeinsamen Fahrten entlang der Elbchaussee, bei denen sie schon die Villen verteilten für die »nachimperialistische Zeit«. Wobei sich Richard immer das »Hotel Jakob« ausgesucht hatte. »Ideal für meine Zwecke, einfach ideal!« hatte er immer wieder heiter beschwipst ausgerufen.

Wo war die Fröhlichkeit geblieben? Wo der Witz? fragte sich Tilo, als er den vierten in der feindseligen Runde, den vollbärtigen Peter bat, ihm das Vollkornbrot herüberzureichen. Peter fand sich selbst witzig. Er freute sich jetzt schon das vierte Jahr über seine herrlich komische Antwort: »Genialer Gedanke, gerade Gewürzgurke gegessen!« Hinterher sagte er immer: »Ich lach' mich kaputt!« Und lachte sich dann auch immer gleich kaputt. Mit Vorliebe aß er in Bärten hängenbleibende Joghurts und glibschige Eier und trank dann direkt aus der gemeinsamen Milchtüte. Jeder fand das widerlich, doch alle »übten Toleranz«. War doch Peter auch ein Opfer »repressiver Gesellschaftsstrukturen« und mußte trotz seiner intellektuellen Fähigkeiten Taxi fahren. Er war einer jener Fahrer, die einem Gast durch eisiges Schweigen zum Thema Wetter die geistige Unterlegenheit vor Augen führen konnte.

Sein wöchentlicher Höhepunkt in punkto Teilnahme am gesellschaftlichen Leben spielte sich während zweier Stunden vor den Waschmaschinen des Automatencenters ab, das er immer am Donnerstag um dreiundzwanzig Uhr aufsuchte, obwohl sie schon lange eine eigene Lavamat im Keller hatten.

Tilo war still verzweifelt. Wenn Freundschaft auch ein Wiedererkennen im anderen bedeutete, dann waren die vier nicht mehr seine Freunde. Sollte denn dies das Ende der Fahnenstange sein? Ungeniert in der Nase zu bohren und laut pupsen zu können? Keiner wußte, wie Peter hinter dem auswuchernden rötlichen Bart wirklich aussah. Wie konnte man da Ähnlichkeiten entdecken? Überhaupt begriff Tilo wenig von der seelischen Chemie dieses offenbar völlig uneitlen Menschen. Genau wie er nie begriffen hatte, warum am Nacktbadestrand immer die welken, zu fetten und verbauten Menschen den Mut aufbrachten, Volleyball zu spielen, verstand er nicht, warum dieser mäßig sprachbegabte fette Peter sich traute, bei jeder Massenveranstaltung seinen angelesenen Senf dazuzugeben? Früher beim Kommunistischen Bund Westdeutschland, jetzt bei den Hamburger Grünen, der GAL. Tilo war dazu nicht in der Lage. Er konnte einfach vor mehr als zehn Menschen keinen rhetorischen Faden verfolgen. Aber er konnte sich ja schon beim Skatspiel kaum die ausgespielten Trümpfe merken. Was Peter ihm immer wieder und immer heftiger übelnahm.

Tilo überhörte das Gequatsche der vier wie das Rauschen der nahen Autobahn. Wenn die hier die Kernzelle eines neuen Menschenschlages darstellten, dann hielt er mehr von Koenigs Vorschlag, ihren Laden umzubauen und »konsequent richtige Kohle zu machen«. Den Laden, ein vegetarisches Bistro im Univiertel, hatten er und sein Jugendfreund Rudi Schneider in den letzten zwei Jahren aufgebaut und zum Laufen gebracht. Sie stellten die Hinterräume den GAL-Leuten zur Verfügung und unterstützten mit den Kneipengewinnen kleinere Protestaktionen. Der Laden wurde kollektiv geführt. Das hieß: die Belegschaft bestimmte ihre Löhne selbst. Natürlich blieb für Rudi und ihn zuwenig übrig, aber es reichte bisher für ein streßfreies Leben, hier im »Lila Haus« am Niendorfer Wildgehege.

Tilo warf »der kämpfenden Truppe« den Autoschlüssel zu und hörte, wie sie solidarisch empört loszogen, um die Umwelt ein wenig sauberer zu machen.

2. Kapitel

Als er am Ende des unteren Flures ihr gemeinsames Zimmer – mit Zugang zum Garten – betrat, freute er sich, daß die im Doppelbett auf dem Rücken schlafende Nicole mit der Weltverbesserung an sich nicht viel zu tun hatte. Sie wollte, daß es ihr gutging. Heute morgen war ihr Tilo einmal mehr dankbar dafür.

Am Beginn ihrer Beziehung, ungefähr zwei Jahre zuvor, hatte Tilo befürchtet, Nicoles ästhetischen Ansprüchen nicht zu genügen. Das mußte sie wohl instinktsicher gespürt haben, denn seitdem schluckte sie wie selbstverständlich in den unmöglichsten Situationen seinen Samen. Am Anfang war er davon noch irgendwie peinlich berührt gewesen. Zum Ausgleich »machte es ihm überhaupt nichts aus«, mit ihr zu schlafen, wenn sie ihre Tage hatte.

Es war wohl nicht so wichtig, ob man wirklich »so oder so« empfand, sondern wie man seine ehrlichen Empfindungen dem Gegenüber verkaufte.

Er hatte eine Phase der drogengeprägten Sexbesessenheit mit Nicole erlebt, und sie hatte ihm in dieser Zeit das Gefühl gegeben, mit seiner Art im Bett eine Ausnahmeerscheinung unter den Männern zu sein. Und jetzt kam Koenig daher und bestätigte Tilos geheimste Ängste. Nicole hatte zufällig Koenigs lapidare Bemerkung gehört, daß »seiner Alten«, der Tatjana, dauernd und jedesmal einer abginge. Nicole hatte Zweifel geäußert. Tilo hatte ein wenig zu laut gelacht. Aber der Zweifel fraß sich in ihn hinein: Ob Nicole jemals mit ihm einen wirklichen Orgasmus empfunden hatte? Trotz ausgefallener Praktiken? Konnte es sein, daß sich eine Frau innerhalb einer Minute unter dem harten Strahl der Dusche selbst zu befriedigen vermochte und mit ihm nach stundenlangem Gewühle nichts Gleichwertiges empfand? Seit ihn diese Unsicherheit quälte, war er zu verkrampft, um lange mit seiner Freundin »herumzumachen«, wie sie es nannte. Aber auch das einfache Reinstecken fand er jetzt nicht mehr angebracht. Er fühlte sich wie nach einem schweren Rausch, wenn er am nächsten Morgen Alkohol sah und roch.

Aber wie konnte eine »unausgefüllte« Frau so locker daliegen und auf dem Rücken nackt schlafen? Manchmal kam ihm der Verdacht, daß sie vielleicht gerade wegen seiner Unfähigkeit sowenig verlegen war. Außerdem war es ihm schon immer unheimlich gewesen, daß sie aus diesem aufregenden weichen Gewühl zwischen ihren samtenen Schenkeln, in das er so gerne heimkehrte, einen ganzen Menschen ins Leben entlassen konnte. Mit Mühe zog er sich aus und rutschte nach dem Zähneputzen zu Nicole ins Bett. Ja, meinten denn die Frauen, daß das Abspritzen bei den Männern gleichzeitig ein Orgasmus war? War denn nicht das Abschalten, das Wegdriften der eigentliche Orgasmus, das im Hier und Jetzt sein, hatte Tilo einmal Koenig gefragt und vom dabeisitzenden Rudi gehört, daß ja dann wohl jeder einigermaßen schwere Suff eine Art Orgasmus sei.

Etwa zwei Stunden nach seinem mühevollen Einschlafen sprang ein feucht-glitschiges Ungeheuer auf Tilo herum. Er befand sich gerade in der erholsamen Phase des Tiefschlafes oder in einer Art Ohnmacht. Vergeblich versuchte er, den Schreck in seinen Traum einzuarbeiten: Das Ungeheuer entpuppte sich als der fröhlich johlende Timo, der kleine Sohn von Gisela. Auf der Suche nach Abwechslung hatte er sich aus seinem Kellerzimmer zu Tilo durchgekämpft. Timo fand es aufregend, morgens über die langen dunklen Flure zu stolpern, um dann ein daheimgebliebenes Opfer mit seiner feuchten vollgeschissenen Windel zu überraschen. Wild begeistert zerrte er an Tilos Unterhemd, das den Alkoholschweiß auffangen sollte. Er brüllte: »Ilo – Ilo!«, während ihm der Rotz aus der ewig erkälteten Nase troff.

Scheißkind, dachte Tilo, nimm dir doch bitte Nicole als Opfer. Im gleichen Augenblick schämte er sich für seine nicht sehr ausgeprägten väterlichen Gefühle. Er konnte wohl nicht erwachsen sein, wenn er so über dieses alle Welt so beglückende Wesen dachte. Kinder: schön und gut. Aber daß man die Dinger nicht abschalten konnte, das nervte erheblich. Mit dumpfem Dröhnen im Schädel suchte er nach seinen Aspirin, der morgendlichen Sterbehilfe.

Warum mußten Frauen irgendwann diesen fatalen Drang verspüren, ihr eigenes Elend auch noch jemand anderem zuzumuten? Worin lag der Vorteil, ein Kind zu haben? Endlich hatte er das Nachdurstwasser vom Vortage und die letzten drei Aspirin gefunden. Kommt das Kind zur Welt, hört der Sex mit den Vätern auf. Dann folgen tödlich nervende zwei bis drei Jahre: dieses ständige Geschrei, die ständige Vorsicht, die Hilflosigkeit. Die nächsten Lebensjahre mögen dann ganz hübsch sein. Bis die Schule jegliche Kreativität und Neugier in diesen noch ganz wachen Wesen zerstört. Der Rest ist Trotz, Ärger und Fernsehen. Tilo verstand das wirklich nicht, dieses »Glück, wenn dich so ein Wurm anlächelt«.

Er nahm Timo an die kleine Hand, um ihn im Bad sauberzuduschen. Der kleine Kerl schien alles als ein einziges tolles Abenteuer zu empfinden. Seltsamerweise empfand sich Tilo als sehr verantwortungsvoll mit der kleinen Hand in seiner. Vielleicht wurde man ja schneller erwachsen mit einer vollgeschissenen Windel neben sich? Zum x-tenmal ersetzte er im Bad »entliehene« Glühbirnen und stellte Timo wie einen Stock in die Badewanne. Sollte er den Jungen jetzt für die Scheiße loben oder sie einfach ignorieren? (Was schwerfiel bei der Menge.) Bekam der Knabe womöglich eine anale Fehlleitung, wenn er ihn lobte? Sammelte er später Briefmarken oder, schlimmer, Geld?

Tilo war nahe daran, Scheiße einfach Scheiße zu finden. Und das hatte, verdammte Scheiße, mit seiner Kindheit nichts zu tun! Die war schon okay gewesen. Er war natürlich erzogen worden. Immer mit dem Blut der Mutter in der Toilette. Einmal im Monat. Aber so viel Natürlichkeit an einem Morgen wie diesem? Er spritzte Timo rundherum ab. Dabei hielt er den Jungen am Kopf fest und drehte ihn um dessen Achse. Dann ruffelte er den erneut fröhlich vor sich hin Pinkelnden ab und warf danach die benutzte Windel in einen der vor sich hin stinkenden Müllsäcke in der Küche, die Ausdruck ihrer gegenseitigen Verachtung geworden waren. Wohngemeinschaften, hatte Tilo festgestellt, zerbrachen immer zuerst in der Küche. Bei dem Kampf um den Abwaschdienst und der gegenseitigen Reinlichkeitserziehung.

Er brachte Timo zurück in die Kellerräume, ohne ihm eine

neue Windel um den wunden Hintern zu schlingen. Sollte er doch in Giselas Bett machen. Tilo wollte nur rasch zurück ins Nest. Zurück zu Nicole. Er unterdrückte keimende Selbstvorwürfe mit einer wissenschaftlich begründeten Schuldzuweisung an alle Mütter, die sowieso alles falsch machten, und einem Vorwurf an Gisela, daß sie lieber die gesamte Welt rettete. War man nicht durch die zu große, zu kleine oder zu beiläufige Liebe der Mütter schon verloren, kaum war man geboren? Sagten das nicht alle namhaften Psychologen oder Psychoanalytiker oder wie diese Absolution erteilenden Zuhörer hießen? Tilo hatte es vor Jahren aufgegeben, jedem unter der Neonbeleuchtung der Rationalität entdeckten Symptom nachzujagen. War er in der Analphase hängengeblieben, weil er Nicoles Verhalten anderen Männern gegenüber als Aufforderung zum Diebstahl wertete? War Koenigs Freundin Tatjana ein Zwangscharakter, nur weil sie dessen Rülpsen jeden Tag mitzählte? Konnte man denn nicht einfach ohne Erklärung ein bißchen kaputt sein, dachte Tilo, als er wieder unter die Bettdecke schlüpfte.

Wenn er eine Frau ansprach, lief vor seinem geistigen Auge schon der Restfilm ab: Was würde sie zu seinen O-Beinen sagen? Was zu dem Schmalz in den Ohren oder zu der geblümten Bettwäsche? War das normal? War das gesund? Warum fühlte er sich für die Qualität eines Filmes verantwortlich, wenn er jemanden ins Kino einlud? Warum schämte er sich für den Regisseur? Für die ungemütlichen Sitze? Und was nützte es, wenn er psychologisch erklären konnte, daß und warum er so war? Zugeben konnte er es ohnehin nur nach langen Kämpfen. Frauen gaben viel leichter Schwächen zu. Auch die Schwächen ihrer Männer. Er wollte das nicht dauernd hören. Er wollte manchmal auch mit einer möglichen Wahrscheinlichkeit sich selbst belügen dürfen.

Warum schlief Nicole immer noch ganz entspannt auf dem Rücken? Warum konnte er das dagegen nur halbrechts in Embryonalhaltung? Hatte nicht auch sie allen Grund zu mißtrauen, und nicht nur er? War es das? War es was? Tilo hatte den Faden verloren. Auf jeden Fall war Nicole ausgesprochen schön anzusehen. Ihre Ähnlichkeit mit dem tausendmal kopierten Zigeunermädchen in den Kaufhäusern... ganz das Gegenteil halt von seiner Mutter. Allerdings fragte er sich in letzter Zeit, was Nicole und er eigentlich gemein hatten? Wo war dieser oft beschriebene Einklang? Wo sie sportlich war, fummelte er an der Fernbedienung herum. Wo sie technisch interessiert war, las er Zeitschriftenartikel. Er soff, sie rauchte, was zu den seltsamsten Überraschungen beim zärtlichen Morgenkuß führen konnte. Tilo hörte nicht gerne zu. Nicole wollte zu seinen Themen nichts sagen. Sie war chaotisch. Er auch. Sie fand Mädchenkörper attraktiver, er auch. Sie wollte zuvorkommend behandelt werden, konnte es aber nicht vertragen, wenn Tilo zu nett zu ihr war. Tilo wußte wirklich nicht, was sie zusammenhielt. Und jetzt auch noch Koenig mit seiner irritierenden Bemerkung über den Orgasmus. Aber was wußte Koenig schon von Tilos Sexualleben mit Nicole? Wie konnte er das wissen? Tilo überlegte, ob etwas dran war an dem Quatsch. Irritierend fand er es schon, daß Nicole von Männern oft als »schmutzigen Zuflüssen« sprach. Und eigentlich war sie, wenn er es genau bedachte, im Gegensatz zu ihren sehr forschen erotisierenden Auftritten in der Öffentlichkeit, im Bett mit ihm eher passiv. So eher nur daliegend. So generell vorwurfsvoll begeistert. Nicht, daß sie nicht alles mitmachte. Nur mußte Tilo für die Sauereien ganz allein die Verantwortung übernehmen. Einmal hatte sie ihn hinterher glücklich gemacht, als sie zögernd zugab, daß sie seine Hände schön fand. Auch seine graublauen Augen zwischen den Lachfalten. Tilo hatte daraufhin lässig eine witzige Bemerkung über ihre verschnittenen Haare gemacht.

Er hatte Nicole ungefähr zwei Jahre zuvor im »Madhouse« zum erstenmal gesehen. Er hatte damals an der überfüllten Bar, vorbei an ihrem Ausschnitt, auf ihre schwarzlackierten Fingernägel gestiert, wie die unverschämt die Cocktailkarte auf und ab rutschten. Wie so oft in Diskotheken hatte er stundenlang ausdauernd auf Godot gewartet. Jetzt drängelte er sich näher an dieses herrlich duftende Geschöpf heran. Sein Mund war ausgetrocknet. Seine Augen guckten ihn seltsam starr an, wenn sie ihm im Barspiegel begegneten. Wenn dieses Mädchen ihn mit nach Hause nähme, hatte er pulsierend gefiebert, könnte sie sich auf ihn setzen und über ihn wegfeudeln. Er würde sie von oben bis unten ablecken, sie anbinden, ihre feuchte Spalte auseinanderzerren. Sie dürfte..., er würde..., sie könnte... »Mach mal halblang!« hatte Nicole sich in seine pressenden Träume eingemischt. »Du bist hier nicht zu Hause bei Muttern!« Er fühlte sich ertappt wie in einer überfüllte S-Bahn. Sie wandte sich einem ludenmäßig aufgetakelten Freund zu, und Tilo stürzte sich ins Getümmel, mitten über die Tanzfläche bis ans Ende der Disko. Hier ging es nicht weiter. Hier ging es nur noch auf die Toiletten.

Er hatte vor Geilheit gezittert. Der Saft stand ihm hinter den Augen. Der Druck der gegen die Jeans pressenden Latte schmerzte. Wenn das die Frauen wüßten, hatte er damals gedacht, wäre das eine Katastrophe. Es würde aber manches leichter machen.

An jenem Abend hatte er sich in Nicole verknallt. Sie dagegen lernte ihn erst zwei Monate später an einer Kinokasse kennen. Bei grellem Neonlicht. Und jetzt lag dieser Wunschtraum neben ihm im Bett, und Tilo versuchte, sich damit abzufinden, daß sich alles, was ihn so an ihr fasziniert hatte, im Alltag zur Katastrophe ausweitete.

In diesem Augenblick wachte Nicole mit wohligen Bewegungen neben ihm auf. Sie hatte nichts von dem Streit mit Richard und Gisela wahrgenommen. Nichts von dem aus allen Öffnungen nässenden Timo: Ihr ging es gut.

Tilo hatte vor ihr eine kurze Beziehung zu einem Fotomodell gehabt. Diese hatte sich heimlich vor Tilos Erwachen immer schnell die Zähne geputzt, die Haare gekämmt und auch sonst alles aufgefrischt. Um so mehr mußte sich Tilo bei Nicole umgewöhnen, die sofort nach dem Wachwerden in seinen Mund und zwischen seine Beine kriechen wollte. Insgeheim war Tilo immer ganz angespannt, ob Nicole nicht geschockt war, so vor dem Waschen. Noch im Halbschlaf streichelte sie seinen Rücken, umspielte einen Pickel an der Schulter und murmelte dann etwas von: »Ich sollte dich an die Uni und irgendwas mit 'ner Musterung erinnern.« Tilo bekam einen Adrenalinschub. Das war ja mit ein Grund gewesen, die letzte Nacht durchzufeiern: um möglichst kaputt nach zwölf Jahren die siebte Musterung über sich ergehen zu lassen. Er konnte und wollte keinen Ersatzdienst leisten. Außerdem konnte er nur als untauglich Eingestufter die vage Hoffnung aufrechterhalten, jemals einen Universitätsabschluß als Lehrer zu bekommen. Denn eines wußte er: Einmal vollkommen weg von der Uni, führte kein Weg zurück.

Als er Nicole von dem alleingelassenen Timo erzählte und von den seltsamen Erziehungsvorstellungen Giselas, grummelte Nicole, ihr Höschen unter dem Bett suchend: »Ach, der arme Wurm! Gisela ist aber auch eine blöde Kuh!« Die Sache war damit hinreichend kommentiert. Nicole ging duschen. »Hoffentlich ist der geile Bock von Koenig nicht im Bad«, rief sie im Hinausgehen, »der manikürt sich sonst noch seine Hände stundenlang, auch wenn ich pinkeln muß.«

Schnell schlüpfte Tilo in seine ausgeleierten Jeans, zog ein frisches, aber verknittertes Hemd an und beeilte sich, in die von Müllfliegen beherrschte Küche zu kommen. Vor dem Schlachtgetümmel des Küchentisches sitzend, begrüßte ihn sein langjähriger Weggefährte Rudi Schneider. Er wirkte größer als der schlaksige Tilo, hatte lange dunkle Locken und war nicht nur am ganzen Körper behaart, sondern, zu Tilos Leidwesen, auch noch athletisch gebaut.

Obwohl gleich alt, hatte sich Tilo schon immer dem frühreifen Rudi gegenüber körperlich unterlegen gefühlt. Mit zwölf hatte er seinen Freund bewundert, wie dieser erfolgreich Mädchen dazu brachte, Fünfzigpfennigstücke in seiner Unterhose zu suchen. Aus für Tilo unverständlichen Gründen hatte Rudi Spaß daran gehabt, ihn im Schulbus mit Sprüchen bloßzustellen: »Keine Haare am Sack, aber schon mitreden wollen, hä?« Oder: »Trägst du rechts oder links, Tilo? Ach, entschuldige, deiner reicht ja nur zur Mittellage, oder?« Zwei Stunden nach diesen Bloßstellungen fielen Tilo immer passende Entgegnungen ein, im Bus aber wurde er lediglich schamviolett. »Tiiloochen wird ja ganz rooot!« Rudi war damals unschlagbar von jemandem wie Tilo, der mit fünfzehn aufgegeben hatte, jemals in den Stimmbruch zu kommen. In jenen Tagen hatte er dann auch sein erfolgreich begonnenes Sportlerleben beendet: Er wollte sich unter der Dusche einfach nicht vergleichen müssen.

Trotz allem war auch für Tilo diese Zeit aufregend und geil. Rudi und er wichsten fröhlich auf den Bahnhofstoiletten, in Kornfeldern oder in ihrem Partykeller. Rudi mit, Tilo ohne Haare am Sack. Sie spielten Sklave und Herr. Tilo erinnerte sich nicht mehr genau, was er lieber getan hatte: Rudi anpinkeln oder von diesem mit Brennesseln ausgepeitscht werden. Sie bauten sich künstliche Muschis aus Papier und abgeschnittenen Kopfhaaren. Sie gruben Löcher in jeden Strand der Umgebung und lagen dann aufgeregt lachend auf den Brüsten aus Sand. Sie kannten sich also recht gut, und sie hielten sich gegenseitig für verläßliche Kumpel. Aber sie waren auch seit ewigen Zeiten Konkurrenten beim Angeben. Die Frauen standen eher auf Rudis körperliche Ausstrahlung als auf Tilos Charme. Sie lachten überraschenderweise sogar über dessen Witze. Sag mal einem Witzeerzähler, daß das nichts mit Humor zu tun hat.

»Hey, Tiger! Hast heute morgen wieder den Spitzenteint«, begrüßte ihn Rudi mit seinem etwas gepreßt wirkenden Baß. Tilo warf ein paar Captagon für die Amtsärzte ein und nahm ein paar eiskalte Schlucke Cola gegen den widerlichen Geschmack. »Soll ich dich an der Uni absetzen, wenn ich ins ›Schneider's‹ rüberfahr?« bot Rudi an. Tilo stöhnte innerlich. Heute morgen war es ihm jedoch gleichgültig, ob sie an irgendeinem Mast landeten oder über glitschige Kreuzungen schleuderten. Heute morgen nahm er Rudis Angebot an. Nur dieser selbst hielt sein aggressives Wechselspiel von Bremsen und Vollgasgeben für zügiges Autofahren. Seine Beifahrer waren regelmäßig froh, wenigstens überlebt zu haben.

Joachim Koenig, der fast immer in der Straßenmitte fuhr, kaum ein Rotlicht beachtete und ohne ein Automatikgetriebe aufgeschmissen war, gab wenigstens zu, daß ihm die Straßenverkehrsordnung fremd war. Koenig sah einfach nicht ein, warum er keine Vollbremsung auf der Autobahn machen durfte, wenn er der jeweiligen Beifahrerin gerne Blumen vom Straßenrand pflücken wollte. Auch hatte er nie verstanden, warum man in Deutschland einen Führerschein machen mußte. Er jedenfalls hatte keinen. Was hingegen Rudi betraf, so durfte niemand einen Witz über seine Fahrweise machen. Er befand sich offenbar auf einer lebenslangen Streßrallye. Während des Schleuderkurses, auf dem sie der Uni entgegenrasten, überlegte sich Tilo mögliche letzte Worte für den Fall, daß er in den nächsten Minuten sterben sollte und sein Leben wie ein Kurzfilm vor ihm ablief. Vielleicht wäre: »Das war's!« ganz angemessen. Oder vielleicht: »Hey! Stop! Den Film habe ich doch während meines Lebens gar nicht mitbekommen!« Cool müßte es klingen, echt cool. Koenig meinte dazu einmal: »Hauptsache, du stirbst nicht vor Langeweile beim Betrachten deines Lebensfilms!« Endlich hielt Rudi. Beim Aussteigen erwähnte Tilo Koenigs Vorschlag, aus ihrer »Scheißkneipe« endlich eine Goldgrube zu machen, indem sie das Lokal in ein Musik-Varietétheater umwandelten. Rudi schwieg dazu. Tilo spürte geradezu körperlich die eifersüchtige Abwehr in der Haltung seines Freundes. Der alte Kumpel gab Vollgas im Leerlauf und sprach im tiefsten Baßton: »Ach, dein Freund Koenig sagt das also?« Dann jagte er mit quietschenden Reifen hinüber ins »Schneider's«. Tilo fragte sich, ob Männer auf Männer eifersüchtig sein konnten, ohne schwul zu sein.

Im Pädagogischen Institut hastete er vorbei an den Spruchbändern und den Agitationsständen der Sozialisten, Maoisten, Spontis, vorbei an den Christen, Grünen und Spartakisten, hin zu den Toiletten. All diese Gruppen gaben bereitwillig Orientierungshilfe für die durch die Schule hilflos gewordenen Studienanfänger. Man war nicht mehr ganz so allein, wenn man nebenbei in einer Organisation mitmachte. So blieb kaum jemand an einer Uni unpolitisch.

Tilo stellte sich neben seine Kommilitonen an eines der zwanzig Pißbecken. Immer noch fiel es ihm schwer, sich einfach dazwischenzuquetschen und mitzumachen. Es war schon frech, fand er mit seinem captagonverkleinerten Schwanz, wie einige mit lautem, kräftigem Strahl die Nebenleute auf die Plätze verwiesen. Ganz zu schweigen von den vergleichenden Blicken über die angebliche Größe markierende Handdeckung hinweg. Konzentriert starrte er auf die Kacheln vor seinen Augen: »Such nich den Witz anner Wand, du hältst ihn längst inner Hand« stand da mit Filzschreiber hingekritzelt. Tilo versuchte sein Ding so rasch in die Jeans zu quetschen, daß an wirklich peinlichen Stellen letzte Tropfen erschienen. Kurz entschlossen ging er zum Waschbecken und goß sich zwei Hände voll Wasser über den Reißverschlug. Jetzt konnte man ein Mißgeschick beim Frühstücken vermuten. Dann eilte er, als hätte er nach seinen unzähligen Semestern irgendwie den totalen Durchblick, die

Bohnerwachsflure entlang, denn er mußte noch heute vor der Musterung in den Raum 209 B und den Dozenten, den er zuletzt am Anfang des Semesters gesehen hatte, davon überzeugen, daß er einen Schein verdiente.

Im Raum 209 hatte er vor drei Monaten ein Seminar für Behindertendidaktik belegt. Nun betrat er lässig, mit unbeteiligter Miene, den völlig überfüllten Lehrsaal. Vergeblich suchte er nach bekannt aussehenden Gesichtern aus den ersten beiden Stunden. Nach etwa zehn Minuten wagte er seinen Nachbarn zu fragen: »Äh, Meister, ich wollte zur Behindertendidaktik bei Kurscher...?«

»Da biste fast richtig hier«, brummelte der Studentenbart zurück, »das hier ist Statistik II Soziologie. Ob für Behinderte, weiß ich nich. Kann ja mal fragen...?« Entsetzt wehrte Tilo das Anerbieten ab. Aus Imagegründen verweilte er noch fünf Minuten auf seinem Platz. Als dann ein geschäftig wirkender Mann den Raum betrat, der wahrscheinlich der Dozent sein sollte, stahl Tilo sich unauffällig hinaus auf das unverfängliche Territorium des Flures.

Wo war bloß das Seminar mit Kurscher geblieben? Unten am Eingang hatte doch gestanden: Raum 209 B. Er hastete zurück zum Eingang des Gebäudes. Raum 209 stand da. Das stimmte also. Aber »B« hieß, daß auf dem Infobrett nebenan der jetzt geltende Raum ausgewiesen war. Die Captagon wirkten. Er fühlte sich persönlich von dieser Maßnahme verfolgt. Er lief hinüber zum Philosophenturm. Mit klopfendem Herzen und schwer keuchend kam er im fünften Stock in Raum 503 an und quetschte sich schnell auf einen Platz hinten an der Rückwand. Die Anwesenden diskutierten gerade über die sozialpolitische Relevanz von Seminarscheinen. Tilo konnte ihnen nur recht geben.

Er war in letzter Zeit immer häufiger genervt gewesen. Ob er alle Lehransätze hinterfragte, ob er willig jedes Standard- oder Ergänzungswerk durchackerte, es interessierte keinen Menschen wirklich. Ob er das alles in sich hineinpreßte, diese sinnlose Ansammlung von Wissen, oder ob er es sich im Institutscafé gemütlich machte, es war Jacke wie Hose. Mit dem Alltag als Lehrer hatte das jedenfalls herzlich wenig zu tun. Die wissenschaftlichen Ansätze schienen sich alle paar Jahre selbst zu widerlegen. Und mit der Zeit verstärkte sich sein Verdacht, daß Auswendiglernen schädlich für kreatives Denken war. Manchmal argwöhnte er, daß der Numerus clausus nur aufrechterhalten wurde, damit unverbildete Menschen nicht in diesen Irrsinn eindringen konnten. Sie könnten das System des gegenseitigen Ernstnehmens zum Einstürzen bringen. Vielleicht wurden deshalb auch Frauen von den Arbeitsplätzen der Männer ferngehalten? Wenn Außenstehende wüßten, was Architekten, Ärzte oder Juristen alles nicht lernten, würde vielleicht keiner mehr ohne Todesangst in Hochhäuser, Praxen oder Gerichtssäle gehen. Die Seminare wurden ergänzt durch Arbeitsgruppen, in denen stundenlang über pädagogische Modelle diskutiert werden sollte. Über Relevanz und Konsequenz. Über die Praxis der Didaktik. Nicht über das Datum des Zweiten Punischen Krieges. Als sie dann aber im vergangenen Jahr beim Schulpraktikum zu dritt vor einer 9. Klasse der Volksschule standen, wußte Tilo nicht, was er tun sollte, als ihn ein Riese von Schüler anpflaumte: »Verpiß dich, du Nulpe. Stör meine Kreise nicht mit deinem Geseire, du Spruchhansel! Wir können auch vor die Tür gehen...«

Tilo hatte überlegt, ob er kurz hinausgehen und vor dem Klassenzimmer weinen sollte. Warum, hatte er damals überlegt, hast du bloß jemals Lehrer werden wollen? Wollte er so verhärmt aussehen wie diese »Fletschers«, »Pischels«, »Peschels« oder »Stinker«? Wollte er sich selbst »Lebenslang« verordnen? Es war eine einzige Pleite im Leben, daß man nur zwei oder drei Berufe wirklich kannte, wenn man die Schule verließ: den des Vaters, den ehemaligen der Mutter, Arzt, Lehrer und Kneipier. Wollten vielleicht deshalb von Beruf so viele »prominent« werden? In diesem Augenblick wurden Tilos Gedanken von einem Sponti à la Joschka Fischer unterbrochen. Der fragte, was denn überhaupt der Scheiß mit der gesonderten Behindertenpädagogik sollte. Ob nicht eher wir alle...?! Er wurde niedergebuht. Schon deshalb fand ihn Tilo sympathisch.

Was hatte er mit diesen aufgesetzten wichtigen Gesichtern gemein? War es nicht vielleicht wirklich so, daß sie alle, nach sechzehn, siebzehn Jahren sinnentleerter Wissensansammlung, krank waren? Behindert? Der Schein war ihm mittlerweile egal. Auch ging die Wirkung der drei Captagon langsam ins humorlose »Blau« über. Außer dem ausgebeulten Pulli des Mädchens neben ihm fand Tilo nichts Sinnvolles daran, weiter bei diesen Fachidioten herumzusitzen.

Waren nicht inzwischen andere Fragen für ihn viel wichtiger? Warum gingen nicht Milliarden in die Pickelforschung? Tilo würde die Entstehungsgeschichte von 9682 Exemplaren beisteuern können. Warum fiel kaum jemandem auf, daß Ginger Rogers rückwärts auf hohen Hacken besser tanzen können mußte als Fred Astaire vorwärts auf flachen Schuhen? Welcher seltsame Sexualpraktiker wollte ihnen eigentlich allen erzählen, daß ein Präser das Bumsen nur sicherer machte und nicht kaputt, jedenfalls für Frauen? Warum waren am Ende der Gesundheit bei vielen noch so viele Jahre übrig? Warum wurde alles trivial genannt, bei dem man weinen oder wirklich lachen mußte? Seine Kommilitonen hielten diese Fragen bestimmt für hirnrissig. Wo waren die gemeinsamen Ideale geblieben? Die Perspektiven und Träume? Tilo hatte das Gefühl, immer mehr Menschen zu treffen, die Trends erkannten, sich mit Schlagtotworten entfremdeten und Mode modisch fanden, weil es Mode war.

Auch taugten die »Grünen« in letzter Zeit immer weniger als Ersatzfamilie, gerade weil sie so wie eine Familie waren. Die erhoffte Ewigkeit von Beziehungen war auf wenige Jahre geschrumpft.

Er war sich plötzlich vollkommen sicher, daß er die »Scheißkneipe« umbauen würde.

In der Zigarettenpause verließ er das Seminar und saß eine Stunde später im Wartesaal der musternden Militärärzte, die auch für Ersatzdienstler zuständig waren. Es roch nach Pubertätsschweiß, und er war froh, diesen für immer ausgeschwitzt zu haben. Seine vierzehn Mitzumusternden hatten, wie er, nur eine Unterhose am Körper. Tilo versuchte mit übereinandergeschlagenen Beinen, die feuchten Flecken seiner Aktion in der Unitoilette zu verdecken. Der Haufen da vor ihm sah eher nach Massenflucht als nach kampfbereiter Elitetruppe aus, stellte sein übermüdetes Gehirn fest. Er versuchte, nicht an eine erlösende Toilette zu denken. Dort käme das vorher geschluckte Stanniolpapier in Kügelchen wieder heraus und damit das vorgetäuschte Magengeschwür.

Neben ihm pupste ein rothaariger Fettwanst und lachte. Alle lachten mit. Er konnte nicht lachen. Mit diesen Gurken auf einer Stube schlafen. Toiletten putzen. Gehorchen. Scheißeimer wegbringen. Halbtote waschen. Im Lager wohnen mit 270 Mark im Monat. Wirklich nicht. Nicht mit ihm. Ersatzdienst für wen oder für was? Im nächsten Krieg gab es doch überhaupt keine Ärsche zum Abputzen! Die alten Männer planten, unsere »freiheitlich demokratische Grundordnung« zu schützen, indem sie Deutschland auf Jahrtausende unbewohnbar machten. Vielleicht sollte die Bundeswehr uns alle vor einer Militärdiktatur schützen. Oder was? Frauen brauchten nicht zum Wehr- oder Ersatzdienst. Statt dessen bekamen sie Kinder! Und Tilo sollte derweil alten Leuten die Pißflaschen auswechseln.

»Lackner, Tilo! Hereinkommen! Raum eins-sechs-vier!« schnarrte es aus einem lose in der Ecke hängenden Behelfslautsprecher. Tilo schreckte hoch. Er fummelte an seiner Unterhose herum und atmete tief durch. Auf dem Ex-Gestapogang kamen ihm Soldaten und nichtuniformierte Angestellte entgegen, und er fand seinen Aufzug irgendwie entwürdigend. Er vermutete dahinter eine Absicht. Er klopfte. »Herein!« rief eine machtgewohnte Stimme. Tilo entdeckte in dem sonnendurchfluteten Raum zwei Ärzte und – leider – eine attraktive Schwester. Er ließ sich mit allen Anzeichen von Schwäche auf dem nächstbesten Stuhl nieder. »Sie haben also zum wiederholten Mal Widerspruch gegen unsere Bescheide eingelegt, nicht wahr?« – »Ja, äh, ich, weil...«

»Stehen Sie mal auf!« unterbrach ihn der mit den Schmissen und den schwarzbehaarten Unterarmen. Alle diese Kerle hatten schwarzbehaarte Unterarme. Die Schwester lächelte. Tilo stand auf und versuchte verzweifelt, nicht an die immer noch feuchte Unterhose zu denken. »Leichte Rückgradanomalie. Plattfüße...« Und und und. Tilo kannte die heruntergerappelten lateinischen Lügen zur Genüge. Beim Hörtest mißlang ihm das Nichtorten der Töne, die er vorgab, nicht wahrzunehmen. »Äh, also, ich habe Bluthochdruck, Herzrhythmusstörungen und... o ja! Ein Magengeschwür.«

»Hausarzt? Behandlungsdauer? Medikament?« Oh, Mann. Er hatte schon wieder den blödsinnigen Namen des Mittels vergessen. Auf Befehl ging halt überhaupt nichts.

»Geluli Luk?« fragte er mit hilflosem Blick auf die lächelnde Schwester.

»Gelusil Lac, meinen Sie wohl. Drehen Sie sich mal zur Seite!« Tilo wußte schon, was kommen würde. Er versuchte, in der Hose noch kurz alles aufzulockern. »Lassen Sie die Hose runter!« Eine schwarzbehaarte Hand griff an die von den Captagon zusammengezogenen Hoden, und eine Stimme befahl: »Husten. Jetzt!« Tilo hustete und verstand immer noch nicht den Zusammenhang mit seiner Tauglichkeit. Das Urteil über seinen Fortpflanzungsstengel wurde lateinisch geäußert. Vielleicht besser so, dachte er.

Die Schwester mit dem Dauerlächeln reichte ihm zwei Valium: »Sonst sterben Sie uns womöglich bei dem Fahrraddauertest...« Damit war er vorerst erlöst. Er ging zurück zu den Stinkenden, um die Wirkung der Valiumtabletten abzuwarten.

»Na? Wie war's?« fragte ihn ein wie vierzehn Aussehender mit aufgerissenen Augen.

»Blöde halt. Wie auch sonst?« blockte Tilo ab. Er vermutete eine Gegensprechanlage in dem Wartezimmer. Er war nicht sehr glücklich über den Verlauf dieser siebten und letzten möglichen Musterung. Wie er so dagestanden hatte, in einer feuchten Unterhose und verknautschtem Pimmel, hatten sie es fast wieder geschafft mit ihrem Autoritätstrick. Sie machten einen erst klein, und dann fragten sie die intimsten Sachen. Fast wie damals vor dem »Gewissenserforschungsgericht«: »Was tun Sie, wenn Ihre Freundin vor Ihren Augen vergewaltigt wird?«

»Ich habe keine Freundin!«

»Stellen Sie es sich vor!«

»Schlichtend eingreifen«, hatte er pazifistisch geantwortet. Kastrieren, Niederschießen, Vierteilen dieses Schwein, hatte er im gleichen Augenblick gedacht. Alles Lüge! Alles ein Kinderspielplatz, diese Armee, hatte er damals erkannt.

Er wurde wieder aufgerufen. Diesmal ging es in die »Belastungszimmer«, an die Sportgeräte. Endlich, nach vier Stunden und unzähligen Tests hatte er alles überstanden. Er war der letzte, der das Musterungsgebäude verlassen konnte. Sie hatten ihn mit den Worten verabschiedet: »Lackner! Wir müssen Sie leider darauf hinweisen, daß Sie nicht sehr belastbar sind. Sie sind Ersatzreserve zwo!«

Ein wenig stumpf in seiner Freude fuhr Tilo zurück nach Niendorf. Er hatte zu lange darauf gewartet, sein Leben planen zu können, ohne diese sinnlosen »Dienste am Volk«. Zurück in dem lila gestrichenen Haus, vermied er die Begegnung mit Richard, Gisela und den beiden anderen. Sie saßen wieder in der Küche zusammen und mußten andächtig der von Richard aufgenommenen Musik lauschen.

Richard spielte kein Instrument und wollte doch bewundert werden für »seine« Musik, für Lieder, die er aus dem Radio mitgeschnitten hatte. Keiner durfte während dieser Vorführungen wagen, auch nur kurz nicht andächtig zuzuhören. Tilo nervte das, und außerdem hatte er heute überhaupt keine Lust, erklären zu müssen, warum er nicht innerhalb des Ersatzdienstes Aufklärungsarbeit leisten wollte. Müde und mit kaputtem Magen schleppte er sich hoch zu den Zimmern von Koenig und seiner schönen Tatjana. Koenig saß in dem mit dunklem Samt ausgeschlagenen Zimmer, das er den »Kreativraum« nannte, auf dem mit schweren Perserteppichen belegten Fußboden.

Er hockte über riesigen Haufen von Farbfotos aus aller Welt. Mit seinen Hunderten von Erlebnisbildern stellte er neue Alben zusammen: »Meine Eintrittskarte ins Big Business«, hatte er das Tilo zu erklären versucht. Tilo jedoch hatte den leisen Verdacht, daß für Koenig auch nur das wirklich geschehen war, was mit einer Kamera festgehalten worden war. Tilo fand das enttäuschend. Einer der vielen Widersprüche in diesem originellen Mann.

Einmal hatte Tilo Koenig vorgeworfen, daß er es auf schlimmste Weise opportunistisch fand, wenn Koenig sich mit einem südamerikanischen Diktator fotografieren ließ, mit einem amerikanischen Mafiaboß, mit einem Luden, mit einer Hure, mit dem Dalai Lama oder einem sterbenden Fixer. Koenig hatte ihn daraufhin gefragt, was »opportunistisch« heiße. »Die Fahne in den jeweiligen Wind drehen. Opfer und Täter gleich gut finden«, hatte Tilo zu erklären versucht. »Geil, Alter!« war da die Antwort von seinem Freund. »Ich bin also in der Lage, mich auf jeden Menschen einzustellen. Ist das nicht toll?« Tilo war sprachlos gewesen. Stolz war Koenig zu seiner Freundin gerannt und hatte ihr erzählt, Tilo hätte gesagt, er sei »Opportunist«.

Auch was er von den zusammengeklebten Büchern in den Regalen halten sollte, wußte Tilo nicht. Koenig hatte sie auch noch mit Goldlack angesprüht. »Symbolik, alles Symbolik«, hatte er grinsend erklärt, er hätte nur vergessen, für was diese nicht mehr lesbaren Bücher standen. Die tiefere Bedeutung der vielen gebrauchten Schuhe an der Zimmerdecke über der Jukebox war ihm ebenfalls in einem seiner Räusche entfallen. »Sehen doch aber verschärft aus, oder?« hatte Koenig entwaffnend gefragt. Koenig liebte jedes Detail. Alles wurde von ihm in neue Zusammenhänge gestellt. Und Koenig konnte neidlos und überschwenglich loben. Das war ungewöhnlich. Gerade unter Männern. Koenig nahm es auch lachend hin, daß Tilo die lila Hemden, die gelben und silbernen Hosen und die Rüschenjacke als zu schwul abtat. »Na und?« entgegnete Koenig. »Sind wir nicht alle heimlich schwul? Ist das irgendwie wichtig?«

Koenig schreckte Tilo aus seinen Gedanken, als er von den Fotos aufblickte und interessiert fragte: »Na, Honey, wie isses gelaufen?«

»Hat geklappt.«

»Was hat geklappt?« fragte die in der Ecke einen Joint bauende Tatjana Sommer.

»Das mit den Stanniolkugeln von Koenig und die Musterung!« erklärte Tilo, als er sich an den kleinen Eßtisch setzte.

»Also gehst du hin?« kam von Tatjana zurück.

»Bist du eigentlich blöde, oder was?« raunzte Koenig sie sofort an.

Tatjana zuckte mit der Schulter. Sie waren beide an diesen Ton gewöhnt. Beide brüllten sich den ganzen Tag wegen Nichtigkeiten an. Koenig warf seiner Freundin vor, daß sie nie versuchte, bei einem Gespräch aktiv mitzudenken. Tatjana fand hingegen, daß Koenig dauernd von irgendwas faselte, und sie hatte eben keine Lust, immer auf Sprung zu sein. Tatjana Sommer war vor einigen Jahren, mit einer Filmrolle als Hure, über Nacht berühmt geworden. Sie, die eigentlich fast übertrieben menschenscheu war, konnte sich ohne Hemmungen vor jeder Kamera ausziehen und agieren. Koenig hatte in den letzten Jahren anscheinend vergeblich versucht, sie für seine Freunde zu begeistern. Sie saß in jeder Runde schön und schweigsam herum und gab jedem das Gefühl, daß er vollkommenen Blödsinn absonderte. Immer wirkte sie merkwürdig abweisend oder abwesend. Tilo hatte den Verdacht, daß Koenig schon deshalb so wild wechselnd lebte, weil er hoffte, irgendwann einmal echte ungeteilte Aufmerksamkeit zu genießen, gleichgültig wie, um so vielleicht einen Mangel an Beachtung in der Kindheit auszugleichen.

Da Tatjana mindestens so rassig aussah wie Kim Basinger, verziehen ihr alle jede Zurückweisung. Jeder vermutete, daß tief in ihr wilde Gefühle und jede Menge Durchblick schlummerten. Nur Rudi hatte zu Tilo einmal gemeint: »Stell dir vor, die wär ein Kerl oder auch nur 'ne Spur dicker!« Fast konnte ihm Tilo damals zustimmen.

Koenig hatte für Tatjana von Anbeginn an das Leben als ein einziges großes Fest inszeniert, unterbrochen von der verzweifelten Brüllerei. Seit etwa fünfzehn Jahren war er in Hamburg der berühmteste Nachtklubbesitzer. Jedes öffentliche Ausflippen betrachtete er als Werbung für seinen Laden, hatte er Tilo mal erklärt. Als er den siebenundsiebzigsten Tag der Bekanntschaft mit Tatjana feiern wollte, holte er sie mit siebenundsiebzig weißen Luftballons vom Flughafen ab. Eine Kutsche, über und über mit Blumen dekoriert und von dreizehn *Mephisto's Angels* eskortiert, fuhr die beiden durch die Fußgängerpassage in Hamburgs Bahnhofsviertel. Zum Abschluß brauste Koenig im VW-Overall zur Davidswache in der Davidsstraße und schraubte dort in aller Ruhe das Straßenschild ab und schenkte es Tatjana mit der Nummer siebenundsiebzig. Tilo hatte die Geschichte in der Zeitung gelesen. Bis zu dem Zeitpunkt hatte er eine Flasche Sekt jedes Jahr zum Geburtstag für Nicole schon als sehr fürsorglich empfunden.

Koenig unterbrach Tilos Gedanken, indem er ihm den Restjoint herüberreichte und fragte: »Soll ich dir schnell was zu essen zaubern, mein schlauer Bruder? Jetzt, wo du die Behörden so glänzend ausgetrickst hast?«

Tilo empfand das als unangenehm. Er konnte Lob und Fürsorge schwer annehmen. Schon überhaupt nicht von einem Mann. Koenig gab ihm das Gefühl, daß auch die andere untrainierte Hälfte in ihm zu Leistungen imstande war.

Koenig war sogar dankbar für Tilos ständige Analysen, auch wenn er fand, daß sie meist zu hart und zu direkt trafen.

Kürzlich hatte sich dieser »Kerl aus dem Leben«, dem jegliche schulische Allgemeinbildung fehlte, überraschend philosophisch geäußert: »Tilo, du sagst mir, warum man im Wasser ohne Bewegung untergeht. Ich bringe dir dafür das Schwimmen bei!«

Koenig war inzwischen in der Küche verschwunden, um Tilo eine Art Abendessen zu kochen. Aufgekratzt hatte er ihnen beim Hinaussegeln zugerufen, daß er, wäre er eine Frau, vom vielen Bumsen bestimmt Schamlippen bis zu den Kniekehlen hätte. Keiner der beiden Zurückgelassenen hatte Koenigs Gedankensprünge verfolgen können. »Typisch!« meinte die in Zeitschriften blätternde Tatjana.

Tilo fühlte sich unbehaglich so allein mit dieser Frau. Tatjana war in Deutschland so begehrt, daß es Tilo als persönliche Leistung ansah, daß »dieser Traum« bei ihm lebte. Er ließ das gerne in Gespräche an entsprechender Stelle einfließen. Koenig und sie waren schon Titelgeschichte in *Tempo* gewesen. Monatelang gab es kaum eine Gazette ohne Nacktbilder von Tatjana. Tilo war davon beileibe nicht unbeeinflußt.

Rudi litt unter Tilos Abdriften. Tilo und er stritten in letzter Zeit häufiger, wenn Rudi darauf bestand, daß die beiden, Koenig und Tatjana, »die gleichen armen Würste« waren wie sie selber. Tilo fragte dann, ob denn nicht vielleicht mehr Beachtung, mehr intensive Bekanntschaften, mehr Neid und mehr Geld ein wenig mehr Persönlichkeit mit sich brächten? Tilo fand die Frage: »Hätte Boris Becker soviel Erfolg bei Frauen, wäre er nicht Boris Becker?« schon immer blöd. Man könnte genauso fragen, wäre Kim Basinger so erfolgreich, wenn sie nicht so schön wäre? Rudi meinte an dem Punkt immer, er könnte kotzen.

Tilo wühlte geistesabwesend in den Fotos, die vor ihm auf dem Fußboden ausgebreitet waren. Plötzlich entdeckte er Aufnahmen, auf denen Tatjana Koenigs Schwanz lutschte. Tilos Gedanken überschlugen sich. Wollte der Kerl diese Bilder etwa auch in die Alben kleben? Er setzte sich zurück an den Eßtisch und versuchte, locker zu gucken. So wie er sich morgens einmal kurz nach dem Rasieren ansah. Tilo starrte auf Tatjanas Mund. Er dachte an die Polaroids. Was für eine Vorstellung. Oh, Mann! Er wollte das eigentlich nie: geil wirken. Er hatte das schon mit sechzehn unangenehm gefunden. Irgendwie schämte er sich generell. Er wollte eben nicht ertappt werden. »Ich will mit dir schlafen« zu sagen, fiel ihm ungeheuer schwer. Vielleicht wurde es leichter, wenn man solche Sätze so inflationär benutzte wie Koenig sein: »Ich liebe dich, Vadder!«

Koenig kehrte in diesem Augenblick überraschend mit einer dampfenden Zwiebelsuppe ins Zimmer zurück. Tilo zuckte von dem Anblick der Lippen Tatjanas weg. »Geil, nicht?« fand Koenig.

Tilo fühlte sich von seinem Freund dabei ertappt, mit Tatjana verkehrt zu haben. Wenigstens so gut wie. Angestrengt suchte er unter dem Tisch den Löffel, den er in der Hand hielt. Er war knallrot. Das fühlte er in Panik. Aber als Koenig fröhlich guten Appetit wünschte, beruhigte er sich: Mit seiner Bemerkung vorher hatte dieser die Suppe gemeint. Während er sich fast mit der »geilen« Suppe verbrannte, teilte er Koenig mit, daß er, falls Rudi mitmachte, versuchen wollte, aus dem »Schneider's« ein Varieté zu machen.

3. Kapitel

Ungefähr drei Wochen danach.

Tilo kam gerade vom Graphiker zurück. In ihrem vegetarischen Bistro sah es aus wie nach einer Bombenexplosion. »Dämliche Überflieger, diese Kunstprofis!« beschwerte er sich bei dem an der Bühnenkonstruktion herumsägenden Rudi. »Entwerfen die doch unser neues Logo für das Varieté so, daß alle ›SCHNIDERS THATE‹ lesen müssen anstelle von ›SCHNEIDER'S THEATER‹. Werbung! habe ich denen gesagt. Werbung, nicht Kunst! Nee, nee, ich weiß wirklich nicht, wie die alle geschäftlich überleben.« Rudi sägte verbissen weiter. Sein nackter muskulöser Rücken war gänzlich paniert mit einer Mischung aus Schweiß und Sägespänen. Er hatte, obwohl es ursprünglich Koenigs Idee gewesen war, letztendlich doch dem Umbau zugestimmt. »Ein paar Tage richtig ranklotzen, und ihr seid Hamburgs neue Gastronomiestars!« hatte Koenig ihnen Mut gemacht. Ursprünglich wollte Rudi mit kleinstem Aufwand und mit Hilfe von Freunden alles selber machen. War dann aber immer stiller geworden, als ihre niedrigste Kalkulation schon mehr als zweihunderttausend Mark ergab. Sie waren zu ihrer Bank, zur Brauerei, zum Automatenaufsteller und zur GAL gegangen. Es war zum Lachen, wenn es nicht zum Weinen gewesen wäre: Eine Kneipe konnte zwanzig Leute ernähren, aber zwanzig Leute konnten keine Kneipe finanzieren.

Aus lauter Enttäuschung hatte Rudi angefangen, die Bühnenbretter mit dem Fuchsschwanz seines Vaters zurechtzusägen. Nur mit Mühe konnte Tilo ihn davon überzeugen, daß es im Etat enthalten sein mußte, eine Stichsäge zu kaufen. Da sie schließlich nur ungefähr achtzehntausend Mark zusammenbekommen hatten und das Bistro schon wie eine Ruine aussah, versprach Koenig, »bei seinen Jungens aus dem Leben« nach dem Rest zu fragen. »Ich mach' das schon«, hatte Koenig sie zu beruhigen versucht, »ich hab' ja auch selber noch 'n paar Mark!« In leiser Verzweiflung hatte Rudi gefragt, warum sie »denn bloß den schönen Laden niedergerissen« hätten, ehe die Finanzierung gesichert war. Tilo mußte ihm versprechen, daß »das mit der Kohle und Koenig« niemals Rudis »Ding« werden würde. Dafür würde er sich lieber in die zweite Reihe stellen, wenn alles klappte. Im Augenblick wäre Tilo liebend gerne selbst in der letzten Reihe, weit weg von dem ganzen Chaos.

»Wo sollen diese sechsundvierzig Strahler denn nun angebracht werden?« fragte ihn Richard, während Rudi verbissen weitersägte. Tilo hatte Richard und den anderen von der GAL versichert, daß sie ihre politischen Treffen weiterhin in dem um die Hinterräume erweiterten Lokal abhalten durften. Deshalb halfen sie jetzt alle mit. Gegen einen »angemessenen Gegenwert ihres körperlichen Einsatzes« natürlich.

»Wenn ich mich recht erinnere«, erklärte Tilo dem trotz allem wenig freundlichen Richard, der statt Wasser Säure auszuschwitzen schien, »um die Bühne im Halbkreis vierundzwanzig, am Eingang drei, an der hintersten Bar sechs...« Wie in Trance wies er allen die Arbeit zu und behielt für sich, daß er, nach einigen Erkundigungen, noch nicht einmal überzeugt war, die nötige Neukonzession zu bekommen. »Ein paar Tage ranklotzen«, hatte Koenig gemeint...

Tilo brüllte allen noch einen Gruß zu und ging, den Staub und Krach verlassend, humpelnd hinaus in die flirrende Hitze der Mittagssonne. Dort wurde er beinahe von der um die Ecke hastenden Nicole umgeworfen. Sie war sorgfältig geschminkt und hatte zum superkurzen Mini superhohe Stiefel an. »Dicker! Ich muß noch kurz in die Stadt, komm' dann aber sofort helfen, ja? Geht das in Ordnung?«

Seltsam, dachte Tilo, daß mich das gar nicht richtig erreicht. Er war zugeschnürt in seinen Reaktionen, seitdem er neunzehn Stunden am Tag funktionieren mußte. »Es wäre gut, wenn du dann die Küche klarmachen könntest«, bat er komisch samtweich die aufgerissenen Augen seiner Freundin. »Es ist wichtig, daß wir wissen, was fehlt, und der neue Koch nicht einen vom Hocker erzählen kann!«

»Logo, Dicker! Äh, warum humpelst du eigentlich?«

»Bin auf ein Brett mit 'nem Nagel gesprungen. Ist glatt durch den Fuß... Ist aber nicht weiter schlimm.«

»Ach ja, das sagtest du ja schon gestern«, flötete Nicole und lief zu einem Porsche auf der anderen Straßenseite.

Tilo hatte das Gefühl, daß Nicole auf den Umbau eifersüchtig war und deshalb in letzter Zeit so viele Verabredungen hatte.

»Wenn du wüßtest, wie schnurz mir das ist! Wie abgrundtief scheißegal!« brüllte er einem verdutzten Passanten ins Gesicht. Er hatte das zwingende Bedürfnis, nach Hause zu fahren, sich ins Bett zu legen und zu warten, bis alles lief. Aber er mußte nach Poppenbüttel zu einem reich gewordenen Schlachter aus dem Ruhrpott. Komischerweise hatte der jetzt die erfolgreichsten Varietékünstler unter Vertrag.

Eine Stunde später hatte er die neunzehn Kilometer geschafft. Tilo drückte noch schnell vor dem Rückspiegel einen Pickel aus, kämmte sich und ging auf die hell verklinkerte Villa zu. Was wohl Schlachten mit Künstlermanagement verbindet, überlegte er kurz, als er klingelte.

Ein kleiner kräftiger Mann öffnete und stellte sich als Toni Jabrowski vor. Der Mann hatte auch unreine Haut, und Tilo hoffte auf eine Solidarität der vom Schicksal Heimgesuchten. »Jung', du willst also 'nen Laden aufmachen mit meinen Leuten, woll?« nölte der krummbeinige Aufsteiger, als er Tilo in seine Teakholzmöbelansammlung geführt hatte. »Ich hoffe, du bist nicht so einer, der ohne Arbeit reich werden will.« Tilo fand, daß der Kerl ein Idiot war. »Aber augenscheinlich bist ja keiner vonnet arbeitsscheue Gesindel, dat gegen allet und jedet Krawall macht, wat?«

»Also das bestimmt nicht, Herr Jabrowski!« lachte er dem am Bauch gleich reißenden Hemd entgegen.

»Gut so. Gut so«, nuschelte der schweißnasse Mann an einer Zigarre vorbei. Tilo starrte auf eine polierte Gummipalme vor der Teakholzschrankwand. »Denk immer daran, mein Junge: Wenn einer dir auf de Schulter kloppt und sacht, er wär dein Freund, hadder dich schon beschissen.« Tilo lachte, indem er

Luft aus den Lungen preßte. »Glaube niemanden nischt. Dann liegste richtig. Kohle gibt dir Respekt. Zuneigung im Geschäft is' für die Katz'. Pack den anderen bei den Eiern, ehe er sie dir abschneidet. Okay?«

Tilo nickte. Ihm kamen langsam Zweifel, ob er das hier überhaupt wollte.

War das das erfolgreiche Geschäftsleben? Geistigen Dünnschiß als Lebensphilosophie anerkennen? Jabrowski bot ihm das »Du« an. Er dürfe Toni zu ihm sagen, wenn er seine Haare kürzen würde. Endlich überreichte »der Schweinekiller« ihm eine Liste mit den bekanntesten Clowns, Travestiegruppen, Zauberern, Entertainern und dergleichen mehr. Falls es in den Terminplan der Künstler paßte, konnte Tilo sie »am Anfang zu Sonderkonditionen« engagieren. »Wir wollen euch noch etwas Luft lassen, woll? Und denk an die GEMA, die Ausländersteuer und die Umsatzsteuer, mein Freund!« ermahnte ihn Jabrowski kumpelhaft mit einem Schlag auf die Schulter.

Verwirrt ging Tilo zu seinem alten Ford in der Auffahrt: Hatte der Kerl ihn nun schon betrogen, oder was? Zurückgekehrt ins Chaos der Baustelle, die das »Schneider's Theater« werden sollte, brüllte er über den Krach hinweg: »Hey, Rudi! Das mit dem Programm für die ersten Wochen könnte klappen. Ich hab', glaube ich, den Künstlerkerl in der Tasche...!«

»Hab' ich nicht anders erwartet«, kam von Rudi aus dem Mundwinkel zurück, der nicht durch eine Zigarette blockiert war.

Tilo ging etwas enttäuscht in die Küche. Wahrscheinlich hatte Rudi ihn gerade gelobt oder so was. Ohne größere Verwunderung stellte er fest, daß Nicole nicht am Wühlen und Ordnen war. Nur der neue Koch saß in der Ecke des klebrigen Raumes und ging den Hobbys eines Alleinkochs nach: Er stierte, fluchte und soff. »Halli, hallo!« versuchte es Tilo auf fröhlich und erntete dafür einen Hast-du-'ne-Ahnung-Blick. »Bist du der Eddy, der ein eigenes Restaurant in Blankenese hatte?« nahm Tilo einen neuen Anlauf.

»Genau der bin ich«, kam es nicht ohne Stolz zurück. Eddy nahm einen Schluck auf sein Wohl.

»Und warum hast du das Lokal nicht mehr?« fragte Tilo, als er die Tür zum Hinterhof öffnete. Es stank in der Küche widerlich nach verfaulendem Essen.

Abermals hatte Eddy einen Grund, sich nachzuschenken, und dann murmelte er etwas von Steuern, Hausbesitzern, auslaufenden Pachtverträgen und überhaupt...! Gleich darauf startete er einen Gegenangriff: »Habt ihr euch eigentlich mal diesen Mist angesehen, den ihr Küche nennt?«

Tilo drehte sich herum und hatte in diesem Augenblick wirklich das Gefühl, noch niemals eine schmutzigere und kaputtere Küche gesehen zu haben. Nicht mal das grellrote Schlachtfeld in Niendorf hatte dagegen eine Chance.

»Propangaskocher!« fuhr Eddy triumphierend fort. »Löcher in den Kühlschränken! Angebrochenes Geschirr! Eine verrostete Handschneidemaschine... Und sieh dir diese trostlose Pfanne an!«

Tilo guckte auf ein verbranntes und verbogenes Stück Blech ohne Griff, das aussah, als sei es monatelang in einem Ofen geröstet worden. Er überlegte das erste Mal, wie ihre vorherigen Köche eigentlich »grün« gewesen und sie hier hatten arbeiten können. Sein Verstand gab sich die Schuld. Sein Stolz unterdrückte dieses Wissen. »Okay, okay, Alter! Du hast gewonnen. Das war mal eine Küche. Schreib auf, was du unbedingt benötigst und wie du dir eine Varietéküche vorstellst. Ich versuche dann, alles zu organisieren.« Darauf trank Eddy noch einen.

Tilo verließ ihn und fühlte sich plötzlich müde. Unheimlich müde. Draußen im Lokal wurden gerade die Wände zu den Hinterräumen durchgebrochen. Mindestens zwölf Leute standen herum und schrien um die Wette. Rudi streichelte das abgehobelte Bühnenholz mit seinen kräftigen Händen. Tilo sah ihm dabei gerne zu. Er fand es elektrisierend, wenn kundige Hände etwas sachgerecht bearbeiteten oder anfaßten. Tilo brüllte gegen den Krach an: »...entweder zurück in die schale Gleichförmigkeit oder ab durch die Mitte!«

»Was?« brüllte Rudi, nur kurz aufblickend.

»Raus aus dem Sumpf der Angst!« verkürzte Tilo.

»Okay, Alter. Dann hau doch ab!« kam es zurück.

Dann eben so, dachte Tilo und rannte in einen verhärmten, abgemagerten Mittdreißiger, der sich entschuldigte und ihn mit

Ruinen im Mund anlächelte. »Ich wollte den Boß sprechen«, zischelte er durch seine kaputten Zähne. Tilo wunderte sich über das gebügelte und gestärkte Rüschenhemd. Die Haare wirkten so, als ob sie kurz vor dem Hineinkommen mit Spucke nach links geklebt worden waren. »Ich bin der Boß!« antwortete Tilo in die ungläubigen Augen des Gegenüber.

»Mein Name ist Hubert G. Pisanski! Dann sind Sie also Herr Rudi Schneider?«

Tilo ärgerte sich nicht zum ersten Mal über den Lokalnamen »Schneider's«. Er hatte sich wohl damals überschätzt. Etwas verärgert fuhr er den Mann an: »Was wollen Sie? Ich bin Tilo Lackner und habe hier das Sagen.«

Hubert G. Pisanskis Augen flackerten. »Äh, ihr sucht doch 'n Zapfer. Ich war vorher im Café Keese. So was Ähnliches soll das hier doch wohl auch werden, sagt man.«

»Genau richtig, Meister!« mischte sich der plötzlich auftauchende Rudi ein. »Dich können wir wirklich brauchen. Übrigens, *ich* bin Rudi Schneider!«

Tilo überlegte, ob sein Partner Sägespäne im Auge hatte oder einfach gebauchpinselt war. Auf jeden Fall verstanden sich die beiden auf Anhieb, und ihm blieb nichts anderes übrig, als mit wichtiger Miene vor dem Lokal in sein Auto zu steigen. Nach wenigen Sekunden stieg er mit hochrotem Kopf wieder aus. Er war an der Hintertür in seinen Wagen gestiegen und hatte vergeblich das Lenkrad gesucht.

Tilo fuhr nach Hause, um den Antrag für die behördliche Genehmigung zu tippen.

»Tja, meine Herren«, hatte der Ordnungsamtsvize triumphierend vor Tagen ausgeführt, »Sie brauchen neue Gesundheitszeugnisse, ein Führungszeugnis, den Bauamtsantrag sowie die Umbaugenehmigung. Sie müssen die feuerpolizeilichen Auflagen erfüllen, Fluchtwege nachweisen, die Arbeitsschutzgesetze befolgen und natürlich genügend Stellplätze nachweisen!«

Tilo war blaß geworden und hatte hilfesuchend Rudi angeblickt. Der hatte jedoch sein Hab-ich's-nicht-gleich-gesagt-Gesicht aufgesetzt.

»Also machen Sie sich nicht allzu große Hoffnungen. Wir hier in Eimsbüttel sind nicht die Reeperbahn, wir lieben keine frivolen Darbietungen auf einer Bühne...! Übrigens, denken Sie daran, daß wir vor der Eröffnung eine Schallschutzprüfung durchführen werden. Überschreitet sie vierzig Dezibel am offenen Fenster des Nachbarn, können Sie wieder vegetarische Fleischklöpse verkaufen.«

Rudi hatte sich in diesem Moment die Zigarette am verkehrten Ende angesteckt, und Tilo hatte gezittert. Mehr vor Wut. »Reichen Sie bitte einen formlosen Antrag ein!« hatte ihnen der kleine Diktator noch zugerufen.

Das war vor drei Tagen gewesen. Jetzt humpelte Tilo schweißnaß durch die lila Haustür in Niendorf. Er hatte einen entsetzlichen Druck hinter dem linken Auge. Aus ihrem gemeinsamen Zimmer schallte ihm lautes, fröhliches Treiben entgegen. Tilo haßte Wohngemeinschaften. Auch die mit nur einer Frau.

»Hallöchen, Tilo, mein Süßen!« flötete Nicole, etwas unsicher lächelnd. »Willste ein Glas Sekt mittrinken...?«

Tilo blickte voll Verachtung auf die Szenerie und auf einen blonden Menschen mit zerfleddertem Hemd auf dem Sofa. Dann setzte er sich wortlos an den Schreibtisch und versuchte, beim Einlegen des Schreibmaschinenpapiers eisige Kälte zu verbreiten.

Nicole kicherte blöde: »Du! Ich hab' zuuufällig in der Stadt meinen alten Freund Schorsch getroffen. Der Schorsch ist ein gaaanz Süßer! ... Genau wie du! ... Na, ähnlich halt!«

Tilo begann zu tippen: »Leise untermalende Barmusik zur Einstimmung der Gäste, während sie auf das Essen warten. Keine jugendgefährdenden Darbietungen...« Daß die Stadt einen zwang, derartigen Unsinn zu schreiben, aber sich der Industrie gegenüber mit dem Hamburger Nachtleben brüstete! Nach einer halben Stunde hatte er den Antrag fertig getippt und Nicole mit ihrem Hanswurst aus dem Haus gekühlt.

In dieser Nacht wälzte er sich unruhig in dem zu schmalen Doppelbett hin und her. Als er gerade wieder in die Mulde in der Mitte gerutscht war und auf Nicole traf, kam er erschrocken hoch: Und wenn sie nun wochenlang gehämmert, geputzt, verhandelt, gestrichen und geworben hatten und am Eröffnungsabend kein Aas erschien? Vielleicht nur seine Mutter mit einem

Glas Milch mit Honig gegen die Nervosität? »Schnucki, was 'n nu' schon wieder?« brummelte die betrunkene Nicole neben ihm ins Kopfkissen.

»Ach, nichts!« antwortete Tilo und griff zu der am Bett stehenden Nachdurstflasche: »Ich will das eigentlich überhaupt nicht. Die ganzen Schulden, die Arbeit, die Besoffenen, die Köche und in aller Unendlichkeit Idioten dieser Welt...!«

»Dann laß es doch, mein Schnuckel. Und nu laß uns schlafen, ja?« Tilo wollte plötzlich, daß alles irgendwann zu Ende war. Anders war es ja unerträglich.

»Und wenn wirklich keine Nase kommt?« dachte er laut.

»Wieso kommt keiner? Wohin kommt keiner? Das Schneider's wird 'ne Granate!« Nicole war offenbar froh, daß der ernüchternde Streit über Schorsch endlich zu Ende war und daß sie deshalb etwas Nettes sagen wollte, glaubte Tilo. Trotzdem beruhigte ihn ihre Bemerkung ein wenig. Er legte sich wieder hin und überlegte sich, daß er am besten am Premierenabend alle Bekannten und Familienmitglieder als Lückenfüller einladen sollte. Das war ja sonst schlimmer als jeder Korb mit sechzehn in einer Diskothek. Im Halbschlaf tauchte immer wieder seine Mutter mit dem Glas Milch mit Honig auf.

Sekunden später, so ungefähr vier Stunden danach, klingelte der telefonische Weckdienst. Tilo wollte schnell aufstehen und sich waschen, als Nicole sich wie in Zeitlupe über ihn wälzte. »Mojen, Schnugel, gut'n Mojen«, zog sie die Worte durch die Nase hoch. Er versuchte, ihrem Morgenkuß auszuweichen, denn er fürchtete, daß man aus seiner Zunge eine Maggisuppe für vier kochen konnte. Er fühlte sich insgesamt schmuddelig. Nicole schien das nicht zu stören. Sie wertete seine Ablehnung völlig anders. Was muß die bloß schon alles mit Typen erlebt haben, dachte er unwillkürlich, ohne daß es ihn tief berührte. Er konnte mit anderen nur schwer mitleiden. Eigentlich nur über sein eigenes Selbstmitleid. »Dicke, laß mich bitte! Ich muß heute morgen viel erledigen!«

»Ach, du bist doof. Du hast überhaupt kein Gefühl mehr für mich! Nie hast du Zeit! Sogar für diese schreckliche Psychotante Ingrid, diese Klobürste. Ich durchschaue dich genau... Ich will jetzt mit dir räääden!«

Tilo entwand sich ihrer Umklammerung und wollte aus dem Bett steigen.

Nicole zerrte an seiner sowieso schon ausgeleierten Unterhose. »Du sollst mich jetzt küssen! Ich will das jetzt, auf der Stelle!«

Er beugte sich herab und küßte Nicole. Sie war warm und weich. Auf dem Weg zum Badezimmer dachte er: Sie wird immer eine Inschrift bleiben, bei der mir drei Viertel der Buchstaben fehlen.

Nachdem er sich rasiert hatte und es wie immer nicht wagte, sich in gänzlich schlaffen Zügen anzusehen, zog er sich die Unterhose herunter, um sich zwischen den Beinen zu waschen. Genau in diesem Moment kam Nicole ins Bad gestürmt, um ihm klarzumachen, daß er so nicht mit ihr umspringen konnte. Warum kamen Frauen immer dann ins Bad, wenn er sich kurz den Schwanz waschen wollte? Eine der vielen Fragen, die das Leben so für einen bereithielt. Er beruhigte sie mit dem Versprechen, baldmöglichst mit ihr essen zu gehen, und entseifte sein ängstlich verkrochenes Ding. Eine Stunde später mietete er sich einen Laster und fuhr damit nach Bergedorf. Dort sprang er aus dem mannshohen Führerhaus dieses Ungetüms und tat so, als sei er schrecklich in Eile. In Wahrheit wußte er einfach nicht, wie man einen Diesel abstellte. Durch Schlüsselabziehen jedenfalls nicht.

In der Doppelgarage seiner Mutter hatten in den vergangenen Wochen zwei arbeitslose Malocher Einzelteile zurechtgesägt und geleimt. Zusammengesetzt sollte daraus der riesige neue Tresen im ehemaligen Hinterraum der Kneipe werden. Tilo stellte erschrocken fest, daß die beiden Handwerker sein Verlangen nach derbem ursprünglichen Holz mit heller glatter Birke beantwortet hatten. Noch dazu schick gelackt. Alles, was uneben sein soll, dachte er, nehmen sie dir krumm.

Seine Mutter kam im Morgenmantel und mit verrutschter Perücke aus dem Haus. Sie bot ihnen Frühstück und eine Kanne Kaffee an. Unwirsch kanzelte Tilo sie ab, selber leicht verwundert über seine geschäftige Kälte. »Hinterher.«

An den Blicken der zwei Tischler konnte er erkennen, wie schnell man zwei neue Feinde gewinnen kann. Als sie nach dem

Aufladen zu dritt im Führerhaus des Lasters hockten, beklomm ihn das Gefühl der Distanz, das Malocher ihm gegenüber leicht entstehen ließen. Er empfand es als Bildungsrespekt und natürliche Feindschaft. Wahrscheinlich nicht nur, weil »theoretisch« für ihn praktisch kein Fremdwort war. Dabei hatte er nie einen künstlichen Dünkel in sich verspürt. Höchstens einen echten: Er begriff einfach nicht die Fähigkeit und Bereitwilligkeit von Menschen, Befehle entgegenzunehmen, froh darüber zu sein und sie ohne große Hinterfragung auszuführen. War das der Grund, warum Gisela ihn ein bourgeoises Arschloch nannte, der keine Ahnung von Lohnabhängigkeit hatte? Aber er war eben der Ansicht, daß die sich stärker auflehnen müßten. Seine Mutter hatte ihn immer beruhigt: »Tilo! Diese Leute haben logischerweise mehr Möglichkeiten, Gleichgesinnte zu finden. Freunde und gemeinsame Ziele oder Hobbys.« Das immerhin hatte Tilo als riesigen Vorteil angesehen.

Nach langer schweigsamer Fahrt bugsierte er den Wagen ins Halteverbot vor dem Schneider's und ließ ihn mit laufendem Motor stehen. Dann stieg er in den Ford, in dem Rudi mit obligater Zigarette im Mundwinkel schon auf ihn wartete. »Moment, bitte!« bremste er den mit quietschenden Reifen anfahrenden Freund. »Halt noch mal an!« Nachdem der eine Tischler sein Winken bemerkt hatte, bat er ihn, doch irgendwann den Laster richtig zu parken und den Motor abzustellen. Nur keine Blöße geben, bloß nichts zugeben im Leben, war die Devise.

In neuer Rekordzeit kamen Rudi und er vor dem Ordnungsamt in den Grindelhochhäusern an. Tilo ging wie immer mit forschen Schritten voran. Er empfand es als viel leichter, voranzuschreiten und einen Verunsicherten mitzureißen, als allein, ohne Zeugen irgendwohin zu müssen.

»In welcher Etage ist das Ordnungsamt, bitte?« fragte er den Pförtner, aber es kam keine Antwort, geschweige denn ein Blick. Der Mann mit der wichtigen Mütze schrieb gerade etwas auf. Das war doch deutlich zu sehen, oder? Endlich wandte der Angestellte im öffentlichen Dienst seine Aufmerksamkeit dem auf anständig getrimmten »Bittsteller« zu. »Jiaaa?« Tilo wiederholte seine Frage und erfuhr dann, er müsse erst mal Termine beantragen. »Ich muß ihm gleich in die Fresse haun«, flüsterte Rudi. »Das Stockwerk bitte!«

»Zu wem wollen Sie denn eigentlich?« beharrte der Unkündbare mit garantierter Beförderung. Sie gaben auf. Da konnten sie ja nachträglich noch froh sein, daß der »Vize« immerhin zu ihnen ins Lokal gekommen war, um sie »vorzuwarnen« und »sich einen allgemeinen Überblick mit Polaroids« zu verschaffen. Sie sprangen in den Paternoster und lasen die Hinweisschilder auf den Stockwerken. Im zehnten angekommen, fragten sie einen aktenschleppenden alten Mann zwischen dreißig und fünfzig: »Entschuldigung! Wo finden wir Herrn Hügel?«

»Sollten Sie...? Ja, sicher meinen Sie Herrn Hüggel! Also, Herr Hüggel hat das Zimmer 1046. Sie müssen den Flur dort entlanggehen, durch die Schwingtür hindurch, immer weiter. Ja! Immer weiter. Dann kommt das Zimmer von Frau Doktor Seipel. Und dann... Moment. Die vierte, nein, die dritte Tür auf der rechten Seite ist der Raum, den Sie suchen!« Mit sich zufrieden, ging der Mann seine Akten austeilen.

Tilo zerrte Rudi von den in einer Vitrine ausgestellten Drogen weg. »Alter! Hast du das geile Zeug gesehen?« schwärmte Rudi, bis er plötzlich wieder wahrzunehmen schien, wo sie waren und wie wichtig die folgende Stunde sein würde. Ein mindestens fünfzig Meter langer düsterer Gang führte zu dem Raum des Ordnungsamtschefs. Rechts und links gingen kleine Sterbezimmer ab. Es roch nach Bohnerwachs, Leberwurst und altem Schweiß. In einigen Zimmern wurde bei offener Tür vor dem Sterben noch gestempelt und getippt. Neben einigen Türen saßen mutlos blickende Menschen auf abgewetzten Bänken. Endlich erreichten sie die richtige Tür. Tilo klopfte. Keine Antwort. Rudi klopfte ein wenig dringlicher. Doch nun unterrichtete sie ein freundlicher älterer Herr von einer nahen Bank, daß die Bürozeit erst in drei Minuten beginne.

Eine Viertelstunde später rief Herr Hüggel: »Kammeyer, das müssen Sie sehen. Komm doch mal rüber! Diesen formlosen Antrag von den Herren Schneider und Lackner.« Er saß aufgekratzt hinter seinem mit Akten und Stempeln übersäten Resopaltisch und schien sich köstlich zu amüsieren. Ein gebeugter, Aktenstaub ausatmender Mann schlurfte unfroh ins Zimmer seines Chefs und musterte das Schriftstück der »Bittsteller« kopfschüttelnd. »Verstehen Sie das bitte richtig«, erklärte Tilo nervös, »wir wollen unser bestehendes Bistro nur leicht umbauen. Für kleinere Gruppen auf einer kleinen Bühne, und so...«

»Ich verstehe sehr gut«, antwortete Hüggel leicht süffisant. »Kammeyer, erinnern Sie sich noch an die Übertragung der GAL-Wahlparty aus dem Schneider's?« Kammeyer nickte unmerklich. »Wie da einige von der ›schwarzen Front‹ über ›die korrupten Behördenmuftis‹ gelästert haben. Tja! Wie es damals der Fensehkommentator empfohlen hat: Wir achten jetzt viel genauer auf die Einhaltung der Umweltrichtlinien...!« Hüggel blickte auf die beiden antragstellenden Bürger mit unverhohlenem Triumph. »Genau!« brummte Kammeyer und schlurfte zurück in sein angrenzendes Zimmer.

Hüggel nahm das offenbar als ausführlich begründete Bestätigung. Er wurde noch dreister: »Warum reden eigentlich Sie immer und nicht Herr Schneider?« wandte er sich wieder an Tilo. »Der bisherige Konzessionär und Antragsteller der Maßnahme der Erweiterung ist laut..., äh... ist doch Rudolf Schneider!«

Rudis durchtrainierten Körper verließ sichtlich die Luft. Tilo fand, daß innerhalb von Sekunden aus einer Weintraube eine Rosine geworden war. »Tilo... äh, ich meine, Herr Lackner ist mein Freund und...«

»Stiller Teilhaber«, kam Tilo ihm zu Hilfe.

»Strohmanngeschäfte!« fiel ihm Hüggel ins Wort. »Das wird ja immer besser!«

Rudi schwieg eine deutliche Spur aggressiver.

Hüggel redete fortan nur noch mit dem gesetzlichen Konzessionär. »Ehe Sie nur einen Handschlag verändern, denken Sie an den Fassadenänderungsantrag, an die getrenntgeschlechtlichen Mitarbeitertoiletten, an Mitarbeiterumkleidekabinen und Fluchtwege für das Küchenpersonal. Ihr Laden hat jetzt eine zugelassene Sitzplatzzahl von... Moment! ...Ja, dreißig. Sollten Sie diese drastisch erhöhen wollen... Ach! Ich lese gerade in Ihrem ›Antrag‹ die Zahl einhundertfünfzig! Ist Ihnen klar, daß in diesem Fall zwölfmal elftausendfünfhundert Deutsche Mark an Gebühren für neuzuschaffende Stellplätze zu entrichten wären? Und wie ich sehe, wollen Sie auch die vegetarische Küche umändern. Da würde dann ein Abzug über das Nachbargebäude hinaus fällig werden. Das ist, wenn ich mich richtig entsinne, acht Stockwerke hoch.« Rudi guckte Tilo wieder mit dem Hab-ich's-nicht-gewußt-Gesicht vorwurfsvoll an.

Hüggel fuhr immer erregter fort: »Sie müssen einen Gemüseschneideraum und einen Fleischschneideraum einrichten. Der Küchenfußboden muß nach..., äh, also der muß absolut rutschfest und schallschützend sein, und wie Sie sicher wissen, sind Handwasch-, Schmutzwasser-, Geschirr-, Gemüsespül- und Fleischauftaubecken Pflicht in jeder Vollküche.«

Tilo wurde böse. Eher trotzig als clever, sagte schon sein Horoskop. Er hielt sich hinten an seinem Gürtel fest, als er lauter wurde. »Herr Hüggel! Wir sind hier bei Ihnen, um zu prüfen, wie wir eine Erweiterungsgenehmigung bekommen, und nicht, wie Sie sie verhindern können! Wenn es nur nach Vorschriften und Paragraphen ginge, bräuchte kein Mensch Sie und Ihr Amt. Dann müßte man nur Anträge in einen Automaten schieben, bei denen nach vier Sekunden als Antwort ›Abgelehnt‹ oder ›Tilt‹ wieder herauskommt!«

Hüggel grinste nur unter seinem behördlichen Ulbrichtbart und stand auf, um ihnen den Weg zur Tür zu weisen. Tilo brüllte jetzt: »Auch Sie haben schließlich Vorgesetzte (hoffte er), und Übergenauigkeit, unkooperatives Gebaren...!«

»Denken Sie über die Auflagen nach, und dann sehen wir uns in ein paar Wochen wieder, wenn Sie mit dem Umbau anfangen wollen.« Das sagte Hüggel, obwohl er von seinem Vize genau wußte, daß sie schon viel weiter waren und nicht mehr zurück konnten.

Rudi war kalkweiß im Gesicht, als sie im Paternoster wieder nach unten fuhren. Das gab ihm zusammen mit den pechschwarzen Bartstoppeln ein wildes Aussehen. Im Gegensatz zu Tilo sah Rudi immer wie ein Kämpfer aus. »Koenig mit seinem: Ein paar Nachmittage, und ihr macht richtige Knete, Jungs. Ich könnte mich in den Arsch beißen. Ich hab's doch geahnt. Aber nein, aber nein...!«

Tilo hörte seinem Partner nicht richtig zu. Er überlegte, ob er von seinem bisherigen Leben Abschied nehmen und mit einer Knarre in der Hand aufrecht sterben sollte. Vielleicht hatte Ulrike Meinhof mal einen Antrag bei Hüggel gestellt und war dann aus Verzweiflung abgetaucht. Desillusioniert fuhren sie erst einmal nach Hause. Rudi fehlte die Motivation, weiterzusägen. Tilo wollte mit Koenig reden. Denn Koenig hatte überhaupt keine Konzession für seinen Nachtklub. Er durfte weder harten Alkohol ausschenken noch bis in den Morgen offen haben. Koenig erzählte immer großspurig und nebelhaft von seinem Verein zur Förderung der Geselligkeit und so. Den gab es zwar nicht, es war aber eine andere Abteilung in der Behörde.

Tilo erklärte dem lachenden Koenig die Pleite im Ordnungsamt. Rudi schwieg vorwurfsvoll. Koenig machte eine Flasche Sekt auf und meinte, sie sollten sich nicht in die Hose scheißen. Sie sollten lieber mal überlegen, wie denn bei so peniblen Vorschriften überhaupt etwas zustande kommen konnte in diesem Land. Er meinte lapidar, man müßte immer nur den zweiten Mann hinter dem ganz Mächtigen kennen. In diesem Fall sei das der stellvertretende Chef des größten Hamburger Wirtschafts- und Ordnungsamtes im Bezirk Mitte. Der habe schon bei seiner Einschulung das SPD-Parteibuch in die Tüte gelegt bekommen, und alle spekulierten, daß dieser »tüchtige Mann, unser aller Genosse«, eines Tages Innensenator sein werde. Und damit »Boß von allen diesen kastrierten Flachköpfen in den Stempelstuben«, wie es Koenig formulierte. Rudis Gesichtsfarbe kehrte langsam zurück. Nur zu gerne wollten Tilo und er dem Mann im Seidenkaftan und dem Joint in der Hand glauben. Es blieb ihnen ja auch kaum etwas anderes übrig, als Koenig zu vertrauen, obwohl er ihnen erst zwanzigtausend Mark von seinen Freunden besorgt hatte. »Es gibt da noch kleinere Differenzen über die Zinsen und Sicherheiten«, hatte er die »aufsteigenden Sterne an Hamburgs Gastronomiehimmel« beruhigt.

Rudi fuhr, leicht angetrunken, zurück in den Laden: »Weitersägen, weitersägen, weitersägen«, kicherte er erleichtert vor sich hin.

Tilo wollte die fertig gedruckten Plakate abholen und mit Nicoles Hilfe an die Bauzäune kleben. Koenig blieb zurück und überlegte, ob er wieder einmal schmusen sollte mit seiner Uraltfreundin Sabrina, einer mütterlichen Ex-Hure. »Bei der darf ich wenigstens impotent herumliegen!« hatte er ihnen diese Vorliebe einmal zu erklären versucht.

Verstanden hatten sie ihn alle nicht so recht an dem Abend. Vor allem nicht Tatjana Sommer.

4. Kapitel

Ungefähr 10 Wochen danach. Am Tage der Eröffnung.

Gisela, Ingrid und Richard waren in Koenigs Ex-Wohnung in Winterhude eingezogen. Sie hatten keine menschlich politische Plattform mehr gesehen, nachdem »sich Tilo zur Marionette des dekadent eigensüchtigen Koenig entwickelt« hatte. Ingrid hatte ihn »in aller Freundschaft« darauf hingewiesen, daß alle Symptome dafür sprächen, daß Koenig ein potentieller Selbstmörder war. Tilo hatte gelacht und ihr entgegnet, daß Koenig in seiner Lebenslust ja wohl gerade das Gegenteil ihrer Prognose verkörpere. Doch Ingrid hatte dazu nur gelächelt, so wie wohl nur Menschen lächelten, die Psychologie studiert hatten. »Eben drum!« hatte sie dann nur noch gesagt und war mit den anderen ausgezogen.

Als er ihnen heute morgen ihren Anteil an der Kaution des Lila Hauses vorbeibrachte, kurz bevor sie sich heute noch einmal von Gisela animiert im Kreise hingesetzt hatten, um zur Musik von John Lennons *Imagine* eine Art Meditation zu versuchen, hatte Gisela ihn gefragt: »Was versprichst du dir bloß von deiner Jagd nach Geld, Tilo?«

»Ich will endlich Leck-mich-am-Arsch-Kohle haben, um niemals mehr Menschen ertragen zu müssen, die ich nicht mag.« Unruhig und ohne echte Konzentration hat er dann, rechts Richard, links Ingrid an der Hand, weise lächelnd Giselas Meditationsrhythmen verfolgt. Dann hatten sie sich umarmt, und er war fluchtartig aus dem Anflug von Wehmut und Vergeblichkeit in die ernüchternde Luft der Hamburger Straßen geflüchtet. Auf der Heimfahrt dachte er noch an Peter, dessen unermüdliches Sitzen vor dem Trockner im Waschcenter zu den Sätzen: »Das sind aber süße Jäckchen!« geführt hatte. Er hatte nicht direkt herangehen wollen, um keinen Korb zu ernten. Die Besitzerin der »süßen Jäckchen« mußte dann aber nach vier Monaten Nebeneinandersitzen vor den drehenden Trommeln ein Einsehen gehabt haben und hatte Peter mitgenommen. Peter würde nie wieder von dieser Frau lassen. Komme da, was wolle.

Als er gerade durch die Tür des Lila Hauses kam, hielt Tatjana ihm den Telefonhörer hin und flüsterte mit den für Frauen so selbstverständlichen Worten: »Deine Mutti! Sie hat schon ein paarmal angerufen.«

»Kind«, fing seine Mutter an, »kommst du denn zurecht so alleine? Oder sollen dein Vater und ich helfen kommen? Letzte Hand anlegen...? Heute ist doch der große Tag, oder?«

Tilo nahm sich, wie in letzter Zeit immer häufiger, das Recht, genervt zu sein. »Ja, ja, ja! Also gut, Helen«, gab er seiner Mutter zur Antwort, »ich brauche tatsächlich noch jemanden, der diese blödsinnig glänzende feuerfeste Farbe auf dem Bühnenhintergrund wieder übermalt, nachdem die Behördenheinis den Laden heute nachmittag endgültig abgenommen haben. Ach ja, wenn du tausendfünfhundert Mark in klein für die Wechselgeldkasse auftreiben könntest?«

»Gut, Tilo, ich versuch's...«

»Bis dann also!« würgte Tilo das Gespräch ab.

Er nahm sich das Recht, alle Menschen um sich herum zu dirigieren und sie auf die Funktion zu reduzieren, die sie für den Erfolg des Varietés hatten. Er gefiel sich in der Rolle des konstant angespannten Machers, der alles niedermachte, was sich ihm in den Weg stellte. Keiner außer ihm konnte an diesem Punkt der Entwicklung die vielfältigen und verwirrenden Entscheidungen treffen, und dieses Bewußtsein gab ihm eine nie zuvor empfundene Kraft. Seitdem Koenig das restliche Geld aufgetrieben und Tilo mit seinem »Spezi« Hans Hermann Teig bekannt gemacht hatte, besagtem zukünftigen Innensenator, berauschte er sich immer mehr an seiner eigenen Spitzenfunktion. Er fühlte sich als Schöpfer.

Als er jetzt den in tausend Lichtern glänzenden Laden betrat, eröffnete Rudi ihm, daß ihr Zapfer Hubert G. Pisanski noch besoffen im Bett liege. »Dann fahr doch hin und hol *deinen* perfekt passenden Mann!« fuhr Tilo ihn unwirsch an. Gleich darauf griff er zum Telefon: »Tilo hier! Von Schneider's Varieté-Theater«, bellte er betont männlich in die Muschel. »Warum habe ich in der Stadt nicht überall, ich wiederhole: überall, unser Revueprogramm gesehen, Fredy? Ich hab doch schon vor Tagen...!«

Fredys Antwort ließ ihn die Augen rollen. Nicole stand in der Nähe und hörte zu. Er demonstrierte gerne das Versagen anderer.

»Ja, dann haut doch den Leuten von ›Mama Concerts‹ auf die Fresse, wenn die immer unsere Werbung überkleben! Wozu denn sonst immer das ganze Theater mit Karate...? Ja, ja, ich übernehme die Verantwortung!« Er knallte den Hörer auf die Gabel.

»Du alter Angeber!« kommentierte Nicole seine Sprüche. Trotzdem glaubte er, daß sie den »neuen« Kerl in ihm faszinierend fand. Er hoffte es wenigstens, denn sie hatte einen großen Anteil an seiner Veränderung gehabt. Nicht zuletzt durch ihre wachsende Bewunderung für bestimmte andere Männertypen.

Nur manchmal, ganz selten, lag er nachts in seinem Zimmer (sie hatten jetzt zusammen drei, Nicole und er) und fragte sich, wo in ihm der kleine Junge geblieben war, der sich unbändig über das Motorengeräusch hatte freuen können, das ein Bierdeckel in den Speichen seines Rollers erzeugen konnte.

Er gab sich einen Ruck und ging hinüber zu dem eng besetzten Tisch, an dem Koenig mit mindestens acht uniform wirkenden Männern saß und soff. »Platz für meinen Freund!« rief Koenig, als sich Tilo zu ihnen auf die Bank quetschte. »Dieser Kerl hat den tollsten Laden hingelegt, den Hamburg je gesehen hat. Ein Bier für unseren Star!«

Tilo fand das Lob ein wenig zu dick aufgetragen, aber Koenig zwinkerte ihm zu, als wollte er sagen: Ich weiß schon, was ich tue.

Am Tisch saßen Toni Jabrowski, Hans Herbert Teig, der Brauereiboß, der Außendienstmann der Eimsbüttler Behörde, der Tabakautomaten- und der Spielgeräteaufsteller, ein Bauamtsleiter, zwei von der Feuerwehr, und alle waren mehr oder weniger betrunken. Hans Herbert Teig mußte zur Toilette, »eine Stange Bier in die Ecke stellen«.

»Ha, Hans«, feixte da der zigarrenrauchende Brauereichef, »du meinst wohl, den kürzeren ziehen und tropfen lassen!«

Alle lachten. Tilo am lautesten. Es war wie früher im Schulbus mit Rudi. Nur war diesmal nicht er das Opfer.

Sie alle hatten ihre verschiedenen Leichen im Keller gelassen und über Koenig und »den obergeilen Fuzzi Hans Herbert« (Originalton Koenig) die Eröffnung ermöglicht, indem sie nur das Machbare verlangten. In der nächsten halben Stunde unterschrieben Tilo und Rudi zwei Lebensversicherungen, eine gebündelte Sachversicherung, drei Autoversicherungen. Hans Herberts Frau besaß eine Versicherungsagentur. Das Automatenaufstellrecht für zehn Jahre und den Bierlieferungsvertrag für fünf Jahre hatten sie schon vor Wochen vergeben. Dafür hatte die Brauerei Parkplätze in der Nähe, die zu anderen Kneipen gehörten, dem Schneider's zugeordnet. Nach weiteren Bieren und vielen Männerzoten zogen die Geschäftsleute mit den »Öffentlichen« weiter. Es gab da noch mehr zu klären, »wo sie schon einmal dabei waren!«

Koenig saß endlich allein mit Tilo an dem mit Bierhumpen übersäten Tisch; »Na, Vadder? Ist das nicht oberaffengeil gelaufen? Und Versicherungen sind sowieso nur was für Angsthasen!« Entweder hatte Koenig wieder einen Fadenriß, oder Tilo wußte wieder einmal nicht, wo sein Freund sich gerade wähnte. Na, egal, Hauptsache, sie hatten endlich die Konzession. Rudi war nach seinen Unterschriften mit Pisanski hinter dem Tresen verschwunden.

Tilo ging hinter der Bühne in die Garderobe, wo ihn die vier Travestiestars der »Madame Fou-Fou« mit beleidigten Gesichtern empfingen. »Mein süßer Chef«, klimperte ihn der blonde Jacques an, »auch wenn du wuunderschöön bist: diese Garderobe, mein Freund, ist ja kleiner als die Hutschachtel meines dilettantischen Partners Emilio hier neben mir. Vielleicht freut er sich über das matte Licht am Schminktisch, *ich* nicht, mein Prinz! Ich nicht!«

Tilo war von den zärtlichen Berührungen der Männer verunsichert. Er wußte nicht, ob dieser Jacques das wirklich so ernst meinte mit der Kritik. Giacomo, der Boß der Truppe, ein fetter Kerl mit aufregenden Frauenbeinen, weigerte sich, »auf einer

Bühne aufzutreten, deren Bretter auf Colakisten genagelt sind. Womöglich auf Pepsi-Colakisten!«

»Vor allem die Schrauben in den Bühnenbrettern müssen bis morgen verschwinden«, verlangte Jean Paul, der männlichste der vier, »oder ich bleibe morgen in dem stinkenden Hotel, daß ihr für mich gebucht habt!«

»Ach! Du meinst, du bleibst gleich in der Jungstoilette am Hauptbahnhof, oder wie sollen wir das verstehen?« stichelte Jacques. Der kleine, sehr erotisch aussehende Emilio schmachtete Tilo an und flüsterte: »Mein Herr und Gebieter, laß mich dein Sklave sein.« Dabei versuchte er, mit der einen Hand Tilos Reißverschluß zu öffnen, und mit der anderen rieb er an seinen, durch Hormonspritzen entstandenen Brüsten. Tilo lächelte verlegen, appellierte an ihre Solidarität und versprach ihnen Presseartikel wegen der Eröffnung und so. Dabei war er immer noch nicht sicher, daß überhaupt jemand kommen würde, der wichtig war. Er flüchtete aus der Garderobe und rückte ein wenig hilflos Tische zurecht.

Tilos Eltern kamen in den Laden gestürmt. Seine Mutter mit Sonnenbrille und Tigerkleid. Tilo fand es in diesem Augenblick schwer mit seiner Chefwürde zu vereinbaren, überhaupt eine Mutter zu haben. Helen begrüßte ihn überlaut mit: »Hallo, mein armer Junge! Geht's dir denn auch gut?«

Er zog die Bauchmuskeln an. Gepreßt fragte er: »Könnt ihr das da übermalen? Die Farbe ist in der Mitarbeitertoilette.« Wenn sie mich jetzt knuddelnd in die Arme nimmt, bringe ich sie um, dann bringe ich sie um oder komme nie wieder. Aber seine Mutter überraschte ihn anders. Sie zog mitten im Lokal ihr Tigerkleid aus und ließ sich von ihrem Mann, der hier wie verloren wirkte, einen Kittel reichen. Dann stürmte sie los, um ihren Sohn vor dem Untergang zu retten.

Tilo stolperte über einen Stuhl. Er tat sich weh und dachte sofort mit schlechtem Gewissen an Koenigs Worte: Immer, wenn du dir weh tust, hattest du gerade einen miesen Gedanken. Tilo zog sich zu dem Elektrokasten zurück und dimmte die Raum- und die Bühnenstrahler. Heute fühlte er sich unter den vielen neuen Mitarbeitern wie ein Fremder im eigenen Reich. Alle schienen den am Tresen arbeitenden Rudi als ihren »natürlichen« Chef zu akzeptieren. Sie hatten zu dem meist schweigenden »Body« ein herzliches Verhältnis: Rudi war einer von ihnen, während Tilo ihnen wohl irgendwie zu fremd und wohl auch zu direkt in seiner Kritik war.

Es wurde auf dieser Seite der Straßenschlucht langsam dunkel, und tröpfchenweise kamen die ersten verunsicherten Gäste. Tilo flehte zu irgendeiner Instanz da draußen, daß sie bitte nicht die letzten waren. Diese sahen so aus, als wollten sie mal sehen, was aus ihrer Stammpinte denn so geworden war. Rudi zapfte mit Pisanski unaufhörlich Bier. Nicole öffnete und schloß zum wiederholten Male den obersten Knopf ihres fast durchsichtigen Hemdes. Sie hatte angeboten, mit Rudi hinter dem Tresen an der Bar zu arbeiten.

Endlich waren seine Eltern fertig mit dem Streichen des Bühnenhintergrundes. Es roch im Laden penetrant nach Farbe. Tilos Mutter änderte das schnell. Nachdem sie wieder in ihr Tigerkleid geschlüpft war, versprühte sie im ganzen Lokal und auf den Toiletten ihr teures Estée-Lauder-Parfüm. Glücklicherweise übergab sie ihm dann das Wechselgeld und verschwand, seinen Vater im Schlepptau.

Tilo fühlte einen Stich im Herzen. Ganz kurz. Ein Mensch, der bei einem die Windeln gewechselt hatte, wollte einen wohl immer vor dem Untergang bewahren, ohne Rücksichtnahme auf Eitelkeiten.

Tilo ging nervös im Laden hin und her. Die eingeladenen Mitglieder ihrer Familien und alte Kumpel beobachteten ihn. Der Laden füllte sich immer schneller. Tilo hatte keine richtige Aufgabe. Er wollte die Gäste begrüßen. Doch er kannte keinen von diesen festlich gekleideten Menschen. Manchmal kam ihm ein Gesicht bekannt vor, aber dann wußte er unter Garantie nicht den Namen.

Neidisch sah er, wie Koenig in seinem modischen schwarzen Overall am Eingang herumtänzelte und viele der eintrudelnden Gäste überschwenglich begrüßte. Tilo hatte das Gefühl, daß ein gnadenloser Scheinwerfer auf ihn gerichtet war, während er da und dort stehenblieb und so tat, als prüfte er irgend etwas. Mit einem Pfeifen ging hinter dem Tresen ein Faß hoch, die Luft wurde langsam zum Schneiden dick. Koenig nahm die Lobeshymnen am Eingang entgegen. Otto Waalkes kam, Udo Lindenberg, Damgar Berghoff, Manni Kaltz, Felix Magath, der Kultursenator, die *Mephisto's Angels* und Hamburgs unvermeidliche Halbwelt.

Tilo machte sich an Gottfried Böttger heran, der schon in ihrem Bistro Gast gewesen war, und versuchte, den Pianisten in ein Gespräch über die tollen Möglichkeiten des Bühnenlichtes zu verwickeln. Den Musiker schien das nicht sonderlich zu interessieren, er ging einfach weiter. Auch er wußte wohl nicht, daß Tilo irgendwer war.

Jetzt, da auch noch Tatjana Sommer mit zwei weiteren Schauspielerinnen kam, war für alle klar, daß Koenig hier der eigentliche Chef des Ganzen war. Tilo ging hinter den Tresen, um zu zeigen, daß er das durfte, und spülte Gläser. Aber Pisanski schob ihn einfach beiseite: »Geht schon klar, Tilo, das schaffen der Chef und ich allein!« Er trocknete sich die Hände und drehte sich zu Nicole um. Die stürmte an ihm vorbei und orderte lautstark: »Zwei O-Säfte ohne, ein Wodka mit, drei Pils, ein Spezi und ein Piña Colada!«

Tilo fühlte sich fiebrig, er ging auf die Mitarbeitertoilette und blickte in den gnadenlos beleuchteten Spiegel: »Soll ich vielleicht laut brüllen: Ich bin der Chef, ich bin der Erfinder des Ladens?« fragte er sein verschwitztes Gesicht. Seltsam, dachte er, daß etwas, was so nah mit einem zusammenhing, so ganz selbstverständlich ohne einen lief. Er hatte Schwierigkeiten mit dem Nichtbeachtetwerden.

Er tat so, als müßte er kurz frische Luft schnappen, und als er dann vor dem Eingang in der wartenden Menge stand, fiel sein Blick auf den Graffitispruch an der Nachbarwand: »John Lennon ist tot, die Liebe ist tot, und mir geht's auch nicht gut!« Genau, dachte er gerade, als Koenig ihn von hinten freundschaftlich umarmte. »Nimm's nicht so schwer. Da müssen wir alle durch, mein Kleiner. Laß uns losfahren. Okay?« Tilo hatte es nicht für möglich gehalten, daß dieser Mistkerl heute noch so einfühlsam sein konnte. Sie nahmen in dem kühlen Mercedes Platz, und Koenig schob wie immer das abgenudelte Lied von Gitte in den Kassettenrecorder: »Freu dich bloß nicht zu früh...« Sein Freund legte eine Linie Koks auf die Mittelkonsole hin. In diesem Moment liebte er den verrückten Kerl wirklich. Alles war genau richtig. So sollte alles sein. Tilo schniefte gierig seine beiden Teile der Riesenlinie. Koenig nahm die andere Hälfte. Der Stoff explodierte in Tilos Gehirn. Es war kein Platz für Zweifel: Er war »the one and only«! Er hatte den aufregendsten Laden eröffnet, den Hamburg seit Jahrzehnten gesehen hatte. Das Koks hatte sofort gewirkt. Sein Unterleib begann vor ihm wegzufliegen. Das nächste Astloch, das ihn anlächelte, war seins. Garantiert.

Mit einer wohltuenden Intensität und Gnadenlosigkeit fuhren sie durch die glitzernde Nacht. Tilo fragte Koenig, wie er es geschafft habe, sich heute abend einfach aus dem Mittelpunkt des Interesses fortzuschleichen. Nur um mit ihm, Tilo, herumzufahren?

»Ach, Geliebter, für mich ist das doch alles nichts Neues. Da kommt doch nicht ein einziger origineller Gedanke von denen. Nicht einer! Ich bin bei euch in Niendorf eingezogen, weil in eurem Haus wenigstens eines wirklich unnachahmlich war: die scheißversiffte rotgelackte Küche!« Beide lachten. »Ich sage dir, Tilo: Diese Stars, diese ›Erfolgreichen‹ sind alle total unglücklich. Alle lenken sich ab und nennen das dann ›Leben‹. Weißt du eigentlich, daß ich in letzter Zeit das Leben tödlich langweilig finde? Tatjana will nicht irgendwo in Asien mit mir nach was Neuem suchen. Sie will versorgt sein. Würdest du mitkommen, nach was Neuem suchen? Würdest du mit mir einen Schritt über den Abgrund wagen und hoffen, daß der feste Boden unter uns nachwächst?«

Tilo war erschüttert: »Wenn du das willst, warum hast du mir dann das ›neue Schneider's‹ eingeredet?«

»Weil du sonst in der Natur eingehen würdest. Einmal im Leben mußt du wirklich erfolgreich gewesen sein, mußt übergenug Kohle angeschafft haben... Wenn eines Tages Schluß ist, oder du willst Schluß machen, darfst du nicht ›gescheitert‹ sein. Dann hast du ja noch Träume. Dann willst du noch was...!«

Tilo versuchte, seinen Freund zu verstehen. Es klappte nicht. Sie fuhren inzwischen unbewußt das zweite Mal über den Kiez, vorbei an den sich anbietenden Stretchhosenmädchen am Hans-Albers-Platz, und Tilo fühlte eine unbändige, nicht kontrollierte

Lust, auszusteigen, ein Mädchen mitzunehmen und leckend zwischen ihren Schamlippen zu sterben.

Koenig hingegen wollte Farben und Funken sehen und keine »zerbrochenen Hühner mit dem Arsch an der Mauer«. Er wollte unbedingt ins Stahlwerk im Freihafen. Kurz darauf »flogen« sie über die freischwebende Köhlbrandbrücke in Richtung der vier großen Schornsteine der Krupp-Walzwerke. Über »mollig weiche Schamlippen« sinnierend, verpaßte Koenig die richtige Abfahrt an dieser Stadtautobahn, aber ohne sich in seinem Redefluß stören zu lassen, setzte er im Rückwärtsgang gegen die wild hupenden Nachfolger zurück. So landeten sie, noch verkehrtherum, an einem Kontrollhäuschen der Hafenzöllner. Koenig rief die streng guckenden Wachmänner zu sich herüber und verkündete mit wichtiger Miene, daß seine Firma der Werksleitung die falschen Abgasfilterbomben geliefert habe. »Das kann jeden Moment eine Katastrophe geben, meine Herren«, mahnte er die jetzt verständnisvoll dreinblickenden Beamten.

Tilo konnte nicht glauben, was er da mitbekam. Nachdem ein Wagen mit Gelblicht ihnen vorangefahren war, bekamen sie von der Werkschutzleitung rote Kontrollhelme verpaßt und hatten freien Zutritt zum Hochofenraum.

Die Gestalten in den silbernen Hitzeschutzmänteln erschienen Tilo wie Wesen aus einer anderen Welt. Immer wenn sie irgendwelche Stäbe in das brodelnde flüssige Eisen warfen, explodierten mit einem Knall Tausende von Vulkanfahnen und zischten durch die mindestens fünfzig Meter hohe Halle. Tilo mißtraute seinem verkoksten Gehirn: War das alles wahr heute nacht? Erlebte er das alles wirklich? Neben ihm tanzte ein wild verzückter Koenig und brüllte irgendwas in das zischende kochende Stahlgemisch. Lüftungsbomben? Und das hatte man ihnen geglaubt! Kein Wunder, daß sie mit Koenigs Hilfe doch noch eine Konzession für das Varieté bekommen hatten.

Als sein Freund bemerkte, daß Tilo nachdenklich auf die Arbeiter blickte, die dort hinten in unmenschlicher Hitze und lungenzersetzendem Staub jede Nacht arbeiten mußten, schüttelte er ihn spielerisch: »Vergiß doch mal den Sozialscheiß, Gevatter. Die bringen pro Nachtschicht einen Holstentorschein mehr nach Hause und sind froh, daß ihre Kinder was werden. Sei dir sicher, wenn das hier nicht wäre, könnten wir nicht so geil abfeiern. Das hier ist eines der letzten Schauspiele, bei denen ich wirklich noch was empfinde...« Tilo versuchte, mit steifen Bewegungen mitzutanzen. Langsam fielen sie unangenehm auf. »Habe ich dir übrigens erzählt, daß Tatjana, die blöde Kuh, ein Kind von mir haben will? Ich soll mal ein paar Wochen kürzertreten, dann würde sie... und so! Daß ich nicht lache, habe ich ihr geantwortet, du bist doch noch nicht einmal in der Lage, einen Goldfisch eine Nacht am Leben zu erhalten, geschweige denn so einen schreienden Wurm!« Tilo grinste. Er vermutete jedoch andere Gründe hinter Koenigs flapsigen Bemerkungen. »Sie war echt beleidigt, das schöne Kind.«

Nachdem sie beide »festgestellt« hatten, daß doch die richtigen Bomben geliefert worden waren, fuhren sie zurück in die Stadt. Langsam glitten sie heraus aus der warmen Umhüllung der Kokaineuphorie. Es war wie bei jedem künstlichen Rausch: Am Ende der Wirkung wurde das kalte Grau verstärkt. Mit genau derselben Energie, mit der am Anfang alles rosarot gefärbt worden war. Koenig reichte einen der vorbereiteten Joints herüber, zur Abmilderung des Horrors, wie er meinte.

»Ey, Alter!« sagte er plötzlich. »Da kommt mir eine glänzende Idee. Vielleicht ist heute der Tag, an dem du eure Geldgeber kennenlernen solltest. Die wollen ja auch mal direkt mit dir zu tun haben... Herbert Nugent und seine Warenterminheinis!«

Tilo zuckte zusammen. Er war plötzlich stocknüchtern. »Was sagst du da? Du machst Witze! Herbert Nugent? Dieser gehirnamputierte Catcher? Dieser gemeingefährliche Zuhälter der übelsten Sorte ist mein Geldgeber?« Tilo sackte in sich zusammen. Das paßte ja nun wie die Faust aufs Auge in seine ernüchterte Stimmung. Er starrte den faltigen Mann neben sich unverwandt an: Hatte der sich jeglichen Realitätssinn weggesnieft? Herbert Nugent. Tilo wollte es nicht glauben.

»Nu' mach nich' gleich in die Hose. Du siehst ja ganz blaß aus, Gott noch mal! Ihr brauchtet doch über hundertfuffzig Mille. Keiner war da! Nur diese Börsengangster und ihre Schutzmannschaft um Nugent. *Ich* hatte das Geld leider nicht rumliegen, und Tatjana wollte nichts herausrücken. Aber keine Sorge, ich handle das schon. Ich bin für die ein Star. Ich bin die Sonne, die sie umkreisen. Ich bin der Guru, und das alles sind Betende!«

Tilo war zu sehr geschockt, um irgendwie reagieren zu können. Und er hatte versprochen, dieses Problem von Rudi fernzuhalten. Die widerlichsten Typen mit dem unberechenbarsten Chefhauer hatte sich Koenig ausgesucht. Nun waren Killer seine Geschäftspartner. Was nützte es, daß Koenig ihm versicherte, sein eigener Nachtklub diene doch als Sicherheit. Tilo wollte weg. Seine Mutter hatte recht gehabt, daß die Welt da draußen schlecht sei.

Koenig faßte ihm freundschaftlich zwischen die Beine: »Uuhh! Das ist dem Kleinen aber auf die Eier gegangen, was?«

Hatte Ingrid, die Psychologin aus ihrer damaligen WG, doch recht gehabt mit ihrer Todessehnsuchttheorie? Spielte Koenig gerne mit solchen tödlichen Freaks?

Eine halbe Stunde später standen sie vor der Wohnung des ehemaligen Catchers, der sogar bei diesen rauhen Kerlen wegen »Unsportlichkeit« gesperrt worden war. Die Wohnungstür war, im Gegensatz zu den anderen im Haus, aus bloßem Sperrholz. Koenig klingelte. »Herbert tritt mindestens zweimal in der Woche die Tür ein. In seinem verseuchten Gehirn denkt er immer, seine Alte hätte ihn ausgesperrt. Dabei hat er nur den gerade gültigen Schlüssel vergessen.« Das Sperrholz ging auf, und Herbert Nugent stand im Bademantel vor ihnen. Tilo sah, daß er unter dem Frottee nackt war.

»Naa, du Penner«, begrüßte der langhaarige zerhauene Kämpfer Koenig, »welches Arschloch hast du mir denn heute mitgebracht?«

»Das ist Tilo Lackner, der Macher des neuen Varietés! Du weißt doch!«

»Ach!« Nugent schien sich nur schwach zu entsinnen. »Wollt ihr rein oder wollt ihr auf die Fresse?«

Tilo quetschte sich an dem Muskel- und Fleischberg vorbei in den dunklen langen Flur. Nugent fummelte andauernd an seinem Ding herum. Die Luft war marihuanageschwängert. Aus der Küche kam gerade eine verprügelt aussehende Frau und verkündete, daß der Haschischkuchen fertig sei. In zwei ineinander übergehenden Zimmern saßen, standen oder lagen ungefähr zehn Leute herum. Die eine Hälfte des spärlich beleuchteten Raumes war mit Matratzen und riesigen Kissen bedeckt. Alles war mit orientalischem Stoff überzogen. Am Rande der riesigen Liegelandschaft rekelten sich drei mehr oder weniger nackte Mädchen. Die eine entblößte gerade ihren Hintern. Ein gutaussehender blonder Mann mit Sonnenbrille verpaßte ihr irgendeine Spritze. Vitamine oder Hormone wegen der neuen Titten, wie Tilo heraushörte. Der Fernsehapparat lief nervend laut in der anderen Ecke des Raumes. Irgendein Formel-I-Rennen oder so was. Abgesehen von zwei ganz jungen Burschen in eleganten Anzügen, waren alle locker sportlich gekleidet. Überall Strähnchen, goldene Ketten und Uhren und Basketballschuhe. Mein Kreditinstitut, dachte Tilo entsetzt.

»Du bist das also«, brummte Nugent und hielt ihm eine Marihuanapfeife vor das Gesicht. Der Mann hatte riesige zerhauene Fäuste. Tilo nahm an. Was wußte er, was bei einer Ablehnung geschehen würde.

»Petra, komm her und zeig meinen Gästen deine Muschi!« befahl der Catcher einem wie fünfzehn aussehenden hübschen Mädchen. Sie trug nur ein überlanges T-Shirt mit der Aufschrift... »Think BIG!« Ihr »Besitzer«, wie Nugent sich nannte, griff brutal in ihre wild wuchernden Schamhaare. »Ein toller Bär, was?« fragte er Koenig. »Willst du oder dein Freund kurz reinstecken? Zur Entspannung? Die Kleine gibt sich echt Mühe!« Tilo bekam Panik bei dem Gedanken. Nicht nur, weil er die normale »Füllgröße« aus dem Bademantel ragen sah. Er konnte das nicht, obwohl ihn die Reduzierung dieses Mädchens auf einen »Befriedigungsapparat« für Männer erregte. Glücklicherweise überspielte Koenig das Angebot mit einer Frage nach dem neuesten Sportwagen des Zuhälters.

Nugent drückte Petras Kopf hinunter, und ohne das an seinem Schwanz arbeitende Mädchen zu beachten, begeisterte er sich für Pferdestärken, Tunings und Testberichte. Dann wurden verschiedene Typen, die schon seit Jahren »die Krumme« machten, analysiert. Es ging um die beste Poussage, den besten Vortrag, den heißesten Aufriß, und es ging um Huren, um »Geschäfte«, wie sie in dieser Runde genannt wurden.

Petra nuckelte unaufhörlich.

Es wurden Witze über die »Schmiermichel« der Davidswache gemacht. Ein Showstar wurde erwähnt, der jeden Donnerstag in den Puff von Nugents Mannschaft kam, um Scheiße zu fressen. Einer in der Runde fragte Tilo, ob er nicht Lust habe, Hühner aufzureißen. Seinem Gesicht, seinem »Brett« würde man doch jeden »Vortrag« abkaufen. Koenig lachte. Tilo auch. Koenig fragte in die Runde: »Und wer fickt die Hühner?« Alle lachten. Tilo auch. Tilo verstand nicht allzuviel. Nur, daß alles »vom Feinsten« war und daß alles »ohne Sprechen« ablaufen mußte. Was für ein kleiner Schritt war es von »Rettet die Elbe!« zu »Rette sich, wer kann!«

Als Koenig am Schluß kurz die Schuldentilgung ansprach, wurde Tilo klar, daß das Geld von den zwei Kerlen in den eleganten Anzügen gekommen sein mußte. Denn diese sprachen von monatlich zehntausend zuzüglich zehn Prozent Zinsen. Tilo stöhnte innerlich. Wenn das Schneider's kein Erfolg haben würde, blieb ihm nichts anderes übrig als auszuwandern.

Zum Abschied hielt Nugent Tilo an den Schultern fest, dann holte er mit dem Kopf so aus, als wollte er ihn seinem Gast ins Gesicht knallen. Wie gelähmt hielt Tilo still, und Koenig klopfte ihm auf die Schulter: Er hatte soeben den »Kopfnußtest« bestanden. Hätte er sein Gesicht nur ein wenig bewegt, wäre sein Nasenbein jetzt gebrochen gewesen. Denn Nugent war mit voller Kraft an Tilos Kopf vorbeigezischt. Tilo fragte sich, ob so eine Kopfnuß eine versteckte Liebesgeste dieses Gewaltmenschen war. Vielleicht boxten, schossen und kämpften Männer miteinander, weil sie nicht so leicht zugeben konnten, daß sie sich liebten. Als sie draußen waren, warf ihnen der Catcher noch eine große Handvoll Glückspfennige hinterher. Tilo fand in diesem Moment, daß er mit weniger Liebe auch gut zurechtkommen würde. »Toll!« meinte Koenig lobend, »wie du den Haschischkuchen abgelehnt hast. Korrekt. Das hätte sich nicht jeder getraut.« Dabei war Tilo einfach nur schlecht gewesen. Ihm war zum Kotzen und Heulen zumute. Wie hatte es nur zu dieser herrlichen Katastrophe kommen können. Das war also der Aufbruch in eine neue, geschäftlich erfolgreiche Zeit.

Das war »sein« Eröffnungstag gewesen.

5. Kapitel

Drei chaotische Wochen danach. Nicole.

»Tiiilo! Mensch, wach auf. Wach endlich auf!« brüllte jemand in sein Ohr. Vergeblich versuchte er, diese Worte als Philosophie in seine Träume einzubauen. Mit verklebten Ecken in den Augen schreckte er hoch. Es mußte sehr früh sein: Die tiefe Morgensonne stach in seine Pupillen. »Nu' mach endlich! Es muß etwas Fürchterliches geschehen sein...!« schluchzte Nicole mit nervender Lautstärke in seine glühenden Ohren. »Was 'n los, eh?« fragte jemand anderes mit Tilos trockenem Mund. Er vermutete mit den wenigen wachen Gehirnzellen, daß die Behörde das Schneider's geschlossen hatte oder daß seine Unterhose wieder statt in der Waschmaschine im Eisschrank gelandet war.

»Die Polizei hat angerufen. Irgend etwas ist mit meiner Mutter und meinem Stiefvater!« hechelte Nicole in sein im Leerlauf drehendes Gehirn. »Dieses Schwein!« setzte Nicole wie üblich hinter das Wort Stiefvater.

»Deine Mutti also...?« krächzte Tilo und versuchte schlau auszusehen. Er suchte seinen zweiten Socken, gab es dann aber bald auf. Man muß, kam es in seinen Kopf, in der Lage sein, Augenblicke zu gewichten. Es mußte auch ohne zweiten Socken gehen. Trotzdem verwirrte es ihn, daß da unter dem Stuhl ein roter und nicht ein zweiter weißer lag. Als er endlich fertig angezogen war, blickte er unter strähnigen Haaren auf Nicole und zuckte zurück, als er über den schwarzen Schatten ihren haßerfüllten Blick wahrnahm. Er war wach.

»Ach, Dicke, es wird schon nicht so schlimm sein«, brummte er und legte seine langen Arme um die plötzlich zierlich wirkende Freundin. Zu seiner Überraschung zeigte die etwas hohle Geste Wirkung. Nicole schüttelte sich in einem Weinkrampf.

Tilo bot an, sie nach Blankenese zu fahren. Nicole sah ihn an, schüttelte den Kopf und setzte sich selbst hinter das Steuer ihres Pandas. Er hatte wohl nicht so überzeugend ausgesehen. Sie raste mit riskanten Manövern in Richtung Blankenese, wo ihre Mutter eine kleine Villa bewohnte.

Tilo versuchte zu scherzen: »Dir beim Autofahren zusehen, heißt, wieder zu Gott zu finden. Es wäre doch gut, wenn am Ende der Autofahrt ein wenig Leben übrig wäre?« Er fand sich witzig in Anbetracht der frühen Stunde.

Nicole konnte nicht lachen, sondern drückte noch fester auf das Gaspedal. Was aber der Fiat wie immer einfach ignorierte. »Wenn dieses Schwein ihr was getan hat...! Ehrlich, ich bring' den Kerl um!« Tilo wußte, daß das keine leere Drohung war.

Am Anfang ihrer Beziehung hatte sie ihm bei einem Reeperbahnbummel gleich klargemacht, wie direkt und konsequent sie sein konnte. Als er damals mit ihr und einer Freundin nach zwölf in eine kleine stinkende Stripteasebar gestolpert war, hatte es Nicole anscheinend genervt, daß Tilos Augen ständig zur kleinen Bühne gewandert waren. Nach dem dritten »Männergedeck« verabschiedete sie sich kurz, um angeblich auf die Toilette zu gehen.

Tilo unterhielt sich lässig mit Nicoles Freundin und glaubte, ein »Nichts-Menschliches-ist-mir-fremd-Gefühl auszustrahlen. Dann kam über den Kneipenlautsprecher die lüstern stereotype Ankündigung »einer faszinierenden Lecknummer zweier supergeiler Mädchen, denen zu ihrem Glück nur noch ein echter Schwanz fehlt«. Mechanisch streichelte eine Frau mit blonder Perücke eine andere Frau, deren Gesicht Tilo noch nicht sehen konnte, da sich das Bett noch nicht so weit gedreht hatte. Über die Boxen ertönte seichte Musik und das heftige Gestöhne einer Frau, die kurz vor dem Höhepunkt stand. Tilo machte zu der Freundin gerade die Bemerkung, daß die Frauen wohl immer so stöhnten, weil sie so genervt über die Männer waren, als er die zweite Frau erkannte. Es war Nicole! Da lag sie und ließ sich auf der Bühne von einer anderen befummeln und küssen. Er hatte ein Gefühl wie damals, als ihn seine Mutter beim Onanieren erwischte. Diese krasse Reaktion hatte am Beginn ihrer Beziehung gestanden, und es war nicht das letzte Mal, daß Nicole auf ähnlich drastische Weise anderen Menschen etwas klargemacht hatte.

Einem »Schwein«, so einem, wie es ihr Stiefvater immer gewesen war, mußte diese Tatsache klargemacht werden. Tilo glaubte es deshalb, wenn Nicole mit »umbringen« drohte. Als sie nach einer halben Stunde mit einem rasanten Schwung auf die Auffahrt vor Nicoles Mutterhaus fuhr, stand dort der scheinbar übliche Pulk von Neugierigen. Tilo sah Gesichter, in denen der Vorwurf zu lesen war: Was muß man sich heutzutage alles mit ansehen? Wo sollte das nur enden? Aber sie wichen alle zunächst keinen Millimeter zurück. »Bitte! Entschuldigen Sie! Könnten Sie uns durchlassen!« verlangte Nicole höflich, während sie zum Haus drängte. Und die Menge begriff schnell: Sie teilte sich wie das Rote oder das Tote Meer, als Moses die Juden hindurchführte. Er hatte das so ähnlich in dem Film »Die Bibel« gesehen.

Umständlich drehte Tilo den Zündschlüssel ab. Er war nicht übermäßig erpicht darauf, sich dem Geschehen zu stellen. Was wußte er schon von der Mutter, die irgendwie irgendwann nicht zu Nicole gehalten hatte, als dies offenbar wichtig gewesen war? Dabei fiel ihm auf, daß er eigentlich überhaupt nicht wußte, was aus Nicole einen so mißtrauischen Menschen gemacht hatte.

In der Nacht vor diesem Morgen. Nicoles Mutter.

Sie betrachtete sich in dem nur indirekt beleuchteten Spiegel und bürstete gemächlich ihr immer noch ungefärbtes schwarzes Haar. Die Verfärbungen am linken Auge waren kaum noch zu sehen. Seit Tagen nahm sie die gewohnte Dosis *Valium 10* nicht mehr. Sie wollte alles glasklar sehen.

Elisabeth Scherer-Wiesner sah mit ihren sechsundvierzig Jahren bemerkenswert attraktiv aus. Wenn es um ihre einzige Tochter Nicole ging, konnten die dunkelblauen Augen kämpferisch funkeln. Aber nur noch dann, wie sie sich eingestand.

Sie hatte so viel Kraft sinnlos an den Mann verschwendet, den sie vor sechundzwanzig Jahren als Bedienung an seiner Deutschland-Route kennengelernt hatte. Er hatte immer »an seiner Rute« gesagt. Er hatte ihr versprochen, sie aus ihrer Trostlosigkeit in das Paradies einer geordneten Vorstadt in Hamburg zu entführen. Geliebt hatte sie ihn damals nicht. Aber bewundert hatte sie den handlungsreisenden Diplom-Ingenieur schon. Was der Mann alles wußte, wie er sich bewegte und wie sicher er überall auftrat! Das alles gab ihr das Gefühl: Für den lohnt es sich, Opfer zu bringen. Bei dem kann ich meiner kleinen Tochter ein richtiges Zuhause bieten und nicht nur eine saufende Großmutter als Babysitter. Sexuell tat der Mann ihr eher leid. Er schien so abhängig von dem kurzen schalen Moment, in dem er nach Sekunden auf ihr zusammensackte. Aber sexuell, fand sie damals, waren alle Männer Pflegefälle.

Sie erinnerte sich an die Enttäuschung beim Anblick des winzigen verfallenen Hauses in Ahrensburg bei Hamburg. Kaum war sie in das miefige dunkle Schlafzimmer eingezogen, war sie für ihn »halt da«. Sie gehörte mit der kleinen Nicole zum Inventar. Ab und zu sollte sie kurz hinhalten. Immer dann, wenn er unterwegs nichts aufgetan hatte.

Geredet, getröstet, zu verstehen versucht oder gestreichelt, nichts davon hatte er für nötig gehalten. Zu Hause angekommen, fühlte er sich vor allem krank und pflegebedürftig. Probleme hatte nur er, und zwar mit seinem Körper oder in geschäftlicher Hinsicht: alles andere war für ihn Quatsch. Trotzdem hatte sie ihn jahrelang umsorgt und bemuttert, bis sie eines Tages, Nicole war schon zwölf, begriff, daß er ihre Bemühungen überhaupt nicht wahrnahm. Ihr lächelndes Gesicht war doch selbstverständlich: Sie mußte sich ja nicht »den Arsch aufreißen, um sie alle zu ernähren«! Er brauchte seine ganze Kraft, um nach außen (schon sehr aufgepustet, wie sie immer gefunden hatte) den selbstsicheren, humorvollen Charmeur spielen zu können.

Nie hatte er sich gefragt, ob er vielleicht an ihren Unterleibsentzündungen schuld sein könnte. Nie war er für sie da, vor oder nach den verschiedenen Fehlgeburten oder Abtreibungen später. Nur auf die scherzhafte Frage, ob sie ihre großen Brüste straffen lassen sollte, hatte er mit leuchtenden Augen geantwortet: »Klar, wenn du meinst, daß das geht?« Sie hätte ihn vielleicht lieben können, wenn er damals gesagt hätte: »Ich will das nicht. Ich will dich so, wie du bist.« Sie hatte dagegen das Gefühl, daß er ihre Muschi unappetitlich fand und deshalb immer einen »nicht so schrumpeligen« Körper als Ausgleich verlangte. Immer häufiger stellte sie fest, daß Frauen für ihn bereits schön waren, wenn sie nur jung, unschuldig guckend und »glatt« aussahen. Aber es war nicht einmal das Schlafen mit den jungen Dingern, was sie so verletzte; auf seine kurzen Überfälle konnte sie weiß Gott verzichten. Es war die Aufmerksamkeit, das Ernstnehmen dieser kindlichen Frauen. Für diese zog er sogar seinen Nierenwärmer aus und schicke Slips an, für sie kaute er unablässig Pfefferminz. Kam er alle paar Monate zu Elisabeth ins Bett, nahm er sie kurz von hinten. Zum besseren Einschlafen, wie sie vermutete.

Plötzlich hörte sie in der Hauptwohnung über sich Geräusche: Es mußte jemand auf die Toilette gegangen sein. Das Abflußrohr führte durch ihre dunkle provisorische Kellerwohnung. Sicher wieder so ein junges Etwas, dachte sie und bürstete die Haare weiter. Wahrscheinlich war er am Hauptbahnhof gewesen und hatte so ein fröstelndes Ding mit nach Hause genommen, um es dann nach ein paar Tagen wieder auf die gnadenlose Straße zu schicken. »Ich gebe diesen Menschen etwas, Elisabeth«, pflegte er bei seinen kurzen Besuchen im Keller auszuführen. »Sie bekommen durch mich Ziele im Leben vermittelt. Ich bringe ihnen Stil bei und zeige ihnen Zärtlichkeit.« Geschickter, fand Elisabeth, konnte man Geilheit nicht umschreiben. Sie hörte jetzt seine schlurfenden Schritte oben am Treppenabsatz. Gleich würde er herunterkommen, um im Ölkeller nebenan die Heizung zu regulieren. Seitdem Elisabeth sich aus den oberen Etagen zurückgezogen hatte, zwangsweise, war er für die Heizung verantwortlich.

Es war heute ein schöner Spätsommermorgen. Sie war innerlich seltsam euphorisch. Nach Jahren der Unentschlossenheit und der sinnlosen Kämpfe wußte sie jetzt mit sinnlichkühler Erregung, daß sie mit einem Schuß die Gerechtigkeit wiederherstellen mußte.

Kein irdisches Gericht konnte beurteilen, was dieser Mensch ihrer Tochter Nicole angetan hatte. Jahrelang war Kurt ein verspielter Vater gewesen, obwohl Nicole nicht seine leibliche Tochter war. Elisabeth hatte sich auch deshalb vieles gefallen lassen, weil sie sich freute, wenn ihre Tochter kichernd und juchzend mit ihrem Stiefvater herumtollte. Sie gönnte ihrer jungenhaften Tochter dieses Glück, gerade weil sie selbst ihren Vater nur als Wehrmachtsfoto kennengelernt hatte. Doch nach ein paar Jahren, als Nicole das Kleinmädchenalter hinter sich gelassen hatte, lief ihr eigentlich scheuer Mann plötzlich bei jeder möglichen und unmöglichen Gelegenheit nackt durch ihr kleines Haus in Ahrensburg.

Als sie dann nach Blankenese umgezogen waren, wurde Kurt plötzlich wieder scharf auf Elisabeth, die er zuvor jahrelang nur als Putze wahrgenommen hatte. Er wurde immer häufiger zärtlich zu ihr, wenn Nicole »zufällig« zusah. Dabei hatte seine »Zärtlichkeit« von jeher eher funktionaler Entladung geähnelt als sanften Liebkosungen. Kam Nicole von der Schule, verwandelte sich der gerade noch niedergeschlagene Mann in einen aus allen Poren Jugend schwitzenden Charmeur.

Dann hatte Elisabeth angefangen zu arbeiten und war den ganzen Tag als Kosmetikverkäuferin unterwegs. In dieser Zeit wurde Nicole immer zurückhaltender ihr gegenüber. Sie versteckte sich unter riesigen selbstgestrickten Pullovern, und irgendwann konnte Elisabeth das nicht mehr auf pubertäre Schüchternheit schieben. Nicole sah niemandem mehr gerade in die Augen, sie wich allen aus, und Elisabeth spürte verzweifelt, daß sie ihre Tochter verlor.

Nicole aß nur noch gelegentlich, schwänzte häufig die Schule und wurde völlig introvertiert. Sie, die immer nur geredet, getobt und gelacht hatte, die alles schneller und besser machen wollte als die Nachbarjungen, blieb immer länger von zu Hause fort und kam mit knapp vierzehn oft völlig betrunken oder aufgeputscht heim. Elisabeth konnte nichts aus ihr herausbekommen. »Es ist nichts, Mutti, es ist nur alles so 'ne Scheiße!« Elisabeth redete mit Kurt darüber. Der veralberte sie und meinte hämisch, sie komme wohl vorzeitig in die Wechseljahre. Das Kind sei doch ganz toll. Wenn sie sich damals das hätte eingestehen können, was ihr Nicole später, viel zu spät, gebeichtet hatte, sie hätte diesen Kerl schon damals erschossen. Aber irgendwie *wollte* sie damals glauben, daß Nicole auf dem Barren weggerutscht war und sich dabei gequetscht hatte. Sie konnte nicht glauben, was Nicole ihr andeutete über ihren Stiefvater. Sie glaubte eher, eine durch und durch verlogene Tochter in die Welt gesetzt zu haben.

Eines Tages brannte der Dachstuhl ihres Hauses. Kurt hatte sich dort oben sein eigenes Reich eingerichtet. Mit teuren Möbeln und schweren Perserteppichen. Tage zuvor hatte Nicole einen Brief an die Küchentür gehängt mit schlimmen Haßtiraden gegen ihren Stiefvater. Danach war sie wieder einmal abgehauen. Kurt aber hatte Elisabeth überzeugen können, daß Nicole den Boden angesteckt hatte.

Mit dem Einverständnis der Mutter wurde Nicole gesucht, aufgegriffen und in die Jugendpsychiatrische Anstalt in Heiligenhafen eingeliefert. Nach drei Wochen floh Nicole zusammen mit einem paranoiden Totschläger von siebzehn Jahren, und sie ernährte sich und ihn auf dem Babystrich am Hansaplatz durch Wichsen. Noch heute trug sie die selbstgestochene Tätowierung »Niky« auf dem Oberarm. Ungefähr zehn Tage später lieferten die Behörden Nicole wieder zu Hause ab.

Elisabeth war verzweifelt beim Anblick ihrer Tochter. Sie hatte sich inzwischen darüber gewundert, daß Kurt zwei der teuersten Perserteppiche in die Reinigung gegeben hatte. Sie konnte trotzdem nicht glauben, daß Kurt sein eigenes Haus angezündet hatte, nur um der Anklage durch Nicole zu entgehen. Erst einmal ermöglichte sie es Nicole, in eine Wohngemeinschaft zu ziehen, und in der Folgezeit versuchte sie, das wiederaufgebaute Haus für Nicole zu retten, ehe es einer Geliebten ihres Mannes zufiel, mit dem sie inzwischen in Scheidung lebte. Sie versuchte zu beweisen, daß nur er die Villa angezündet haben konnte. Aber die Gerichte hatten dem Herrn Ingenieur mehr geglaubt als ihr.

Durch die vielen Prozesse verlor sie auch noch ihre Hälfte des Hauses an die Banken. Der Versuch, Gerechtigkeit herzustellen, erwies sich in diesem Staat als sehr teuer. Sie fragte sich immer wieder, warum dieser Mann Nicoles Vertrauen hatte ausnützen und zerstören müssen. Sie wäre in Kniestrümpfen und Zöpfen herumgerannt, sie hätte alles mitgemacht, um ihrer Tochter dieses Elend zu ersparen. Aber das war es wohl nicht. Es ging wohl mehr um Macht als um Sex, vermutete sie heute. Es war ein schöner Spätsommermorgen. Kurt kam in den Keller, den er ihr gelassen hatte. Sie hatte vor einer Viertelstunde die vorher gesammelten Pillen geschluckt. Sie fühlte sich seltsam euphorisch und gelähmt. Sie war völlig ruhig, als sie mit dem Revolver in der Hand die Tür zum Heizungskeller öffnete. Es ist sein Revolver, dachte sie lächelnd.

Eine Stunde später. Tilo und Nicole am Tatort.

Tilo kam sich vor wie in einem Fernsehkrimi, als er in die Wohnhalle trat. Er blickte auf die kalkweiße, tränenlose Nicole. Er sah einen hilflosen Uniformierten neben sich und einen übermüdeten Kriminalbeamten vor sich. Vielleicht versuchte manchmal die Wirklichkeit so zu sein, wie sie in einem Spielfilm aussah. »...und Sie wissen nicht, woher Ihre Mutter den Revolver,... äh, die Mordwaffe hatte, Fräulein Nowakowski?« fragte der Kriminalbeamte.

»Scherer!« verbesserte Tilo den Beamten, während er seinen Arm um Nicole legte. »Aha! Und wer sind Sie, Herr Scherer?« fragte der emsig Schreibende. »Ich bin nicht Herr Scherer. Fräulein Nowakowski heißt Scherer.«

»Aha, eine geborene Scherer?«

»Nein, eine adoptierte Scherer und eine geborene Wiesner«, erklärte Tilo dem verwirrten Fragesteller. »Die Mutter hatte ihren Mädchennamen Nowakowski wieder angenommen.«

»Ach so!« antwortete der Beamte und verließ die Wohnhalle.

Ein älter aussehender Herr erklärte die Zusammenhänge: »Herr Scherer ist von Frau Nowakowski mit einem Revolver Kaliber...« Tilo hörte kaum zu. Er versuchte, Nicole zu beruhigen, was diese nur schwer zuzulassen schien. Ganz kurz packte ihn das Bedürfnis, hysterisch zu lachen. »...die Kugeln sind am Hinterkopf und an der Schulter wieder ausgetreten. Sie haben den Schädel...«, setzte der Beamte unbeirrt seine Beschreibung fort. Tilo redete etwas lauter, um die deftigen Einzelheiten für seine Freundin unhörbar zu machen. »...die von Frau Nowakowski eingenommenen Barbiturate wirken normalerweise in dieser Menge innerhalb einer Stunde tödlich. Sie scheint aber tablettengewöhnt zu sein und ist deshalb körperlich noch am Leben. Sie liegt jetzt auf der Intensivstation im Altonaer Krankenhaus, im elften Stock...«

Der hat vielleicht ein Gemüt, dachte Tilo. Vielleicht schilderte er gleich, wie zerstört das Gehirn von Nicoles Mutter inzwischen sein konnte... sein müßte!

»Ist es möglich, das etwas feiner verabreicht zu bekommen?« fragte er den Kommissar, Detektiv oder Oberwachtmeister. Damit schien er den Mann in seiner Würde verletzt zu haben: Er guckte Tilo so an, als sei dieser persönlich verantwortlich für das Fürchterliche, das er in dem Keller heute morgen hatte untersuchen müssen. Endlich gab er sich beim Anblick der weinenden Nicole einen Ruck: »Das ist alles«, sagte er in einem beruhigenden Tonfall, »Sie können jetzt gehen. Der Hausarzt hat Ihren Vater identifiziert.«

»Der Mann ist nicht mein Vater!« brüllte Nicole plötzlich los. Es war, als ob sie das erste Mal heute morgen ihre Umwelt wahrnahm.

Tilo fragte sich, warum sie denn bloß hatten hierherkommen müssen. Er war nicht in der Lage, das Geschehene als Wirklichkeit anzunehmen. Er führte Nicole abschottend durch die gaffende und tuschelnde Nachbarschaftsansammlung. Sie hatten das natürlich kommen sehen, bei all dem, was man so gehört und beobachtet hatte... »Mach dir nichts draus«, versuchte Tilo im Auto Nicole zu beruhigen. »Deine Mutter wird schon aus dem Koma erwachen und dann...!«

»Ach, Scheiße!« raunzte sie ihn daraufhin an. »Und dann? Du Träumer! Dann ist sie entweder blöde und landet in 'ner Klapsmühle, oder sie schafft es und kommt jahrelang in den Knast! Und das alles wegen diesem Viech von Mann!« Tilo zuckte bei dem Wort »Mann« zusammen. Nicoles Haßtirade war irgendwie so flächendeckend. Sie sackte zusammen: »Was mach' ich bloß, was mach' ich bloß, wenn Mutti überlebt?« Tilo erkannte das Problem erst jetzt.

»Warum hat sie das bloß nach so vielen Jahren gemacht?« fragte sich Nicole leise.

Tilo versuchte ein billiges Wortspiel: »Was lange gärt, wird endlich Wut...!«

Nicole reagierte überhaupt nicht, sie drehte das Radio ab. John Lennon's *Imagine* schien ihr auf den Geist zu gehen. Tilo fühlte sich hilflos. Wie tröstete man einen Menschen wirklich, wenn dieser einen Schmerz hatte, den man nicht richtig kannte? Dieser Kitsch mit: »Schau mir in die Augen, Kleines!« war auch nicht hilfreich. »Weißt du eigentlich, daß du mich nie gerne geküßt hast?« fragte sie ihn völlig überraschend und erwischte ihn kurz vor Schließung seines Panzers. »Du hast mir dein Ding in den Hals geschoben, du hast meinen Po geleckt, aber geküßt... geküßt hast du mich nie gerne. Und weißt du eigentlich, daß ich zweimal von dir schwanger war? Hat es dich irgendwann wirklich interessiert, daß die Narben an meinen Handgelenken Selbstmordnarben sind? Hast du jemals wirklich gefragt?« Tilo fühlte sich ungerecht behandelt, nicht nur wegen der Anschuldigungen, sondern weil ihm der Zeitpunkt die Gegenwehr so schwer machte. Nicole weinte: »Du mußt mich immer niedermachen. Ich muß auf dem Boden kriechen, ehe du Vertrauen hast und mich auch nur einen Millimeter näher an dich ranläßt! Warum sind Männer bloß so? Was nennst du eigentlich Liebe? Wenn ich morgen entstellt bin, ist dann alles vorbei? Was liebst du eigentlich an mir?«

Tilo hätte beinahe angefangen, Einzelheiten aufzuzählen, so verwirrt war er. Sein Schamgefühl gab ihr recht, sein Stolz verwehrte sich. War er denn nicht gut zu Nicole gewesen? Hatte nicht seine Mutter immer betont, daß ihr jüngster Sohn besonders liebesfähig sei. Litt er denn nicht auch unter diesem grenzenlosen Mißverständnis, das sich »Partnerschaft« nannte? Gut, zugegeben: Er war sauer, wenn ihm Nicole mittendrin vorwarf, zuviel action mit ihrer Klitoris zu veranstalten. Sie zog ihn dann immer an den Ohren hoch. Irgendwie entwürdigend. Warf er ihr denn vor, daß sie seinen empfindlichen Schwanz manchmal wie einen Gummiknochen zerbiß?

»Alles völlig daneben!« meinte Nicole abschließend. »Kannste laut sagen!« stimmte ihr Tilo zu, als sie das Krankenhaus erreichten.

Sie wirkte so seltsam einsam und verlassen, wie sie da vor ihm durch die breite Notaufnahmetür ging. Zum erstenmal fühlte er bewußt den Schmerz eines anderen Menschen. Er wollte mit ihr weinen, ihr die Last der Entscheidung abnehmen, bei ihr sein...

Still, ohne irgend etwas zu tun, folgte er ihr in den elften Stock, in dem die Mutter lag. Nicole schien etwas von dem zu spüren, was in ihm aufgebrochen war: Sie sah ihn an und erlaubte, daß er sie einmal ganz fest umarmte und drückte. Eine Schwester zeigte ihnen den Weg zu dem Fenster, durch das sie unter all den Schläuchen und Apparaten eine Frau vermuten konnten. Nicole starrte minutenlang prüfend in das kleine Gesicht ihrer Mutter.

Tilo legte den Arm um ihre Schulter und versprach: »Ich helf' dir dabei. Ich will nicht, daß du leidest, wenn deine Mutter nicht friedlich sterben darf.«

Nicole sah ihm einen Moment in die Augen, wie sonst nur Kinder gucken, nickte dann, und ihm war klar, daß sie sich das hier nicht lange ansehen würde, gleichgültig, was hinterher rechtlich auf sie zukommen mochte.

Ein Arzt erklärte, daß Erbrochenes in die Lunge geraten sei und diese stark zersetzt habe. Und das Gehirn habe zu lange nicht genügend Sauerstoff über das Blut bekommen. Er sah hilflos aus. Nicole sagte: »Danke!«

Sie fuhren nach Hause. An Tilos Tür hing ein Zettel von Rudi: »Eiswürfel besorgen (Maschine im Arsch). Toiletten verstopft! Bierliste anbei, bestellen zu morgen. Wechselgeld! Gruß R.« Nicole ging in ihr Zimmer.

Tilo wußte nichts anderes zu tun, als irgendwie weiterzumachen. Also griff er zum Telefon. »Ja! Hallo? Hier spricht Tilo Lackner vom Schneider's Varieté im Univiertel... Ach, Sie kennen das Lokal? Unsere Toiletten sind verstopft. Könnten Sie...?« nach dem Telefonat betrat Tilo die neuerdings saubere Küche ihrer WG und stierte auf die Liste, die Rudi ihm hingelegt hatte. Er beschloß, sich erst einmal abzulenken und Frühstück zu organisieren. Er ging hinaus auf die inzwischen erwachte Straße. Nachdenklich schlenderte er zu dem Onkel-Emma-Typ an der Ecke, der immer wieder von den unbegreiflichen Erlebnissen »seines« Rußlandfeldzuges erzählte. Tilo nahm an, daß häufiges Erzählen half, und vielleicht hatte Nicole zu selten erzählt. Auf jeden Fall hatte er vieles nicht richtig wahrgenommen: Alles was mit ihrer Lebensgeschichte zusammenhing. Natürlich hatte er sie nach den Narben am Handgelenk gefragt. Sie hatten darüber gelacht, daß sie quer- anstatt längsgeschnitten hatte. Auch Nicole hatte doch gelacht.

Wie immer beschummelte ihn der kleine quirlige Kaufmann beim Abwiegen der Mortadellascheiben. Darüber konnte er sich trotz seiner Kriegserlebnisse diebisch freuen, und Tilo kamen Zweifel, ob erlittener Schmerz auf Dauer wesentlich machte. Als er kurz danach auf das Lila Haus zuging, sah er schon von weitem dort die letzten guten Menschen dieser Welt: die mit dem *Wachturm* in den ausgestreckten Händen. Die eine der beiden »Zeuginnen« war wahrscheinlich zu groß, um locker lächeln zu können, die andere strahlte ihn trotz des bevorstehenden Weltunterganges an, als wüßte sie, wo wirklich die Notausgangstür war. »Guten Morgen, mein Herr. Sie wohnen hier? Dürften wir Sie auf Ihrem Wege kurz innehalten lassen...?«

»Nein!« erwiderte Tilo und eilte ins Haus. Er hatte das entsetzliche Gefühl, Jesus einen Korb gegeben zu haben. Ähnlich wie in seiner Kindheit, als er immer vor einer Mathearbeit fast zwanghaft mit verschränkten Fingern Gott um eine ›4‹ gebeten hatte und diese ›Feuermeldegläubigkeit‹ in prüfungsfreien Zeiten nur mit schlechtem Gewissen unterlassen konnte.

Als er in die Küche kam, saß dort schon Koenig und sah Tatjana beim Teeaufkochen zu. Koenig war nackt, und Tilo wunderte sich nicht zum ersten Mal, wie andere Männer so selbstverliebt mit ihrem Körper umgehen konnten. So ganz einfach dasitzen mit nackten behaarten Eiern, während er die Mortadellascheiben auf den Tisch legte.

Rudi kam gähnend und ungewaschen in der Unterhose in die Küche. In seinem Schlepptau hoppelte ein etwa neunzehnjähriges Mädchen an den Frühstückstisch. Sie hatte sich ein Badetuch um den nackten Körper gebunden und kicherte, als sie Koenig sah. Daraufhin fummelte dieser an seinem schrumpeligen Ding herum und verließ die Küche.

Tatjana lächelte Tilo an und goß ihm eine Tasse Tee ein. Sie hatte den Earl Grey unter Koenigs »fachmännischer« Leitung aufgegossen: eine wie immer dunkle dicke Tunke, die einem die Schuhe auszog. Trotzdem bestand Koenig darauf zu wissen, wie man Tee wirklich zubereitete. »So wie du genau weißt, wie du mit Herbert Nugent umzugehen hast?« hatte Tilo einmal gestichelt. Diesen Monat sah es so aus, als ob sie die Zehntausend plus Zinsen locker schaffen würden. Hoffentlich.

Nachdem Koenig sich im Bademantel wieder zu ihnen gesetzt hatte, erzählte Tilo die Geschichte mit Nicoles Mutter und dem Stiefvater. »Ach du Scheiße«, stöhnte Koenig, als Tilo die Lage in der Intensivstation drastisch darstellte. Er habe das Buch *Der sanfte Tod* von Simone de Beauvoir gelesen, sagte Tilo leise, und er werde Nicole helfen, ihre Mutter wenn nötig zu erlösen.

»Zu ermorden, meinst du!« widersprach ihm Tatjana.

Koenig riß den Kopf herum und starrte seine Freundin an. Seine Augen versprühten Haß: Mit *dieser* Frau hatte er nichts zu tun.

Rudi meinte lakonisch: »Wenn ich irgendwie helfen kann?« Tilo liebte den Kerl dafür. Am Schluß hatten sie doch das Wesentliche gemein. Rudis neueste »lebenslange« Freundin fand alles »sooo intensiv hier«. Dermaßen ermuntert, legte Tilo noch einen drauf: »Ich meine«, erklärte er, »daß man Freundschaft daran ablesen kann, ob er oder sie (er sah auf Tatjana) um einen weiß und bereit ist, die Pillen zu geben, die Apparate abzuschalten oder sonstwie zu helfen, daß man nicht würdelos leben muß und schmerzfrei sterben darf!« Koenig nahm Tilos Hand und drückte sie. Alle waren verblüfft, als sie Koenigs Tränen sahen. Und alle spürten, daß da ein Versprechen zwischen den beiden so ungleichen Freunden gegeben worden war.

Rudi war das wohl irgendwie unangenehm, er bastelte einen Joint und versicherte seinem Freund Tilo: »Alter, wenn du mal kaputt bist, gebe ich dir garantiert den Gnadenschuß!« Tilo verstand das, trotz des derben Witzes.

Es klingelte an der Haustür. Nicole war als erste an der Tür und öffnete. Der ältere Kommissar kam in den Flur und sah die seltsame »Familie« um das Fräulein Scherer versammelt. Nicole führte ihn in ihr Zimmer. Alle fünf lauschten. Kaum eine Minute später öffnete sich die Zimmertür wieder. Sie verabschiedeten den Beamten und blickten auf die stille Nicole.

»Mutti ist tot«, flüsterte sie.

6. Kapitel

Ungefähr elf Monate danach.
Schneider's Varieté wird ein Jahr alt.

»Alles, nur keine übertriebene Panik, Tilo!« Koenig versuchte, einen ermutigenden Ton anzuschlagen. »Ich weiß nicht genau, wie weit die Penner gehen wollen, aber sicher ist sicher: Verschwinde mit Nicole für ein bis zwei Tage irgendwohin. Sag mir nicht, wohin! Besser ist besser. Man weiß ja nie.«

Tilo war geschockt. Nicole hatte an seiner Schulter mitgehört. Sie waren schon im Bett, als der Anruf von Koenig sie erreichte. Es war zwei Uhr nachts, und Koenig war von Herbert Nugent und ein paar Schlägern im Nachtclub »unfreundlich aufgesucht worden«, wie es Koenig ausgedrückt hatte, »sehr unfreundlich!« Soweit Tilo verstanden hatte, waren Nugent und die Warenterminhaie »nicht mehr« oder »eigentlich noch nie« einverstanden mit der Höhe der Zinsen, die sie über Koenig für den Schneider's-Kredit bekamen. »Die flippen aus«, hatte Koenig erklärt, »die sehen täglich die Gästeschlangen vor eurer Tür warten, die lesen fast täglich etwas über euch oder den Laden in den Zeitungen, und auch das Radio können sie nicht einschalten, ohne vom Schneider's-Varieté vollgelabert zu werden. Die wissen, daß das granatenmäßig läuft... Da werden solche Kerle natürlich plötzlich gierig, echt völlig daneben, die Jungs.«

Tilo wußte, daß ihr Erfolg Begehrlichkeiten geweckt hatte. Schon seit Wochen führten sich die beteiligten Geldgeber im Schneider's auf, als ob sie den Laden schon übernommen hätten. Es war sogar schon vorgekommen, daß die Nugent-Bande mit Motorrädern direkt bis vor den Tresen gefahren war, um dort mit stinkenden Auspuffgasen ihr Bier zu verlangen.

Es war also doch nicht nur »Übermut und männliche Protzsucht« gewesen, wie Koenig diese Spielchen genannt hatte, hier war Schlimmeres in Vorbereitung.

Kurz nachdem Tilo aufgelegt hatte, stolperten Nicole und er mit hilfloser Entschlossenheit aus der Niendorfer Villa. Nicole hielt genau wie er in der einen Hand ein Federbett, in der anderen eine Waffe. Tilo ein Klappmesser, Nicole ein Stuhlbein. Etwas Besseres war ihm auf ihr Drängen: »Ich auch etwas, bitte!« nicht eingefallen. Selbstverständlich verschwendeten sie keinen Gedanken darauf, in der Garage das Licht anzumachen, geschweige denn zu atmen. Sie tasteten sich mit Panik in den Augen und das Messer und das Stuhlbein vorgestreckt, zu Tilos neuem Mercedes. »Alles klar bei dir?« wisperte Tilo unter seiner über den Kopf gehaltenen Bettdecke hervor und hoffte, daß Nicole unter ihrer Decke genickt hatte. »Angst macht wesentlich«, wußte Thilo, aber wohin um halb drei Uhr morgens? Diese Frage stellte sich dennoch.

Sie fuhren erst einmal los, egal wohin. Nach kurzer Fahrtzeit bemerkten sie, daß ihnen ein Wagen folgte. Es war kein Polizeifahrzeug, wie Tilo als oft angetrunkener Nachtfahrer sicher erkannte, auch kein Taxi. Leider. Zuspruchheischend blickte Tilo auf die neben ihm aus dem Federbett starrende Nicole. Aber aus ihrem Blick kam nur ein: »Auch das noch!« zurück.

Dieser stille Vorwurf über die Entwicklung brach in letzter Zeit immer häufiger durch ihre Verkapselung hindurch, und Tilo versuchte immer wieder, ihr Hoffnung auf irgendwann nach dieser wilden Zeit zu vermitteln. Aber es war, als gebe er Nicole Salzwasser zu trinken: Ihr Durst wurde nur noch größer. Als ihre Mutter ein Jahr zuvor so elend zugrunde gegangen war, hatte sich Nicole schwere Vorwürfe gemacht. Sie hatte ihrer Mutter noch so vieles sagen wollen, so vieles, was sie ihr nie gestanden hatte. Sie hätte ihrer Mutter gerne vermittelt, daß sie ihr verziehen hatte. Statt dessen hatten sie in der Kellerwohnung in Blankenese nur einen Zettel gefunden, auf dem stand: »Verzeih mir!« Das war die einzige Nachricht, die Nicole von ihrer Mutter geblieben war.

Mit dem Pflichtteil ihrer Erbschaft im Rücken begann Nicole, Illustration und Design an der PH in der Armgartstraße zu studieren, und Tilo hatte sich anfangs wie erlöst gefühlt: Endlich konnte er montags in Ruhe den Klatsch im *Spiegel* aufsaugen und donnerstags den *Stern* durchblättern. Und er konnte von einer Kreativität schwärmen, mit der er die Welt noch in Staunen versetzen würde. Aber als dann Nicole immer begeisterter von Aktionskünstlern, Designern und anderen Verrückten in ihrer Umgebung schwärmte, fraß Ärger in ihm. Zwar sollte sie nicht immer fordernd auf ihn warten, aber daß sie anderen ihre ungeteilte Aufmerksamkeit widmete, mußte ja nun auch nicht unbedingt sein. Oder?

Vor allem schwang in Nicoles Begeisterung für diese »Kunsttypen« immer auch eine ernüchternde Portion sexueller Anziehungskraft mit. In letzter Zeit warf sie Tilo dann auch noch seine »Publicitygeilheit« vor, und er fühlte sich vollkommen mißverstanden: Träumte nicht auch er von einem Bohemeleben auf Gran Canaria? »Typisch!« hatte Nicole ihn da verlacht, »warum nicht gleich nach Las Vegas ›aussteigen‹?« Das hatte er nun wahrlich nicht verdient, hatte Tilo damals irgendwie beleidigt gedacht. Wer war denn reif für die Insel? *Er* jedenfalls war bereit abzufahren.

Hatte er nicht extra ein riesiges altes Wohnmobil gekauft, also so eine Art Licht am Ende des Businesstunnels? Und werkelte er nicht auch manchmal daran herum? Etwas ungeduldig vielleicht, aber immerhin. Im Gegensatz zu guten Handwerkern wollte er so schnell wie möglich fertig werden mit dem in seinen Augen zeitvergeudenden Geschraube. Überhaupt fand er in Anbetracht dieser anödenden Tätigkeit das mit dem »der Weg ist das Ziel« völligen Blödsinn bei den heutigen Autobahnen, die das Leben durchzogen. Aber nun das Generve mit dem Kredit und mit den Geldsüchtigen um Herbert Nugent.

Dieser »Auch-das-noch«-Blick von Nicole. Tilo fuhr absichtlich zu langsam, um zu sehen, wie sich der Kerl hinter ihm verhalten würde. Plötzlich setzte der Verfolger zum Überholen an und war auch schon neben ihnen. Tilo stierte bewegungslos geradeaus. »Eingeliefert mit einem Kopfschuß ins linke Ohr!« phantasierte sein blutleeres Gehirn. Dann riß er das Steuer herum und raste über den rechten Kantstein in die dahinterliegenden Parkanlagen und stoppte abrupt am Ufer der Alster, wo sie beide lauschten, ohne hörbar zu atmen. Der Wagen hatte sie wohl wirklich nur überholt und war weitergefahren. Unvermittelt nahm ihn Nicole in die Arme. Endlich einmal wieder. Sie schauten beide auf das dunkle Wasser, ohne richtig etwas zu sehen, und schwiegen wie lange nicht mehr miteinander.

Langsam ging die Sonne über den fernen Hochhäusern auf. Hamburg erwachte. Tilo liebte Dämmerungen, es war seine Zeit, wenn das Licht brach. Da sie nicht wußten, wohin, fuhren sie zurück nach Niendorf und schlichen automatisch die Stufen hinauf in den ersten Stock. Koenig suchte dort, unnatürlich weiß im Gesicht, nach seiner Waffe.

»Diese Hirnverbrannten!« fluchte er. »Haben die doch glatt einen Farbbeutel auf mein Mischpult geschmissen: Ich sollte so langsam mit der wahren Kohle rüberkommen!« Endlich fand er sein riesiges Schießeisen im Kaminabzug. Er versteckte im Suff allzuhäufig etwas zu gut! »Zehn Prozent! Daß ich nicht lache! Wollen die, wie an der Börse, den konzessionierten Straßenraub einführen oder was? Denen steck' ich den Revolver in den Arsch..., wenn das Mistding noch geht!« Er grinste.

Tilo war beunruhigt. Koenig wirkte hilflos in seiner Wut. Er hatte sich überschätzt und mit Leuten »gespielt«, die offenbar keinen Humor besaßen, geschweige denn etwas von Fairneß hielten. »Wieso zehn Prozent?« fragte Tilo, zum erstenmal nachdenkend, »zehn Prozent waren doch auch vereinbart.«

»Gevatter Jungunternehmer! Zehn Prozent im Monat, nicht im Jahr! Und deinen Laden als Sicherheit. Meinen Nachtklub wollen sie nicht mehr. Euer Tingeltangelschuppen gefällt ihnen viel besser!« Nicole hatte kurz gerechnet: »Das macht ja mehr als zweihunderttausend Mark Zinsen im Jahr. Da bezahlt ihr ja jedes Jahr das Varieté neu! Na, dann viel Spaß!« Sie ging ins Bett.

»Alter, die wollten dich holen, um dir die Lage klarzumachen!« Koenig steckte sich mit der letzten die nächste Zigarette an. »Ich konnte das nur verhindern, indem ich mit den Bullen drohte! Ich! Mit den Schmiermicheln!«

Tilo wußte aus Koenigs Erzählungen, daß man solche Angelegenheiten in diesen Kreisen ohne die Polizei klärte. Man regelte das unter sich, oder man hatte sie alle zum Feind. Tolles Prinzip! Es schützte die sowieso schon Starken, und die Schwachen durften niemanden zu Hilfe rufen. Tilo wußte nicht recht, ob er mit

Koenig Mitleid haben sollte. Und mußte er nicht böse auf sich selbst sein? War er nicht vorgewarnt worden? Koenig hatte einmal einem Stuntman empfohlen, von der Golden Gate-Brücke zu springen, als dieser unbedingt weltberühmt werden wollte. Der Stuntman war vor laufenden Kameras gestorben. »Weißt du, der mußte einfach springen. Der lebte noch mit seiner Mutter zusammen«, meinte Koenig damals. »Jetzt ist er wirklich weltberühmt.« Tilo fühlte sich heute morgen auch mitten in einem Sprung, dessen Ausgang ungewiß war. Er war sauer auf Koenig. Auch enttäuscht. Koenig war bislang wie ein bewunderter älterer Bruder und auf vielen Gebieten ein Vorbild gewesen. Nun zerbröselte das Bild der Allmächtigkeit.

»Ich glaube nicht, daß die zehn Prozent auf Herbert Nugents Mist gewachsen sind: Das haben sich die Warenterminhändler ausgedacht. Die sind es gewohnt, die gesamte investierte Summe als ihren Gewinn einzustreichen! Die wollen wahrscheinlich ihren Kunden mit eurem Laden imponieren, nachdem sie ihn übernommen haben.« Koenig grinste ein wenig unsicher. »Vielleicht steige ich bei denen ein: So schlecht ist das Schneider's ja wirklich nicht.«

Tilo war erschöpft und müde. Trotzdem lag er noch lange wach. Vielleicht hatten Richard, Ingrid und auch Nicole recht: Geld kostete viel. Was brachte es ihm, daß ihn immer mehr Frauen aufregend fanden, wenn sich Nicole abwandte? Was nützte es ihm, wenn jede Menge Menschen den Kontakt zu ihm suchten, er aber seine Freunde verlor? Daß er jetzt seine Spaghetti jede Nacht in einem anderen Lokal aß, war ja nun auch nicht sein angestrebtes Ziel. Im vergangenen Jahr hatte er zu viele gebrochene Nasenbeine und durchgetretene Kniegelenke gesehen, als daß er nicht Angst hatte, fürchterliche Angst. Wollte er das alles wirklich? Wollte er das, was er jetzt hatte, wirklich? Wollte er so sein?

Am nächsten Morgen empfing ihn der Zeitschriftenhändler mit gekennzeichneten Artikeln der Tagespresse. Aber Tilo konnte sich noch nicht so richtig freuen. Es war September, und der Himmel hatte nicht das Recht, so trostlos auszusehen, wie er es scheinbar genüßlich tat.

»Das Schneider's-Varieté, Hamburgs Szenemittelpunkt, feiert heute sein einjähriges Bestehen!« las er beim Frühstück. »Tilo Lackner, der Begründer des in Deutschland renommierten Alternativ-Theaters, lädt heute zu einem Riesenfest in sein Lokal. Vielleicht singt, wie zu seinem Geburtstag vor zwei Monaten, Eric Burdon einige seiner alten Hits? Auf jeden Fall können wir gespannt sein. Als Gäste werden...«

Mit leichtem Unbehagen stellte er fest, daß der über seine Schulter schauende Rudi gar nicht oder nur am Rande erwähnt wurde. Aber es konnte Tilo keiner etwas unterstellen, wirklich nicht. Mit einem Stolz versteckenden Zucken im Mundwinkel warf er die Zeitung auf Nicoles Frühstücksteller. Sie überflog die angestrichenen Ausschnitte und sagte dann: »Gute Werbung. Aber das Foto mit dem Kultursenator Arm in Arm finde ich blöde.« Tilo hoffte jedoch, daß gerade dieses Foto Eindruck auf Nugent und seine Bande machen würde. War er nicht irgendwie unantastbar, Arm in Arm mit einem Minister?

»Übrigens!« fiel es Nicole plötzlich ein, »Jango Edwards hat vorhin angerufen. Ob ihr nach seinem Auftritt heute abend zusammen essen gehen wollt? Er ist nach dem Soundcheck im Elysée-Hotel.« Tilo war mit seinem Schicksal wieder ein wenig versöhnt. Er vermied es jedoch, Rudi anzusehen, nachdem dieser die Artikel nach seinem Namen abgesucht hatte. Eine Fliege kroch über Tilos Brotbrett. Nicole blickte ihn an. Er konnte das Tier nicht töten. Mit einer Handbewegung verwarnte er es nur. Die Fliege nahm ihn nicht ernst.

»Was ist eigentlich mit meiner Hälfte des Ladens?« schreckte ihn Rudi aus seinen Gedanken. »Da setzen sich vielleicht Killer im Schneider's fest, und ich hab' die dann als Partner, oder was?« Rudi war aufgestanden und machte ein paar Klimmzüge an der in die Küchentür gehängten Stange.

Als ob er sich auf eine Auseinandersetzung vorbereitete, dachte Tilo und versuchte, seinen Freund zu beruhigen: »Koenig will mit diesem Manni Meier reden, dem Ober-Oberboß auf'm Kiez. Die mochten sich schon immer, Koenig und der Meier, sagt Koenig. Ich... äh, wir können nur das Beste hoffen, oder? Wenn's nicht so klappt, habe ich dir doch schon gesagt, dann nehme ich das auf meine Kappe und zieh' mich zurück aus unserem Laden.«

»Koenig hat gesagt... Koenig will... Koenig ist ein Arsch in meinen Augen!« Rudi war wegen der Berichte in den Zeitungen offenbar stocksauer, und Tilo kam es so vor, als paßte es seinem Partner auf eine seltsame Art in den Kram, daß etwas gewaltig schieflief. Auf Nicole machte es bestimmt einen starken Eindruck, wie er da so zwischen den Türrahmen seine Muskeln spielen ließ.

Das Telefon klingelte. Am Apparat war Tilos Mutter. Sie ermahnte ihn, auf seine Gesundheit zu achten. Er blaffte sie an. Wie konnte die so etwas wissen? Er fühlte sich ertappt. Sie verunsicherte ihn seit eh und je mit ihrem »dritten Auge«, das alles sah, wie sie zu jeder unmöglichen Zeit betonte. Er hoffte, daß das nicht stimmte. Er hoffte es für seine Mutter. Es war zehn Uhr vormittags, und er schaltete das Geschäftstelefon auf laut. Sofort klingelte es.

Eddy, ihr ewig gestreßter Koch, brüllte wie immer in den Apparat: »Ich bin hier allein! Wo sind alle? So habe ich echt keine Lust mehr. Ich geh' nach Hause. Die Fernsehleute stehen mir auf den Füßen. Ihr Laster hat nicht genügend Parkraum vor dem Laden... Wo ist Laschek? Wer hilft hier?«

Tilo versuchte, Eddy zu beruhigen. Wie immer war das anstrengend, solange der Koch sein Quantum noch nicht intus hatte. Aber nach einigen Minuten hatte er es doch geschafft, dem Mann seine Wichtigkeit zu bestätigen und ihm darin zuzustimmen, daß alle anderen unsolidarische Schweine waren.

Erneutes Klingeln. Einer seiner Rechtsanwälte las ihm das Schreiben vor, das er gegen eine Theatergruppe aufgesetzt hatte. Nachdem das Schneider's in Zeitungen inseriert, Plakate gedruckt und geklebt und auch schon Handzettel verteilt hatte, waren diese Komiker einfach nicht gekommen. Mit der üblichen Entschuldigung: Fernsehauftritte oder höhere Gewalt. Meist war die höhere Gewalt mehr Gage von den subventionierten Theatern.

Nach diesem zweiten Anruf schaltete Tilo auf den ›Anrufsiebautomat‹ um. Es war alles nicht mehr neu für ihn. Am Anfang, vor einem Jahr, war die Zeit noch wie im Fluge vergangen. Es schien ihm wie in der aufregenden Kindheit gewesen zu sein: Alles war neu, alles war trotz des mitlaufenden Ärgers aufregend und spannend gewesen. Heute erzählte er manchmal stundenlang staunenden Ex-Kommilitonen davon. Jeder Tag der Anfangsphase wurde in seinen Erzählungen zu Wochen oder Monaten. Jetzt quälte die Zeit sich dahin. Auch erzählen konnte er darüber nicht viel. Je mehr Eindrücke, die er kannte, sich wiederholten, desto karger wurden seinen Empfindungen. Er verlor erneut die kindliche Aufregung. Es wurde alles zur Routine: Das Telefon klingelte ungefähr achtzigmal am Tag, und ungefähr einmal in der Woche wechselte eine Kellnerin. Täglich kamen unzählige Videos von Theatergruppen, Clowns und Musikgruppen. Man spürte die Liebe und Mühe, die hinter den laienhaften Aufzeichnungen erkennbar waren. Und dennoch mußten sie zu fast allen nein sagen. Es ging eben doch auch oder hauptsächlich um die Vermarktungschancen. Und die hatten mit Können meist wenig zu tun. Oder konnte John Wayne schauspielern? Das Chaos wurde Normalität: Irgendwer verklagte das Schneider's, und sie verklagten oder mahnten andere. Alles ganz bürgerlich kaputt. Nur diese Erpressung, die war neu. Da konnte Tilo nicht in eine Verhaltensmusterkiste greifen. War er so pervers wie Reinhold Messner oder Rüdiger Nehberg, weil ihn das herausforderte? Auf dem Flur schwebte ihm Tatjana Sommer entgegen. Sie setzte gerade wieder auf eine Art Trenndiät: Sie trennte diese Woche Joints von Champagner, Schokolade von Obst, oder so ähnlich.

Er fuhr hinüber ins Lokal, um Jango Edwards und seine Clowns beim Bühnenaufbau zu überwachen. Außerdem wollte er mit den TV-Leuten reden und Eddy zeigen, daß er sich persönlich um alles kümmerte. Erst nachdem er zweimal um die Wohnblöcke im Univiertel herumgefahren war, fand er endlich einen freien Platz auf dem Gehweg für seinen Mercedes, der inzwischen nicht viel anders aussah als Nicoles Panda. Eher schlimmer.

Vor dem glänzend gelb gestrichenen Schneider's-Varieté-Theater stand der riesige Tourneelaster der Holländer, direkt vor einer Ampel im absoluten Halteverbot. Dahinter hielt der blau-beige Übertragungswagen des NDR. Na also, dachte Tilo, es geht doch.

Jango Edwards, ein wahnwitziger Persiflageclown aus den

USA, jonglierte gerade mit drei Äpfeln, wobei er sich lässig gegen den Parkverhinderungszaun vor dem Theater lehnte. Der Zaun war ein »Umweltgeschenk« der Behörde unter Hüggel. Jango schien das Geschrei der fluchenden Autofahrer, das wilde Gehupe, die genervten NDR-Beamten nicht im geringsten zu stören. Er kannte das wohl. Und Schlimmeres.

Tilo umarmte den drahtigen Kerl und versuchte, lässig ins Amerikanische zu verfallen. Ihm fiel kaum eine passende Vokabel ein, das aber recht locker. Nach der Begrüßung des Tonmeisters, des Aufnahmeleiters, des Produktionsassistenten, des Bildregisseurs, des Redakteurs und fünf weiterer notwendiger Menschen ging er mit den Roadies in den neonbeleuchteten Laden. Eddy saß am Tresen und machte »eine kurze Pause«, während sein polnischer Assistent Laschek in der Küche das Buffet vorbereitete. Ohne die vielen Wandstrahler, Bühnenlichter und ohne die vielen kleinen Kerzenlichter auf den rotlackierten Tischen empfand er ihr berühmtes Lokal eher kärglich und ärmlich, als er es mit den Augen seiner Begleiter ansah. Aber war die Faszination der Gastronomie nicht immer zur Hälfte Beleuchtung und Lichteffekte?

Am Tresen hingen die Tischreservierungswünsche: der Bürgermeister wollte kommen, die Chefs von *Bild*, *Morgenpost* und *Abendblatt*, die Ressortleiter von *Stern* und *Spiegel*, Udo Lindenberg mit Anhang, die gesamte NDR-Crew, die Brauereimafia und noch viele andere, die mit ihm gesehen werden wollten. Auch sein Bruder Sebastian wollte kommen und ärgerte ihn damit, daß er an so einem Abend einen Tisch reservieren lassen wollte. Tilo hatte sich vorgenommen, wenn es ging, heute abend nur die interessanten und wichtigen Leute in den Laden zu lassen. In diesem Zusammenhang war sein Bruder plötzlich vollkommen unwichtig. Tilo hatte zwei Fullcontactkämpfer als Schutz bestellt und hoffte, daß alles klappen würde.

Vielleicht würden sich Nugent und seine zerquetschte Nasenmannschaft wenigstens heute zurückhalten mit ihren unangenehmen Auftritten. Vier Stunden später saß er gegenüber im »Bratkartoffelstübchen«. Die ständige Diskussion mit den Roadies, die lustlos und übermüdet am liebsten den Laden um ihre

Verstärkeranlage neu aufbauen wollten, hatte ihn entnervt. Warum mußten Soundchecks so unmusisch und so laut sein? Ihm blieb für heute abend kein Traum übrig. Erfolg war wohl eine Fata Morgana, die verschwand, wenn man angekommen zu sein glaubte.

Koenig und Tatjana kamen kurz nach Nicole und Rudi. Der hatte seine »endgültige und größte Liebe« mitgebracht: Susi, die Tochter eines Hamburger Journalisten. Tilo liebte es, sich vorher mit allen zu treffen und dann zu beobachten, was vor der Tür des Varietés geschah. Es war jetzt ungefähr vier Uhr nachmittags, und die ersten Gäste warteten schon vor der Eingangstür. Es war nicht zu glauben: Alle sahen festlich aus. Tilo fühlte sich begehrt und wichtig. War er nicht »Mister Schneider's«? So irgendwie? Für die schüchterne Susi waren alle am Tisch Stars. Tilo lächelte ihr zu, ohne ein Zittern im Mundwinkel. Unsicherheit des anderen war einer der Vorteile des Bekanntseins. Nicht er hatte sich geändert, sondern die Einstellung der anderen zu ihm. War er früher aus Unsicherheit mit gesenktem Kopf in Kneipen gegangen, so hielt man heute seine vorbeisehenden Augen für Überheblichkeit.

Die ersten Kellnerinnen trafen ein. Rudi war für diesen Bereich verantwortlich und überquerte deshalb die Straße, um die Reviere einzuteilen und den Laden endgültig vorzubereiten. Koenig wollte unbedingt Jango kennenlernen, aber Tilo erklärte ihm, daß dieser vor jedem Auftritt zu meditieren pflegte. Jedenfalls war das die offizielle Erklärung für das kurze brutale Gebumse in der Garderobe.

Die Straße vor dem Schneider's füllte sich in Dreierreihen. Tilo wurde es unheimlich. Tatjana baute einen Marihuanajoint. Nicole fand ihre Laufmasche tödlich, bis Tatjana ihr empfahl, die Strumpfhose an verschiedenen Stellen einzureißen. Sie würde das in Notsituationen immer so machen. Alle Frauen um sie herum glaubten dann, es handelte sich um eine neue Mode. Nicole war begeistert und durchstach das Nylon an strategisch günstigen Stellen, ganz die angehende Designerin. Tilo fing an, ein wenig mit der von Rudi zurückgelassenen Susi zu flirten. Er war kein Aufreißer, es fiel ihm leichter, Frauen anzubaggern, die nicht direkt »ja« auf die unausgesprochene Frage sagen konnten.

Er fand sich nach charmantem Gequatsche so schwerer überprüfbar.

Koenig wies sie gerade darauf hin, daß sich ein paar der gefürchteten »Skinheads und ähnliche Gehirnamputierte« vor der Eingangstür des Schneider's versammelt hatten. Tilo sah aus dem Fenster. Es waren Typen mit Fliegerjacken und Soldatenstiefeln. Seltsamerweise hatten einige von ihnen zwar die gleichen Jacken an, aber überlange, gestylte Frisuren. Seit Rambo galt es wohl nicht mehr als unmännlich, sich mit gefönten Lokken das Nasenbein zu zerhauen. »Die haben nichts, absolut nichts zu verlieren«, murmelte Koenig. »Ich kenn' das. Ich war auch mal so.« Es war einer der seltenen Momente, in denen Koenig seinen kurzen Heimaufenthalt erwähnte.

Nicole löste sich von ihrer Strumpfhose und stöhnte etwas von »dämlichen Männerritualen«. Tilo rief seinen prügelfreudigsten Beschützer an. »Und? Mehr als zehn von den Hänflingen sind nicht da?« mokierte sich Nick über Tilos Sorge. Er war Sportstudent im vierzehnten Semester. »Aber wenn es dich beruhigt: Ich komm nachher vorbei!« Tilo mochte den Kerl in seiner ständig aggressiven Art nicht besonders, aber in Situationen wie heute liebte er ihn für seine Hilfsbereitschaft.

Koenig war inzwischen auf die Toilette gegangen, und Tilo vermutete, daß er sich eine Linie reinziehen würde. Susi regte sich über einen halb abgebrochenen Fingernagel auf. Sie hatte kleine Hände mit ungraziösen Fingern, die verkrampft wirkten. Tilos Mutter nannte solche Hände immer »Romy-Schneider-Hände« und behauptete, es seien Hände sexuell verstörter Menschen. Aber sie fand auch ein Leben lang, daß Sophia Loren nach schmutziger Unterwäsche aussah.

Der Gehweg vor dem Varieté füllte sich immer schneller. Tatjana schätzte die Zahl der Wartenden jetzt auf sechshundert. »Du hast doch überhaupt keine Ahnung!« fuhr der aufgeputschte Koenig sie wie üblich an. Sie sahen, daß einige der Wartenden Bierdosen mitgebracht hatten. Ein paar Gäste in Abendkleidern sahen unangenehm berührt aus. Die »Skinheads« übten Seilspringen mit dem NDR-Übertragungskabel.

Tilo schüttete noch ein letztes Glas Weißwein in sich hinein. Auf ging's. Er überquerte die Straße, die anderen hinter sich vermutend. Vor der Tür drehte er sich um und mußte verärgert feststellen, daß Koenig vor den anderen offenbar beweisen wollte, daß er Tilo nicht einfach nachrannte.

Unter Protest und nach spätem Erkennen gelangte Tilo in das Schneider's. An der Decke hingen Hunderte von weißen Ballons, die Wände waren nur für den heutigen Tag mit weißer Lackfolie ausgeschlagen worden, der gesamte Laden machte einen festlich aufregenden Eindruck. Die Bühne mit ihren Showaufbauten erstrahlte unter fünfundachtzig Scheinwerfern der 40000-Watt-Lichtanlage. Es war jetzt schon ein wenig stikkig und auch zu warm, fand Tilo, aber trotzdem war er stolz auf die Atmosphäre »seines« Ladens. Das NDR-Team stellte ihm unter dem gleißend hellen Licht ein paar belanglose Fragen, und Tilo konnte sein, vorm Spiegel eingeübtes, »Sparlächeln« einsetzen. Er fand immer, daß sein Lachen sein Gesicht zerquetschte. Überhaupt vermied er jeden Blick auf sein Profil, und er mochte seine Fotos nicht so gern. Der Scheitel saß so ungewohnt auf der »falschen« Seite. Da die zwei Fullcontactkämpfer am Eingang und am Notausgang postiert waren, konnte es losgehen.

»Zuerst bitte nur diejenigen mit Einladungen!« rief er bei offener Tür in die wartende Menge, und schon flog die erste Bierdose in seine Richtung.

Tilo registrierte es kaum. Er befand sich jetzt im Streß des Lampenfiebers. Das hier war seine Bühne. Es war sein Auftritt. Sie alle da draußen blickten auf seine Lippen, auf seine starren Augen. Das alles hier war er: Tilo Lackner! Von der Idee über die Fertigstellung bis hin zu den Stars und den Gästen, alles er. Vielleicht auch noch ein bißchen Rudi. Jetzt und hier hatte Tilo seine Minuten des Berühmtseins, von denen Andy Warhol einmal geredet hatte. Hier waren Zeugen seines Daseins. Hier war Tilo Schicksal. Und wenn er nur zwei Menschen zusammengeführt oder nur einen Star entdeckt hatte, das war eine kleine Form von Unsterblichkeit des Augenblicks. Ihm war es gleichgültig, ob vielleicht alles nur Einbildung war: Auf jeden Fall explodierte es großartig in seinem Körper und in seinem Kopf, dieses unklare Gefühl von Wichtigsein. Das alles erhob ihn über »charakterliche Schwankungen«, wie er sein menschliches Fehlverhalten gerne nannte.

Einsamkeit war jetzt der Preis des Siegens und nicht mehr nur deprimierend oder strafend. Eine Einsamkeit, die ihn sich wehren ließ, seit seine Mutter sich zu einem Menschen verkleinert hatte. Sein »Mister-Schneider's-Sein« gab allem eine neue Rangfolge. Er war nicht nur »super«, wie Tatjana sagte, sondern »mega«, was Koenig für passend hielt.

Ein Roadie, noch müder und aufgeputschter als am Nachmittag, kam zu ihm an den Eingang und weckte ihn aus seinem Gedankenstakkato: »'ne Endstufe der backline ist vor'n Arsch, verstehste?« brüllte dieser Malocher gegen das »Willkommen, bienvenue, welcome« an. »Vielleicht reißte mal 'ne connection auf, sonst isses Sense mit Geburtstag. Finito!«

Tilos bisherige Erfahrungen ließen ihn zwar vermuten, daß der Roadie im Auftrag des einzigen Ausrüsters in Hamburg handelte, damit dieser auch noch später und dann kostenlos in den Laden gelangte, aber er sagte nichts. Nach einiger Zeit überließ er Nicole die Aufsicht an der Eingangstür und hatte dabei das sichere Gefühl, daß auch sie einen kleinen Rausch der Wichtigkeit empfand. Na ja, dachte er, es war leicht, eine Sucht zu verteufeln, die man nicht kannte. Tilo blickte sich um und entdeckte Koenig, der sich gerade mit zwei Bossen der *Mephisto's Angels* unterhielt. Wahrscheinlich wieder genauso gute »Kumpel« wie Nugent, vermutete er und organisierte im Hinterzimmer telefonisch das fehlende Teil für die Verstärkeranlage.

Durch die offene Tür hörte er Eddy in der Küche wüten und fluchen. Die »Scheißgäste« kamen schon herein, und sein Buffet stand noch nicht. »Das ist das letzte Mal, daß ich so etwas mitmache. Das endgültig letzte Mal!« Tilo mußte grinsen. Eddy kündigte jeden Montag und manchmal eben auch zweimal die Woche. Köche waren so, das hatte er inzwischen lernen müssen. Endlich hatte er den Chef des Spezialladens am Apparat: »Natürlich komme ich nachher persönlich und bringe das Teil mit, Tilo. Für dich tue ich doch alles... na ja, fast alles.« Nicole hatte inzwischen das festinstallierte Schild »Überfüllung« draußen heruntergeklappt, damit sich die ersten hundert Gäste im Laden in Ruhe orientieren konnten. Tilo schlenderte durch das Lokal. Er erwiderte erwartende Blicke gönnerhaft freundlich, wie er fand, und grüßte hier: »Hallo, Alter!« und dort: »Wie geht's,

Chef?« Er führte Frauen an Tische mit dem Satz: »Setz dich doch, meine Liebe!« Und dabei litt er wie ein Schwein: Es fiel ihm auf Befehl zu einem bekannten Gesicht auf Teufel komm raus nie der passende Name ein. Nicht ein einziges Mal.

Rudi zapfte inzwischen wie wild Bier. Tilo mußte sich eingestehen, daß der durchtrainierte und braungebrannte Freund hinter dem Tresen souverän arbeitete und ästhetisch wirkte. Rudi trug ein rund ausgeschnittenes T-Shirt, das die Blicke auf die behaarte Brust lenkte. Gegen ihn sah Marlon Brando in *Endstation Sehnsucht* wie ein Hänfling aus. Komisch, dachte Tilo, alle Stammgäste hielten Rudi für ihren Freund, weil er ihnen zuhörte und ihre Ansichten nur selten kommentierte. Alle wollten Rudi gefallen, und alle mochten ihn irgendwie. Nicole meinte, daß die meisten Tilo dagegen für ein »ätzendes Arschloch« hielten. Tilo glaubte das nicht wirklich. Wer glaubt so etwas schon von sich. Aber er verhielt sich in letzter Zeit manchmal genau entsprechend dieser Erwartungshaltung einiger Gäste. Warum er das tat, wußte er nicht genau. Vielleicht, um wenigstens noch irgend etwas aktiv zu tun. So zu tun, als könnte man auch anders! Vielleicht war es das. Oder wollte er nur, gleichgültig wie, immer im Mittelpunkt stehen? Tilo lächelte kurz zum Journalistentisch hinüber. Sie lächelten zurück. Offenbar wollten sich trotzdem alle mit ihm gut stellen, solange er das Sagen hatte.

Tilo ging, nachdem er eine Schorle bei Rudi abgeholt hatte, zurück zum Eingang. Rudi haßte ihn. Da war er sich sicher. Er mußte ihn hassen. Tilo würde ihn in umgekehrter Rollenverteilung bestimmt hassen. Trotzdem war Rudi sein Freund, auf den er sich verlassen konnte. Rudi liebte es, sich zu verlieben. Besonders in Frauen, deren Männer er bewunderte. »Die ist nun echt für immer!« betonte er am Sonntag seiner Verliebtheit. Montags kamen ihm dann Zweifel, ob er den Bauch seiner Lügengeschichten bis zum Dienstag zurückzudrängen in der Lage war. Aber immer wieder glaubte Rudi an die Endgültigkeit seiner Gefühle. Immer wieder begann er oben auf der Rutsche und ließ los. Er krempelte sein gesamtes Leben um, oder mindestens seine Lebensgeschichte, und wunderte sich, wenn er nach der kurzen fröhlichen Rutschpartie wieder unten auf dem Hintern landete.

Als Tilo zum Eingang zurückkehrte, bemerkte er mit Schrekken, daß Nicole einen bekannten Hamburger Sexualberater umtanzte. Sie benahm sich wie eine wedelnde Hündin, die einen desinteressierten Kater zum Spielen animieren will. Tilo grinste an ihnen beiden vorbei. Ohne nachzudenken öffnete er die Eingangstür.

Das war ein Fehler! Wie auf Kommando stürmten etwa hundert der ewig Benachteiligten gegen ihn, so daß er gegen die Innenseite der geöffneten Tür knallte. »Haut ihm auffe Fresse, dem Lackfiesel!« hörte er und warf sich in die vorderste Gruppe und schlug wild um sich. Geschockt blieben sie einen Augenblick stehen. Dann traten Frauen mit Füßen nach ihm, er trat dagegen und traf den im Eingangsschloß steckenden Schlüssel. Der brach ab. Tilo erhielt einen Schlag an den Kiefer, als er mit beiden Händen versuchte, die Tür zuzuziehen. Irgend jemand zerrte an seinen Haaren. Tilo hatte Wuttränen in den Augen. Mit der späten Hilfe des Karatekämpfers (»Ehrlich, Alter, das ging alles zu schnell«) bekam er die Tür wieder zu.

Der Kassierer hielt krampfhaft die Kasse fest. Abschließen konnten sie die Tür nun nicht mehr, einer mußte sie immer zuhalten. Tilo nahm der verdutzt blickenden Nicole ihr Weinglas aus der Hand, trank es in einem Zug leer und stürmte dann zum Tresen. Draußen schlugen sie wie wild gegen die Tür. Gegen den allgemeinen Krach anbrüllend, versuchte er, Rudi klarzumachen, daß er das immer bereitliegende Stuhlbein brauche, um an der Tür etwas zu klären. Rudi fand die »Waffe« nicht gleich und schob deshalb einen Gast von einem Barhocker, brach das Stuhlbein ab und reichte es Tilo über den Tresen. Verdutzte Blicke der Gäste im Rücken. Dann zapfte er ungerührt weiter: »Du weißt, wo ich zu finden bin!« Tilo genoß solche Sätze von seinem Freund. Dann hechtete er zurück zur Eingangstür, wo er zusammen mit dem Karatekämpfer versuchte, in der halb geöffneten Eingangstür ihre Gesundheit zu retten, indem er wie wild auf die vorne stehenden Skinheads einschlug, und sie schafften es gemeinsam, die Tür wieder zuzuziehen.

Es ging viel besser mit einem Barhockerbein, dachte Tilo kurz, als plötzlich Gäste von innen herausdrängten. Da man vom Veranstaltungssaal den Eingang nicht sehen konnte, hatten die meisten Gäste überhaupt nicht mitbekommen, daß es Probleme gab. Sie flüchteten vor dem bestialischen Geruch im Lokal. Wahrscheinlich hatten Wildgewordene vom Flachdach aus Buttersäurekapseln in die Lüftungsschächte geworfen. In dem Chaos der gegeneinanderdrängenden Menschen in der wieder geöffneten Eingangstür verschafften sich natürlich viele den Eintritt, die Tilo lieber nicht im Laden gesehen hätte. Es krachte laut hinten an der Notausgangstür.

Tilo sprang über die Tische vor der Bühne auf dem direktesten Weg zum hinteren Ausgang. Vorbei an verdutzt blickenden Gästen in Abendkleidern, vorbei an den laufenden Kameras des NDR. Irgendwer hatte mit einer Brechstange von außen die Notausgangstür aus den Angeln gehoben und dann eingedrückt. Der hier postierte Karatekämpfer lehnte kalkweiß am Flipper und stammelte: »Einer mit Knarre! Ganz jung... Jetzt sind alle drin! Tut mir leid.« Nun erst bemerkte Tilo die durch den überfüllten Laden drängenden Jugendlichen. Etwa zwanzig der Fliegerjackenjungs johlten und tobten durch die festlich gekleidete Menge der Gäste. Es stank jetzt auch noch nach Rauch. Nun brennt der Laden auch noch, dachte er, während alle auf die gefährlich wirkenden Jugendlichen starrten, die sich über das Buffet hermachten. Der Rauchgestank wurde stärker und überdeckte den Stinkbombengeruch. Gäste von draußen wollten zurückkehren und drehten gleich wieder um.

Mit Erleichterung entdeckte Tilo den in den Laden hineinrasenden Nick, seinen verläßlichsten Hauer. Der packte den kräftigsten der Skinheads und zerschlug dem überrascht gukkenden das Gesicht. Zusammen mit Rudi nahm er sich den nächsten vor, immer sorgsam darauf achtend, daß seine Haare ständig die Stirnglatze bedeckten.

Koenig schleppte mit einem Kellner den ohnmächtigen Chaoten hinaus. Der zweite lag mit zerschmettertem Knie vor der Toilettentür. Es war ganz still im Laden. Die Jugendlichen nahmen ihren verwundeten Kumpel in die Mitte und flüchteten durch die kaputte Notausgangstür, nicht ohne lautstark ihr Wiederkommen anzukündigen. Mit zweihundert Mann!

Tilo umarmte Nick, der sich über sein zerrissenes Armani-Jackett ärgerte. In diesem Augenblick ging Jango auf die Bühne und kündigte »die zweite Show« des heutigen Abends an. Die Gäste klatschten. Das Fernsehen nahm Tilo in Großaufnahme auf. Erst jetzt spürte er den vorhin verletzten Kiefer. Sein fünftes Glas Wein schmeckte ihm nicht so richtig. Rudi kam von der Männertoilette zurück: Die Waschbecken seien abgerissen und die Toilettendeckel in Brand gesteckt worden. Tilo freute sich, daß der Laden nicht brannte. Gemeinsam richteten sie den Hinterausgang wieder her. Rudi meinte: »'ne echte *Not*ausgangstür halt!« Tilo lachte. Sein Kiefer schmerzte dabei.

Zurück am Eingang, zupfte der Kassierer Tilo am Ärmel. »Äh, Chef, die haben mir in dem Gewirr den Eintrittskontrollstempel gestohlen.« Tilo nickte nur. Er war nicht mehr in der Lage, sich über die Kleinigkeit aufzuregen, daß jetzt vorne viele der hinten Rausgeschickten mit Stempelabdruck wieder reinkommen konnten. Es war wieder Nick, der eingriff, vor die Tür ging und lautstark ankündigte: »Leute! Wer den geklauten Stempel hat, sollte ihn ganz schnell vergessen. Wir haben eine Spezialstempelkissenfarbe und merken den Unterschied! Falls einer es doch versuchen sollte... bitte! Ich freue mich auf ihn.« Tilo wollte den Mann heiraten, oder so was Ähnliches.

Draußen bauten sich schon wieder die »Gestiefelten« auf. Es waren jetzt noch mehr als vorhin hinten im Laden. Tilo telefonierte mit dem Polizeirevier Sedanstraße. »Herr Lackner«, kam es auf seine Bitte um Hilfe zurück, »wir können da wenig machen. Wir kennen die Gruppe zwar, aber sie ist zu groß und zu wechselhaft, als daß wir die Mitglieder eindeutig erfassen könnten. Natürlich können Sie eine Anzeige gegen Unbekannt aufgeben. So leid es uns tut.«

Tilo zweifelte am Sinn des Gewaltmonopols des Staates. Wenn die großen Mannschaften auf dem Kiez erst einmal begriffen haben, wie hilflos die Polizei in Wahrheit gegen Drohungen, Erpressungen und Überfälle war, würde das italienische Ausmaße annehmen, da war er sicher. Tilo hätte dem Beamten beinahe von der Erpressung durch Nugent erzählt, ließ es dann aber. Wenn die sich noch nicht einmal bei einem Skinhead-Überfall zuständig fühlten, wie dann bei nächtlichen Anrufen mit kurzen Drohungen und echten Erpressungen. Ihm wurde klar, daß sie das selber klären mußten. Vielleicht mit diesem

Manni Meier und seinen milieubekannten »Gerichtsverhandlungen«.

Mit einem aufgesetzten Grinsen ging er zurück in das tobende Lokal. Das Publikum war begeistert von Jango Edwards und seiner Showtruppe. Rudi hatte den Laden noch dunkler gedimmt, und die TV-Leute hatten ihre Scheinwerfer abgestellt. Tilo versuchte, den Redakteur davon zu überzeugen, daß so etwas wie heute die Ausnahme war. Er hoffte, die Medienleute würden den Hergang positiv verfälschen. Aber der NDR-Mann lachte nur und erzählte etwas von journalistischer Pflicht. Tilo fand diese Freiheit der Berichterstattung nicht gerecht. Durch die Medien wurde manchmal ein Schneeball zur alles erdrückenden Lawine, oder sie schossen mit Kanonen auf Spatzen. So sah er das heute abend; als Grüner hatte er das noch anders gesehen, aber nicht ganz.

Er fing einen Blick von Koenig auf. Auch dieser wußte, wem sie den Überfall zu verdanken hatten. Wie in der »großen Welt der Politik« schickten die Oberbosse immer Stellvertreter an die Front. Und so wie die meist für fremde Interessen mißbrauchten Soldaten, glaubten auch die Skinheads, daß sie ihre ureigensten Kämpfe ausfochten und merkten nicht, daß sie nur nützliche Idioten waren. Koenig grinste verlegen. Tilo nahm das schlechte Gewissen seines Freundes nicht als Entschuldigung an.

Nicole schien wenig bekümmert über die Schlägereien, denn sie sprang rhythmisch klatschend an der flackernd beleuchteten Bühne hin und her und lachte jeden mit strahlenden Augen an, oft, allzu oft diesen seltsamen Sexualpapst mit seinem Jesusgesicht für Teenanger. Irgendwie wirkte Nicole hysterisch auf Tilo. Hatte sie das nötig? Hier in seinem Revier? Mußten sich ihre Brustwarzen so durch das naßgeschwitzte T-Shirt drücken? So keck bereit?

Koenig meinte immer, daß Liebe ein kindlich spielerischer Freiraum sein sollte. Das mochte schon sein, aber Tilo verlor nie ganz die Angst vor dem Verlassenwerden. Wie in der Kindheit. Nicole schürte diese Furcht. Sie war scheinbar seine Freundin, aber sie tanzte woanders. Sein Lächeln hatte sich zum Verlieren entschlossen.

Er stand zufällig neben seinem älteren Bruder Sebastian. Der war immer noch beleidigt wegen des nicht reservierten Tisches. »Weißte, Sebastian«, sprach er ihn trotzdem an, »ich finde es gut, wenn in einer Partnerschaft beide die Freiheit spüren, daß sie machen können, was sie wollen.«

»Ach was?« entgegnete sein Bruder trocken, ohne seinen Blick von der ekstatischen Nicole zu nehmen.

»Was sie will, sehen wir alle. Und was willst du?« Tilo war für Selbstehrlichkeit. Wirklich. Aber es war etwas vollkommen anderes, Wahrheiten nicht nur zuzugeben, sondern sie auch noch zu hören. »Du glaubst doch nicht, daß mich das da noch stört?« hörte er sich mit zu dunkler Stimme argumentieren. »Nicole gehört mir doch nicht! Sie hat es halt nicht anders gelernt, Zuneigung zu bekommen, als so, mit ihrem Körper.«

»Ich verstehe, Kleiner.« Sebastian grinste zum Reinschlagen. »Du könntest Nicole jetzt erschießen.«

»Quatsch...« Tilo gab auf. Er wollte doch eigentlich nur Trost, Anerkennung und Verständnis. Er wollte, daß einer an ihn glaubte.

Statt dessen lehnte sich Nicole jetzt an diesen Sexsezierer, der Erotik garantiert zerpflückte, anstatt sie zu genießen. Wie austauschbar ihre Gefühle waren. Da konnte sie ja ebensogut mit ihrem Gynäkologen flirten... Überhaupt knutschten jetzt alle herum oder was? Rudi mit Susi, Koenig mit Tatjana, und wenn Tilo so ehrlich war, es sich einzugestehen, was er sah, auch Nicole.

Tilo wollte nur noch raus hier. Nach Hause. Er wollte über den Küchenausgang hinten durch die Gärten zu seinem Auto. In der Küche aber wollte Eddy erst noch gelobt werden, da das Buffet ratzekahl leergegessen worden war. Tilo wußte nicht, ob er lachen sollte. Da fraßen irgendwelche Straßenkämpfer das teure Essen weg, und der Koch wollte Lob!

Endlich saß er im Mercedes und fuhr langsam durch die Nacht in Richtung Niendorf. Irgendwie hatte er Grundvorstellungen von einer Frau, die er sich einmal ausgedacht hatte. Es wollte nicht in seinen Schädel, daß Nicole ein Eigenleben führte. Versuchte er denn nicht, alles zu sein, was sie sich erträumte? Er war doch jemand in Hamburg. Vielleicht ließ er sie nicht nahe genug an sich heran. Aber wollte sie das wirklich? Er machte sich eine Kleinigkeit zu essen, rief im Schneider's an und erfuhr von einem kurz angebundenen Rudi, daß Nicole schon fort sei. Tilo starrte auf den Fernseher ohne mitzubekommen, was lief. Ohne rechte Hoffnung wartete er eine Stunde. Ohne es sich einzugestehen. Sie kam also nicht direkt nach Hause. Er zweifelte an sich und legte sich ins Bett, was alles noch schlimmer machte. Irgend jemand zerfetzte seinen Unterleib, sein Kiefer schmerzte. Plötzlich hörte er Stimmen im Flur. Na endlich! Er würde ihr die Verspätung cool verzeihen. Er wollte alles tun, um den »Therapieschwanz« vergessen zu machen. Es wurde wieder ruhig im Flur. Sie kam nicht. Sie war auch nicht in ihrem Zimmer.

Tilo zog sich wütend wieder an. Er telefonierte mit Nicoles bester Freundin. Die fluchte nur. Er fand die Adresse dieses Angebers im Telefonbuch. Das werden wir ja sehen! In blinder Wut raste er zu der Wohnung am anderen Ufer der Alster. Er klingelte Sturm. Keiner öffnete in dem Mehrfamilienhaus die Tür. Er kam nicht in das Stockwerk, in dem Nicole jetzt wohl schon stöhnte. Er lief um das Haus herum und stolperte. Ein niedriger Stacheldraht zerfetzte seine Hose und ließ ihn ins Gebüsch stürzen. Ein Hund bellte. Auch hinten war nichts offen. Er zählte die Stockwerke und warf mit aller Kraft eine Scheibe ein. Lichter gingen an. Leute schrien. Er lief zu seinem Wagen und fuhr, ohne nachzudenken, ins »Madhouse«. Mit breiten Schultern drängte er durch die Massen. Er hoffte, daß irgendeiner sich provoziert fühlt. Egal wer. Keiner reagierte wirklich.

Enttäuscht und überreizt fuhr er bald wieder nach Hause. Nicole lag schlafend in ihrem Zimmer. Er weckte sie mit wilden Augen. Sie küßte ihn auf die Stirn und wollte erst am nächsten Tag reden. Tilo ging zurück zum Auto. Er konnte sich nicht einfach ins Bett legen. Er fuhr und fuhr. Trotz der Kieferschmerzen mahlten seine Zähne unaufhörlich. Er schob *Purple Schulz* in den Recorder: »Kaum war ich geboren, war ich schon verloren. Sehnsucht...!« Tilo tat sich selber leid. Es war viel schwerer, von einer Kugel getroffen zu werden, als ein Gewehr abzufeuern. Eifersucht hatte wahrlich zwei vollkommen unterschiedliche Seiten. Jetzt gegen einen Baum fahren, durchzuckte es sein Gehirn. Scheiß Sicherheit in so einem Mercedes.

Wenn die wüßten, wie viele sinnlose Partnerschaften sie mit ihren blöden Crash-Tests aufrechterhielten.

Tilo wollte Nicole seine Unabhängigkeit beweisen. Was für ein Quatsch in sich, dachte er und fuhr zu seiner Mutter nach Bergedorf. Es war inzwischen taghell. Mit einem lässigen Schwung fuhr Tilo auf die Garageneinfahrt seines Elternhauses. Schon immer ein Kindheitstraum, dieses Vorfahren. Unangemeldet klingelte er. Seine Mutter öffnete. Tilo lachte verlegen. Sein Kiefer zog. Helen, wie er sie seit dem »Muttiwegfall« nannte, war überrascht. Sie streichelte ihrem Sohn mit der Außenseite ihrer Hand über die Wangen. Tilo wollte die dickliche Frau umarmen. Er wußte, es ging nicht. »Ich bin der Umarmer!« betonte sie immer mit ihrem schwedischen Deutsch. Sie war zwischen achtundfünfzig und sechzig, glaubte Tilo, und ihr Sternzeichen war Stier. »Seit mein Sexzentrum ins Eßzentrum gewandert ist«, pflegte sie allen zu erklären, »habe ich mich bei der Wahl zwischen Ziege und Kuh für die Kuh entschieden.« Sie saßen sich in dem mit viel Geschmack eingerichteten Wohnraum gegenüber.

Helen packte sich mit geübtem Griff ihre blonde Halbperücke auf die dünnen Haare und setzte ihre Brille auf: »Mein Gott, Tilo!« hörte er sie ausrufen. »Wie siehst du denn aus. Du trinkst viel zuviel. Wer trinkt, wird nie erwachsen!«

Tilo guckte starr auf einen Vogel im Garten. Die mit ihren roten Fingernägeln und nachlässig schwarzgefärbten Augenbrauen und Wimpern sollte doch still sein, dachte er wütend. Seine Mutter steckte sich eine filterlose Zigarette an und legte sich ihre schweren Goldketten um den Hals, ohne die sie sich nackt fühlte. Sie lebte inzwischen getrennt von seinem Vater. Aber der war irgendwie sowieso nie richtig dagewesen. Weder als Erzieher noch als Ansprechpartner für die drei Geschwister: Tilo, sein Bruder Sebastian und eine Schwester. Nur die Mutter war immer für sie dagewesen. Sie hatte sich bei den Kindern damit schon immer verdächtig gemacht. Es war irgendwie zu selbstlos gewesen. »Ich«, hatte sie ständig betont, »ich komme bestens mit mir selbst zurecht. Aber ihr? Ihr macht mir konstant Sorgen! Ihr seid alle drei nicht besonders lebensfähig.«

Tilo hatte immer Angst gehabt, ihren Erwartungen nicht zu

genügen. Sie verband Liebe immer mit Leistung. Durch die Ablehnung ihres Ehemannes schon vor der Trennung war sie unangreifbar. Sie hatte sich nie wieder an einer konkreten Liebe festmachen lassen, seit Tilo denken konnte.

Widerwillig erzählte er ihr von den Schwierigkeiten mit Nicole. Eigentlich wollte er nur erzählen, sich beschweren. Er wollte keinen Kommentar. Wie immer vergeblich.

»Tilo!« Helen blickte ernst über ihren Brillenrand. »Hast du gekämpft um sie? Oder hast du, genau wie dein Vater, immer nur das Beste gedacht? Warst du fürsorglich? Zuhörend? Hattest du Herzenstakt?«

Tilo hätte brüllen können. Hatte er je eine Chance gehabt bei einer Frau wie Nicole? Er hantierte in der offenen Küche mit den Teeutensilien herum.

»Beruhige dich!« kam die nächste Weisheit der Mutter. »Auch sie wird feststellen, daß die Zahl der Liebhaber ihr Vertrauen nicht erhöht. Aber das braucht Zeit...!«

Inzwischen bumst sie sich durch die Betten unserer Gäste, oder was, dachte Tilo. »Helen! Ich habe gedacht, ich könnte mich durch viele kurze Beziehungen quasi impfen gegen das, was ich jetzt fühle. Ich wollte Abwehrstoffe aufgebaut haben gegen eine Immunschwäche, wie sie Nicole für mich darstellt!« Jetzt hatten seine Abwehrzellen nur die Beziehung selber gekillt.

Seine Mutter nickte. Sie fragte, ob er Präser benutze. Tilo fand, daß sie das nichts anging.

»Also nicht«, stellte sie fest und kraulte dabei das ewig beleidigte Dackelweibchen. »Wir sind alle Robinsons«, fuhr sie fort, »die Hölle ist die Erkenntnis, daß wir von jedem anderen getrennt sind. Das mußt du wissen und verarbeiten.«

Und nu'? fragte sich daraufhin Tilo.

»Laß dich nicht brechen. Nicole hat wohl kein Vertrauen... kein Wunder bei dem Elternhaus. Aber wenn du eine Frau im Bett nicht gewinnst, Tilo, mein Schatz, dann gewinnst du sie nirgends!«

Tilo stand auf und ging überhastet in den Keller, um einen Saunagang zu absolvieren. Er hätte seine Mutter erwürgen können. Bei aller Liebe! Nicole fickt mit diesem Sexpapst, schrie sein heißes Gehirn in den dampfenden Raum. Wer bin ich denn überhaupt, wenn schon die einfach geht? Ihr Fremdgehen machte ihm seine Selbstlügen unmöglich. Eine Stunde später verabschiedete er sich von seiner sorgenvoll blickenden Erzeugerin. Sie reichte ihm einen Becher Wurzelsaft und rief ihm hinterher: »Liebe ist ein Prozeß, Tilo!«

»Gegen wen?« versuchte er einen Witz. Dann fuhr er zurück in die Banalität seiner Gefühle. Nicole tat ihm leid, daß sie ihn vielleicht schon verloren hatte.

Seine Mutter hatte es sich zur Lebensaufgabe gemacht, ihren Kindern »der Narr« zu sein, und Tilo überlegte, ob sie dabei ihr eigenes Leben aufgegeben hatte. Er fand das nicht hilfreich, immer bei Neonlicht den Spiegel vorgehalten zu bekommen. War denn nicht bei ihm viel mehr zu erreichen mit Lob und Anerkennung? »Tilo, ich verurteile doch nicht! Ich beurteile!« Er hatte nie so recht den Unterschied im Ergebnis verstanden. Seine Mutter hatte keine hohe Meinung in ihrer Beurteilung von Männern. Obwohl zu jung, war auch sie eine Art Trümmerfrau: Wie so viele, mußte sie die Trümmer, die ihre Männer darstellten, säubern und neu aufbauen. Aus den »Reinrassigen« Menschen formen. Das hatte sie wohl geprägt. Einmal hatte sie wie selbstverständlich Nicole gefragt, ob Tilo sie im Bett spielerisch schlage. Sie fände das, wenn ja, nicht richtig. Nicole fragte daraufhin Tilo, ob seine Mutter ein sexuelles Interesse an ihm habe. Tilo fragte, wie Nicole ihren Stiefvater überlebt habe. Nicole sagte: »So wie du deine Mutter!« Tilo machte daraufhin seiner Mutter Vorwürfe. Was sie das alles anginge. Seine Mutter beurteilte daraufhin Nicole abschätzig. Nicole wurde zum Vorwurf.

Im Radio spielten sie Frank Sinatras *My way*, die Hymne der Regelmäßigen. Tilo fühlte sich auf der ganzen Linie mißverstanden. Tränen liefen befreiend über sein Gesicht. Als er noch ein Kind war, hatte damit immer alles ein Ende. Ob man leerlaufen konnte durch dauerndes Weinen? Er kicherte leicht irre und dachte: Schade, daß man sich nicht selber streicheln kann. Genausowenig, wie man sich selber kitzeln kann. Pech. An einer Straßenecke kaufte er die *Bild*-Zeitung, warf einen Blick hinein und fuhr weiter nach Niendorf.

In der Küche der Wohngemeinschaft warfen Nicole und Tatjana in seltener Eintracht Koenig gerade vor, daß er immer noch nichts begriffen habe. Koenig glaubte nach den Vortagsereignissen immer noch, daß er alles klären könnte. Er hatte schließlich inzwischen seine Kontakte spielen lassen und behauptete, daß er schon schlimmere Herausforderungen überstanden habe. Tilo hatte das Gefühl, daß Koenig alles als ein großes Spiel betrachtete. Der Einsatz war immer und überall: Leben. Er faszinierte in dieser Haltung seine Umwelt, doch wollte ihn gleichzeitig fast jeder scheitern sehen: Es durfte sein Weg nicht anders möglich sein als ihrer: der Weg des sinnlos schönen Sterbens, der sich Leben nannte.

Rudi blätterte in der von Tilo mitgebrachten *Bild*, während seine linke Hand mechanisch Susis Schenkel streichelte. Rudi hielt sich für vollkommen unabhängig von Frauen, er brauchte sie nun wirklich nicht. Hauptsache, er war nach einer Trennung nicht länger als drei Tage allein. »Überfall auf das Schneider's«, las er vor. »Gestern, während der Geburtstagsfeier mit Jango Edwards (Kritik Seite acht), wurde das Varietétheater im Univiertel von einer Horde Rocker überfallen... mehrere Verletzte. Die Polizei mußte jedoch nicht eingreifen. (Die Männer lachten bitter.) Bei Redaktionsschluß stand noch nicht fest, wo die Gründe für diese Gewalt zu suchen sind. Handelte es sich um das erneute Auftreten von Schutzgelderpressern? *Bild* berichtet morgen weiter.«

Rudi blickte Tilo unverwandt an: »Damit das klar ist: Ich habe mit Nugent nichts zu tun. Ich zahle mit dir die zehn Prozent im Jahr und die Zehntausend Tilgung im Monat, der Rest ist wirklich euer Ding!« Susi blickte ihren schwarzgelockten Helden an wie Nancy Reagen ihren Dummkopf. Tilo sagte nichts. Koenig ging telefonieren. Er kannte schließlich auch noch andere Gangster als diese Penner. »Jetzt sind es Penner, deine Freunde!« rief Tatjana ihm hinterher. »Aber als ich das gleiche sagte, war ich wieder die Idiotin!« Tilo wunderte sich über Tatjanas Kraft an diesem Morgen. »Und Tilo, dein Nick«, wandte sie sich an ihn, »ist in meinen Augen krank. Außerdem ist es doch dem scheißegal, ob die morgen überraschend wiederkommen oder nicht!« Tilo wußte, daß sie nicht ganz unrecht hatte, aber laut erwiderte er: »Und was war gestern die Alternative?« »Reden! Reden! Vielleicht schon mal was davon gehört?«

Nicole stand hinter dem sitzenden Tilo und strich ihm über das wirre Haar, gerade so, als wäre er ein trostbedürftiger Verlierer. Tilos Gedanken waren einem Kurzschluß nahe: Er wollte Nicole zerren! Vielleicht würgen! Sie sollte hier vor seinen Freunden auf den Knien um Verzeihung bitten. Am besten für etwas, das sie nicht getan hatte. Sie sollte eine einleuchtende Erklärung für gestern abend abgeben. Und nicht so über seine Haare streicheln, wirklich nicht! Er vermied jeden Blick. Seine Augen flackerten im Haß. Schnell ging er in sein Zimmer. Es war stockdunkel, die Rolläden waren heruntergelassen. Wie immer lief der Fernseher.

So war das also, wenn man alles hatte, was andere sich erträumten. Eine Scheiße war es! Ein einziger großer Irrtum. Was für ein Glück hatten jene, die nie ihre Träume erlebten. Als Nicole ins Zimmer schlich, stellte er sich schlafend. Schweigend zog sie sich aus und kuschelte sich an seinen Rücken. Er blieb bockig. Sie küßte sich unter der Decke langsam nach unten, und unglücklicherweise konnte sein Schwanz schlechter lügen. Tilo drehte sie brutal auf den Bauch, und in seinem angestauten Frust zwang er sie, ihn in ihren Hintern zu lassen. Mit groben langsamen Stößen befriedigte er sein angeknackstes Ego in ihrem Po. Nicole krümmte sich vor Schmerzen, stöhnte aber nur leise. Er stieß schneller zu. Nicole brüllte. Je lauter, je lieber, dachte Tilo. Scheiß auf den Sexpapst und sein zärtliches Getue! Dann lag er verschwitzt und erschöpft neben seiner Freundin und hatte ein schlechtes Gewissen. Im Fernsehen lief die Mittagsausgabe der Tagesschau. Nicole massierte seinen Rücken. Tilo wußte nun, wo sie letzte Nacht gewesen war.

Tilo fragte sich, ob er zuviel von diesem kurzen Erdendasein verlangte. Ging es jenen besser, die eine Frau und zwei Kinder hatten und auf ein Haus hin sparten? Die am Samstag ihren Tennisklub und Freundeskreis aufsuchten? Die auf einen Fünfer-BMW hofften? Er legte sich auf die Seite, das Gesicht abgewandt von Nicoles nachdenklichen Blicken. Vielleicht war es wirklich die einzige Chance zu überleben, daß man sich »in Arbeit stürzte und sich mit Arbeit betäubte und dabei hoffte, daß schon bald wieder eine Woche vorbei war«. Endlich schlief er ein.

7. Kapitel

Ungefähr vier Wochen danach.

Es war Freitagnacht. Eigentlich schon Samstag. Tilo saß noch mit der aufregenden Truppe vom »Festival do Brasil« im Schneider's zusammen. Ihr offenes Lachen und ihre schicksalsergebene Art befreiten ihn für kurze Momente von den seit Wochen kreisenden Gedanken, die immer am Schluß in einer Sackgasse landeten.

Seit jenem Überfall vor vier Wochen hatte sich die Situation dramatisch verschärft. Fast jeden Tag kamen unbekannte Gäste, die es unangenehm machten, Gast im Schneider's zu sein. Mal wurde der Weg zur Damentoilette versperrt oder zum Spießrutenlaufen gemacht. Die Männerklos wurden regelmäßig verstopft, und manchmal hing tagsüber ein riesiges Schild draußen am Laden: »Wegen Umbau drei Wochen geschlossen!« Keiner wußte, wer es aufgehängt hatte. In stillen Passagen von Auftritten gab es brüllende Unterbrechungen aus dem Publikum, und manchmal vertrieben schon allein die vor der Tür abgestellten schweren Motorräder die Gäste. Es wurden Zechen geprellt, Eintrittspreise übersehen und Schlägereien provoziert. Im Lila Haus in Niendorf kam alle zwei Tage ein Anruf, der die angeblich aufgelaufenen Schulden wie ein Taxameter angab.

Sie alle verloren den Sinn für die kleinen Freuden. Rudi schlug in stiller Verzweiflung vor, den Laden anzuzünden, mit dem Versicherungsgeld Nugent auszuzahlen und dann neu zu starten. Die Auskunft der Versicherung hielt sie davon ab, den Plan weiterzuverfolgen: Das Kleingedruckte der gebündelten Sachversicherung verringerte den Wert des Schneider's nach einem Jahr auf einen »Zeitwert«, der noch nicht einmal ein Viertel der Schulden abgedeckt hätte. Koenig war sowieso dagegen, weil

»sie immer wiederkommen, wenn sie dich erst einmal kastriert haben«. Das neue und vernichtende an den Bedrohungen war, daß, ob sie sich wehrten oder nicht, die Gäste ausblieben. Die Besucherzahl ging laufend zurück. Auch heute waren mit nur einhundert Gästen die Einnahmen von viertausendfünfhundert Mark unter der Gage für das Festival do Brasil geblieben. Der Filialleiter der Hamburger Sparkasse wurde von Woche zu Woche unruhiger und auch unfreundlicher. Tilo hatte noch vor Jahren Schulden einfach als Geld gesehen, das jährlich eine Inflationsrate von zehn Prozent hatte. Heute sah er das etwas umfassender. Die Banken jedoch, glaubte er, wollten den Kunden am liebsten deren eigenes Geld zu zehn Prozent verleihen. Mit zusätzlicher Sicherheit durch ein bezahltes Haus.

Unglücklicherweise hatten ihre Freunde bei den Medien ihnen damit helfen wollen, daß sie die Erpressung öffentlich gemacht hatten. Vielleicht wollten sie die Behörden und die Polizei zum Handeln zwingen. Aber Herbert Nugent war nichts nachzuweisen, weil er selbst nie in Erscheinung trat. Tilo verstand jetzt etwas besser, wie man sich im Nazireich der randalierenden SS gegenüber gefühlt haben mußte. Hilflos wütend. Außerdem hatten Leute wie Nugent und Konsorten so oft im Krankenhaus gelegen, daß Gegengewalt sie nur noch mehr anstacheln würde. Und es war nicht leicht, einen Menschen einfach so zu erschießen oder erschießen zu lassen. Tilo hatte immer einen Kloß im Hals, wenn sich seine Ex-Kumpel von Greenpeace in die Nordseesäure werfen, um das Verklappen zu verhindern. Aber lohnte sich hier Heldenmut? Für ein Varieté? Für Geld?

Tilo ließ die braunen Schönheiten aus dem Laden und schloß die Eingangstür ab. Rudi hatte noch, bevor er gegangen war, einen Scherz versucht: »Zwei Nachrichten. Eine gute und eine schlechte. Die schlechte. Es war leer im Schneider's. Die gute: Es haben auch nur wenige mitbekommen.« Aber lachen konnten sie darüber nicht. Tilo machte seine Runde im Lokal. Er prüfte, ob in der Toilette kein Fixer blutend über seiner Spritze zusammengefallen war, oder ein Besoffener in seinem eigenen Kot in der Toilette lag. Er sah nach, ob die Außenreklame ausgeschaltet war und ob der betrunkene Koch das Gas abgedreht hatte.

Dann schaltete er die Notbeleuchtung ein und öffnete die Tür zum Hof. Eine Stirn knallte gegen seine Nase. Es knackte in seinem Kopf, und er flog zurück in den Vorratsraum. Er riß seine neue Pistole aus der extra angefertigten Weste und wollte durch die Schmerzenstränen hindurch zielen. Ein Fuß flog auf ihn zu. Die Gewalt des Trittes ließ die Waffe durch die Luft fliegen und schleuderte den rechten Arm extrem weit nach hinten. Tilo drehte sich um die eigene Achse und fiel wie in Zeitlupe nach vorne. Wie von außen gesehen stellte er im Fallen fest, daß er sich mit seinem rechten Arm nicht abfangen konnte. Mit dem linken Ellenbogen schlug er auf die behördlich vorgeschriebenen Kacheln.

Einer der Männer, Tilo sah nicht, wie viele es waren, zerrte ihn am verletzten Arm hoch. Tilo hörte sich selber wie aus weiter Ferne unmenschlich schreien. Der Schläger ließ den Arm los. Tilo starrte verwirrt auf den schlaff herunterhängenden Arm, der zehn Zentimeter länger wirkte. »Der hatte doch tatsächlich 'ne Wumme!« hörte er wie durch einen akustischen Nebel. Sie zerrten ihn am verletzten Arm nach draußen. In seinem Kopf explodierte ein mit Schmerz gefüllter Ballon in tausend Teile. Über seine Lippen kamen nur noch krächzende Laute. Dennoch lockerten sie den Griff um seinen Arm. Ähnlich wie als Kind, wenn die Mutter ihn an seinem Ohr fortzog, folgte er den drei Männern zu einem VW-Bus. Er schmeckte auf der Zunge sein nach Eisen schmeckendes Blut. Bei jeder Bewegung seiner Pupillen zu irgendeiner Seite hing ihm die eigene Nase im Wege. Verwundert nahm er wahr, daß das draußen vorbeiziehende Hamburg in braunschwarze Farben getaucht war. Er glaubte das alles nicht. Er wollte fliehen, wenigstens aus der Realität. Hoffentlich hatte Koenig irgend etwas erreicht, hämmerte es in seinem durch Schmerz wattierten Gehirn.

Koenig wollte mit Manni Meier das selbstherrliche Vorgehen von Nugent und seiner Bande besprechen. Meier war ein Größerer unter Großen rechts der Reeperbahn und in der Freiheit. Die Davidswache hielt still, wenn er wildgewordene Konkurrenten auf ein erträgliches Maß zurückhauen ließ. Er garantierte mit seinen Killern ein Mindestmaß an Berechenbarkeit. Manni Meier ging selber seit fünfzehn Jahren überall als erster dorthin, wo »jemand keinen Respekt zeigte«. Koenig meinte, daß Meier einer der wenigen mit »Herz« und Verstand auf der Meile war. Offenbar hieß im Milieu »Herz« haben, selbstmörderisch mutig zu sein. Es kam nicht darauf an, wie stark jemand war, sondern ob die anderen sich ausrechneten, ihn in seiner Gegenwehr »brechen« zu können. Ein berüchtigter Spruch dieses Manni Meier sollte angeblich sein: »Kann kommen, der Kerl, wenn er die Antwort abkann!« Jeder, der sich mit ihm anlegte, mußte mit einem tödlichen Ausgang der Gewaltspirale rechnen. So oder so. Nur Kerle wie Nugent, mit dem Image des unberechenbar Verrückten, genossen fast ebensoviel Respekt wie Manni Meier. Leider, dachte Tilo in diesem Moment und fragte seine Entführer, wohin die Fahrt denn gehe.

»Schnauze, du Weichei! Wir sollten dich nur holen!« Tilo sah sein eigenes verformtes Gesicht im Rückspiegel und fragte sich, wie denn wohl jemand aussah, den sie verprügeln sollten. Kurz danach erreichten sie den unbeleuchteten Nachtklub von Koenig. Im »Formel Eins« war es dunkler als sonst. Die Scheinwerfer über der Tanzfläche waren ausgeschaltet. Tilo hoffte, daß er als Verletzter für weitere Angriffe tabu war. Mit der Linken nahm er den tief hängenden rechten Arm und packte ihn auf die Knöpfe seiner Lederweste. So zog das Gewicht nicht so stark am ausgerenkten Schultergelenk. Einige in dem gut gefüllten Klub grüßten ihn wortlos, als die drei ihn zur Bar führten. Keiner lächelte. Es war eine reine Männerversammlung, stellte Tilo beunruhigt fest.

Nicole hatte wohl doch nicht so unrecht damals, als sie erklärt hatte, daß Frauen fehl am Platze waren in diesem Wahnsinn. Für Nicole waren Zuhälter nur die reinste Form unfähiger Männer, die Frauen als Trägerrakete benutzten und sie ausgebrannt abstießen, wenn sie selbst ihre Umlaufhöhe erreicht hatten.

Tilo entdeckte in jeder Ecke und an jedem Tisch Gruppen und Grüppchen aus der Kiezszene. Sie waren alle da: Rolex-Uwe, der sonnenbebrillte Blondi, Karate-Kalli, Brilli, der Libyer... und, dem Schicksal sei Dank, auch Manni Meier mit seinen beiden Getreuen: Western-Harry, der gerne schoß, und Frankfurter-Horst dessen Gliedmaßen nach Waffenscheinen schrien. Nur Koenig war nicht auszumachen. Nugent beugte sich zu dem an der Bar sitzenden Meier herunter und flüsterte ihm etwas ins

Ohr. Meier zog seinen Kopf etwas von dem Riesen weg. Er sah aus, wie ihn Tilo von Pressefotos kannte: eleganter BOSS-Anzug, manikürte Hände, zu große Ringe und zerhauene Fingerknöchel. Er trug die unvermeidliche Goldkette, die aus jedem Mercedes-Menschen einen Manta mit Rallyestreifen machte. Herbert Nugent stand wie ein Bittsteller vor dem älteren Wolf. Mit einer kurzen Handbewegung schickte Meier Western-Harry auf die Männertoilette. Nugent ging zurück zu seiner Gruppe, in der Tilo auch die beiden eleganten Warentermintypen wiedererkannte, die er schon bei der ersten Begegnung mit Nugent in dessen Wohnung bemerkt hatte.

Im gesamten Lokal herrschte eine Atmosphäre ängstlicher Erwartung. Keiner wußte, ob er auf der richtigen, auf der stärkeren Seite war. Die gepflegt aussehenden Hübschen, die die in der Kindheit zerstörten Mädchen aufrissen, hatten nichts zu befürchten: Sie wechselten einfach die Seiten. Sie gehörten nicht zur kämpfenden Truppe. Die zerhauenen Quallen brauchten sie nach der Schlacht. Nur ein paar, wie Manni Meier oder sogar Herbert Nugent, hatten mit ihren verlebten Gesichtern eine gewisse Ausstrahlung. Jede Falte wirkte wie eine Narbe. Seltsamerweise, stellte Tilo immer wieder fest, konnten diese charismatischen Typen jederzeit offen und herzlich lächeln oder lachen. Sie hatten einen Charme besonderer Art. Was sogar Nicole zugab. Sie wirkten auf alle wie eine letzte Instanz. Auf alle, die Frauen verkauften.

Western-Harry kam mit einem aschfahlen, leicht gebückt gehenden Koenig von den Toiletten zurück. Sein Freund quetschte sich neben Tilo an die Bar und lächelte, trotz der scheinbar schlimmen Schmerzen. »Hey, Freund und Meister, mit dir und dieser Nase in deinem Gesicht teile ich keine Kokslinie mehr!« versuchte er die Lage aufzulockern. Manni Meier stand von seinem Hocker auf und setzte sich neben sie. Nugent vermied jeden Blickkontakt. Koenig steckte sich eine Zigarette an und gab dem zigarrenrauchenden Meier Feuer. Tilo bemerkte, daß Koenigs Hände überhaupt nicht zitterten. Wie war das möglich? Seine zitterten ja schon, wenn ihm eine Frau zu sehr auf die Hände sah, sobald er im Café einen Tee trank.

Meier wandte sich an Tilo und bemerkte knapp: »Tut mir leid,

Kleiner, das mit dem Arm. Du solltest nie eine Knarre tragen. Das hat meist unangenehme Folgen.« Tilo fühlte einen lächerlichen Stolz, weil der so mit ihm redete. »Und nun erzähl mal, was ihr mit dem Schneider's anschafft!« fuhr Meier fort.

Koenig starrte auf Tilo, und es kam diesem so vor, als ob er jetzt etwas Richtiges sagen sollte. Nur, was war das Richtige für alle? Koenig hatte vor ein paar Wochen zu Meier gesagt, daß er nicht die Bullen hatte holen wollen. Doch wenige hatten ihm geglaubt. Meier fand die Androhung schlimm genug. Schmiermichel schmierte man, die rief man nicht. Koenig wußte das. Tilo antwortete »spontan«: »Im ersten Jahr haben wir zwei, der Rudi Schneider und ich, ungefähr fünfunddreißig im Monat netto herausgezogen. Davon sind zehn Braune im Monat an Nugent gegangen. Plus circa zwei an Zinsen.« Tilo fand den Ausdruck »Braune« irgendwie passend, er ließ ihn dazugehören. »Jetzt legen wir im Monat an Gagen fünf Riesen drauf.« Er verheimlichte, daß der Umsatz noch den Verlust an Gagen abdeckte. Manni Meier nickte. Allem Anschein nach hatte Tilo seine Vermutungen bestätigt. Koenig nickte mit seinem Blick.

Meier ging zu den beiden Börsenspekulanten und zu Nugent. Er verhandelte nicht, das sah man, er stellte fest. Dann kam er zurück zu Tilo und Joachim Koenig. »Jo!« (Tilo war baff, da Koenig nur in seiner Kindheit so gerufen worden war.) »Diese kleinen Designerarschlöcher sind es gewohnt, daß brutto gleich netto ist, wenn es um ihre ›Kundengelder‹ geht. So extrem waren noch nicht einmal wir vor zwanzig Jahren. Die sind verdorben für normale Gewinne. Es ist eine neue Generation. Die wollen keinen Spaß, die wollen Kohle. Obwohl ich ihnen empfohlen habe« (Koenig grinste), »ein wenig mehr aus den Zahnärzten herauszuleiern, und nicht eine Kuh zu schlachten, die auf Dauer Geld bringen könnte, pochten sie auf ihr Recht.« (Er blickte bei dem Wort ›Kuh‹ kurz auf Tilo.) »Nugent hat ihnen wohl gedroht, wenn sie zu sehr nachgeben.«

In diesem Moment gab es in der Nugent-Gruppe Tumult. Jedermann straffte sich. Der Mann war allen unheimlich. Tilo glaubte, daß einer der eleganten Jungs eine Schelle von Nugent eingefangen hatte. Aber Genaues konnte er nicht sehen. Manni Meier wirkte unbeeindruckt von dem Geschehen. »Jo, du hast deinen Laden als Sicherheit für die Zinsen gegeben. Ich denke, du bist ihn los.« Koenig zeigte keine Reaktion. Er schien starke Schmerzen im Rücken zu haben. Meier aber ergänzte seine Erklärung. »Die verlangen von euch innerhalb von drei Monaten das geliehene Restgeld zurück. Ich glaube, es sind knapp hundertausend!«

Tilo versuchte, seine Bestürzung zu verbergen. Es hatte sich doch zuerst viel besser entwickelt, als seine »Entführung« hatte erwarten lassen. Aber jetzt waren Koenig und er ganz plötzlich am Ende der Straße angelangt. Tilo sah, wie Manni Meier, den Frankfurter-Horst im Rücken, mit Nugent sprach. Daraufhin stürmte dieser zum Eingang. Seine Getreuen folgten ihm in lässiger Panik. Bei Koenig blieb Nugent kurz stehen. Mit direktem Blick unter den wilden Haaren flüsterte er: »Und du kleine Gewürzgurke, du solltest dich ab morgen woanders in sauer legen! Begriffen?« Dann »flog« er mit den anderen durch den Eingang davon, mit wehenden Haaren und wehendem Mantel.

Alle sackten erleichtert zusammen. Koenig redete mit seinem leicht verletzten Geschäftsführer hinter dem Tresen. Manni Meier ließ sich von den »Hübschen« mit den Strähnen in den Haaren feiern. Koenig brüllte: »Freies Trinken für alle!« Viele lachten erleichtert über diesen Witz.

Aber Koenig hatte vor allem den neuen Besitzer ärgern wollen, der mit blutiger Nase am Tresen stand und gequält lächelte. Der wußte wohl auch nicht recht, ob das Formel Eins ihm in Zukunft Freude bringen würde. Mit Nugent als Partner. Western-Harry öffnete eine Flasche Champagner und zeigte die Ruinen in seinem Mund. Das soll wohl sein Lachen sein, dachte Tilo, immer noch wie betäubt. Harry ließ den Champagner über seine Haare fließen und kämmte sich dann. Koenig hatte ein Taxi rufen lassen. Er übergab die Schlüssel dem zweiten Eleganten, der jetzt auch nicht mehr so glücklich guckte. Er umarmte Manni Meier, und dann verließen Tilo und er den Nachtklub, um sich im Hafenkrankenhaus versorgen zu lassen. »Die kennen sich besser aus mit unserem Scheiß!« erklärte er das entfernte Ziel. Trotz allem waren sie beide erleichtert, und Tilo fand, daß sie den beiden Alten von der Muppet-Show ähnelten, wie sie da zu dem beigen Diesel schlichen. Sie gingen, als ob sie zum erstenmal mit Schlittschuhen über eine Eisfläche kommen wollten, ohne hinzufallen.

Kaum hatten sie unter Schmerzen in dem Taxi Platz genommen, drängte Tilo seinen Freund, zu erzählen, was sie denn mit ihm angestellt hätten. Koenig meinte fast flüsternd: »Nugent, dieser Gehirnamputierte, ist mit seinen Jungs am Türsteher vorbeigestürmt und hat meinem Geschäftsführer 'ne Ohrfeige gehauen, damit der mich nicht vorwarnte. Die anderen Gäste sind nach und nach lieber freiwillig gegangen. Als ich dann von meinem Büro aus keine Musik mehr hörte, ging ich gerade mal zwei Meter weit, da flog ich schon mit fürchterlicher Wucht mit den Nieren gegen den Tresen. Ich sackte zusammen, und die traten auf mich ein. Immer in die Weichteile, wo es nicht gleich jeder sieht und wo es verdammt weh tut!« Tilo zog es die Oberschenkelmuskeln zusammen, als er sich die Tritte vorstellte. »Ich muß dann ohnmächtig geworden sein. Fredy, mein Barmixer, hat vom Toilettentelefon aus, wie verabredet, Manni Meier Bescheid geben können. Innerhalb von einer Viertelstunde waren sie alle da. Freunde und Feinde. Alle, die ständig rumsitzen und warten, daß ihre Mädchen das Geld abliefern.«

Koenig stöhnte bei jeder Straßenunebenheit. »Ich pinkle nur noch Blut! Wenn ich bei den Schmerzen überhaupt zu pissen wage… Es geht schwer. Jetzt stellt sich die Frage: Ist es besser, nicht mehr bumsen zu können, oder so auszusehen wie du mit deiner Nase und deinem schlaffen Arm?« Beide lachten und stoppten gleich wieder. Es tat weh.

Das Taxi bog in die Zirkusstraße und fuhr dann vor das berühmt-berüchtigte Hafenkrankenhaus. Wie immer bestand Koenig darauf, zu zahlen. Als sie in die kahle vergilbte Eingangshalle schlichen, kamen sie sich vor wie in einem Feldlazarett, das sie aus alten Hollywoodschinken kannten: Kreuz und quer in den Gängen verteilt, lagen Zerhauene, Angefahrene, Betrunkene und Süchtige. Jeder wartete hilflos auf seiner mit Gummi überzogenen Liege.

Eine Schwester kam und bot Koenig und Tilo einen Rollstuhl an. Sie lehnten dankend ab und setzte sich lieber auf eine Bank am Fenster, das Koenig mühselig öffnete. Dann steckte er sich sofort eine Zigarette an. Sie mußten warten. Es gab dringendere

Fälle, hatte die junge Frau entschuldigend erklärt. Tilo fand diese Krankenhausschwestern hier irgendwie heroisch und selbstlos. »Die fressen Scheiße, die hier arbeiten«, meinte Koenig daraufhin, »die hassen das Leben, das sage ich dir!« Tilo wollte darüber nicht streiten, er wollte von seinem Freund wissen, warum er den Laden so einfach abgegeben habe. »Ach, was habe ich ihnen schon gegeben? Ein paar Qudratmeter mit einem zehn Jahre alten Tresen und einen Namen. Aber was ist denn der Laden ohne mich? Außerdem hatte ich den größten Spaß, als ich den Laden entworfen und gebaut habe. Wenn diese Armani-Jacketts und Nugent da die Bosse sind, garantiere ich dir, daß innerhalb von vier Wochen die Lichter ausgehen. Was können Mistkerle denn anderes verkaufen als Mist? Mich haben sie ja nicht übernommen. Ich habe einen Fehler gemacht mit diesem Chaoten! *So what*? Was soll's? Ich habe gedacht, daß er mein Freund werden wollte. Aber Freunde sind nicht neidisch!« Tilo fühlte sich ein wenig unwohl bei dieser Bemerkung, hörte aber weiter interessiert zu. Vielleicht spielten sich so Vater-und-Sohn-Gespräche ab, wenn auch nicht gerade morgens um fünf mit ausgekugeltem Arm und zerhauenen Nieren, aber so ähnlich vielleicht doch.

»Klub, Auto und all der Mist, Tilo, was ist das schon. Du mußt tschüs sagen können. Übrigens hatte ich eine ganz individuelle Konzession für das Formel Eins. Wenn du verstehst, was ich damit zart andeuten will?« Koenig lächelte und steckte sich die zweite Zigarette an. »Ist das nicht viel geiler, daß ich euch mit meiner alten Bude wieder befreien konnte von diesen Idioten? Das ist doch das Beste, was man mit so einem Laden erwirtschaften kann: Freundschaft!«

Tilo hatte sich immer nach solchen Momenten gesehnt. Jetzt fühlte er sich unbehaglich.

»Mein Freund«, fuhr Koenig begeistert fort, »du glaubst leider noch nicht wirklich, daß es immer weitergeht. Diese Jungs vom Kiez sind wie Bodybuilder, sie wollen nicht stark *sein*, sie wollen stark *wirken*. Was für ein Schwachsinn. Die brechen doch alle zusammen, wenn sie keine Alte haben, die ihnen die Miete bezahlt. Ganz traurige Gestalten! Mich können die doch nicht schaffen. Ich habe keine Lebensversicherung oder wie der ganze

Mist heißt. Das wäre ja, als wartete ich darauf, daß keiner helfen wird oder daß ich nichts mehr auf die Beine stellen werde... Die meisten ›Normalen‹ denken doch, daß sie nur das machen können, wofür sie vor Jahrhunderten mal einige Jahre die Schulbank gedrückt haben. Die sind doch mit dem Häusle, den Kindern und den Versicherungen gezwungen, niemals auch nur nach rechts oder links zu gucken. Ist das ein Leben?«

Tilo fand zwar, daß sie beide hier und heute nicht gerade wie Gewinner aussahen, aber trotzdem hatte ihn Koenigs Rede ein wenig aufgebaut.

Kurz darauf wurden sie beide getrennt zur Behandlung geführt. Tilo wurde geröntgt. Er bestand darauf, daß dies nur einmal geschah, und schon war die Krankenschwester böse über so viel Eigenmächtigkeit. Die Ärztin kam und wollte automatisch Tetanus spritzen, aber Tilo verweigerte sich auch hier und meinte, daß sein Körper genug Abwehrkräfte habe und daß er noch nie geimpft worden sei in seinem Leben. Die Krankenschwester und die kleine Ärztin lächelten sich so an, als ob sie einen Irren vor sich hätten.

Tilo wußte nun, daß er es mit Menschen zu tun hatte, die ihm bei Bluthochdruck Valium verschreiben würden, anstatt ihm vom Fettessen, Rauchen oder vom Salzigessen abzuraten. Die Ärztin spritzte ein Betäubungsmittel in die wunde Nase und blickte ihn dabei triumphierend an. Mit ein paar Griffen wurde das angebrochene Nasenbein justiert, und die Krankenschwester schob ihm dann in jedes Nasenloch einen dicken Wattepfropfen.

Er mußte auf das Röntgenbild warten. An der gelackten Wand hing ein Warnschild vor Aids. Da warnten sie vor einer Immunschwäche und waren gleichzeitig sauer, daß er gerade die Antibiotikaspritze abgelehnt hatte. Wenn eine Gesellschaft jedes Fieber, das kämpfte, jeden Schnupfen, der Gifte abführte, und jeden Ausschlag, der warnte, mit Antibiotika hemmte, durfte sie sich da wundern, wenn schließlich das körpereigene Immunsystem versagte? Sollte man jeden Montag vorbeugend Antibiotika nehmen, damit ein Tripper das Fremdgehen nicht verraten konnte? Er wurde richtig sauer, wenn er an den ganzen Blödsinn dachte. Das Röntgenbild kam. Es zeigte eine Absprengselung an der rechten Schulterkapsel. Die Ärztin meinte, daß die Stelle nach dem Einrenken unbedingt aufgeschnitten, genagelt, genäht, wieder aufgeschnitten, entnagelt und wieder genäht werden müßte. Unbedingt. Die Gefahr sei natürlich groß, daß sich während dieser langen Zeit das Gelenk etwas versteifen würde...

Tilo unterbrach sie und bat die kleine verhärmte Frau, den Arm doch einfach wieder einzurenken. Die Ärztin seufzte und packte mit beiden Händen seinen rechten Arm. Neugierig guckte ihr die Schwester dabei zu. Tilo wollte ein Held sein, aber er haßte Schmerzen. Sie drehte den Arm ein paarmal leicht. Tilo stöhnte. Dann, mit einem kraftvoll geübten Ruck schnappte der Arm zurück in das Schultergelenk. So wie er genau wußte, daß er über Wasser laufen konnte, wenn unter ihm ein Hai schwimmen würde, so genau fühlte er, daß er in der Sekunde des Einrenkens mit dem gesamten Körper geschwebt hatte. Und jetzt fand er sich auf dem Boden neben der Liege wieder. Nie eine Geburt, dachte er plötzlich, wirklich nie! Er war nicht betäubt worden, damit sein Schmerz die richtige Richtung weisen konnte. Die Krankenschwester zog ihm ein Ganzkörpergummi über den Kopf und zeigte, wie er den Arm halten sollte. Ein wenig verlegen knöpfte sie ihm die Knöpfe der Jeans zu. Ein Reißverschluß wäre für einen Einhändigen wirklich praktischer, dachte er.

Unverwandt schaute er sich im Spiegel der Eingangshalle ins Gesicht. Unter seinem rechten (oder war es das linke) Auge war es schwarzblau. Die verkrustete Nase war kartoffelgroß und hatte auch in etwa die gleiche Form. Endlich hatte er sie wirklich, die von seiner Schwester als Baby festgestellte »Toffelnase«. Sein kaputter Arm lag angewinkelt unter dem Oberkörperkondom, sein linker war nackt. Sein erschlaffter Bauch quetschte sich über den Rand der zu engen Hose. Tilo unterschrieb, daß er das Krankenhaus auf eigene Gefahr und ohne weiteren Versicherungsschutz verließ.

Nach kurzem Warten stürmte Koenig auf ihn zu. Er sah noch blasser aus, wenn das überhaupt möglich war. »Bloß raus hier, aus diesem Leichenschauhaus, Alter!« Sie schnappten sich ein ankommendes Taxi und fuhren, beide abwechselnd stöhnend, gen Heimat. »Na?« fragte Tilo. »Die spinnen!« antwortete Koenig. »Meine rechte Niere soll angeblich schon immer schwer geschädigt gewesen sein. Soll nicht top funktionieren, und durch die Schläge ist sie wohl auch nicht besser geworden. Die andere Niere hat ein Geschwür. Das wollen sie untersuchen. Eins meiner Eier ist kaputt. Ich hab' jetzt so'n Eishockeyschutz. Übrigens sieht mein ganzer Rücken aus wie die Haut unter deinem Auge. Schwarz-Lila... Die wollten mich nicht gehen lassen. Ich könnte innerlich verbluten... einer wollte mich gleich morgen aufschneiden! Ich kann dir sagen: Das einzig Gute, was die mir angeboten haben, war ihr Stoff. Ich schwebe so herrlich auf meinen Schmerzen. Fast wäre ich doch noch geblieben! Aber, Tilo, versprich mir eins: Sollte ich jemals in so einer Versuchsanstalt wie dieser hier landen und nicht selbst raus können, dann hol mich bitte raus und besorg mir genug Stoff zum Sterben!«

»Logo«, versprach Tilo in einem heitereren Ton als ihm zumute war. Koenig war schwer krank, das war ihm in den letzten Minuten klargeworden.

»Kein Alkohol«, setzte Koenig seine Beschwerde fort. »Keine Zigaretten, kein Dope, und bumsen geht sowieso nicht. Nur Wasser darf ich trinken.« Er fummelte einen Zettel aus der Tasche und zeigte Tilo die Diätliste. Beide prusteten los. Sie lachten hysterisch.

»Sind wir nicht echte Königskinder?« rief Koenig. »Manchmal spielt das Leben mit einem russisches Roulett, nur eben mit fünf gefüllten Kammern. Und man überlebt trotzdem. Wenn das nicht oberaffengeil ist, Vadder!«

Tilo konnte sich nicht ganz so begeistern. Koenig kam ihm vor wie seine Mutter in seiner Kindheit: Die wollte damals nur Milch kaufen; zurück kam sie mit einem um hundertachtzig Mark herabgesetzten Entsafter. In ihren Augen hatte sie an diesem Tag für die Familie hundertachtzig Mark gespart. Tilo und Koenig nahmen sich noch einmal kurz in die drei Arme und gingen dann auf ihre Zimmer.

Nicole war nicht im Doppelbett. Sie ist wohl in ihrem eigenen Raum, hoffte Tilo und begann sich auszuziehen. Er brauchte mindestens zwanzig Minuten oder eintausendzweihundert Sekunden, um mit der ungeübten Linken die Turnschuhe aufzuknoten und die Jeans von den Beinen zu zerren. Was machten eigentlich Armamputierte noch, außer sich an- und auszuziehen? Vorsichtig wusch er sich. Unter dem verkrusteten Auge kam eine neue Narbe zum Vorschein. Sie würde bleiben, bis er endgültig genug gelebt hatte. Was Koenig jetzt wohl machte, mit seinem in den Penis geschobenen Katheter und dem Beutel Pisse am Bein? Wieviel Tode müssen eigentlich Querschnittsgelähmte sterben, die sich ihrem Partner zusätzlich mit einem Beutel Scheiße zeigen müssen? Er fühlte die neue Narbe mit den Fingerspitzen. Auch von seinen Pickeln waren winzig kleine Narben und riesige Poren geblieben: eine ständige Erinnerung an das demütigende Gefühl, sich selbst eklig zu finden.

Narben, tiefe Poren oder Falten erinnerten immer. Sie blieben. Nur die Handlinien veränderten sich ständig, hatte Koenig ihm erzählt. Seine Erfolgslinie wollte Tilo heute morgen nicht unbedingt untersuchen. Er schluckte sechs Baldriparan und legte sich vorsichtig ins Bett. Auf dem Rücken liegend, ohne Schutzhaltung, döste er vor sich hin. Er hatte das Gefühl, irgend etwas erledigen zu müssen. Jede Bewegung stieß ein Messer in sein Schultergelenk. Per Fernsteuerung schaltete er das Videogerät ein. Er fragte sich, warum die nachts nicht einfach das gesamte Abendprogramm wiederholten. Für ihn. Und für ein paar andere mit seltsamen Arbeitszeiten.

Nach vier Stunden gab er das krampfhafte Einschlafenwollen auf. Es war schlimmer, fand er, als überhaupt nicht zu schlafen. Er suchte Nicole. Nach einigem Hin und Her fand er sie in Rudis Zimmer. Im Hintergrund lief Tilos Lieblingsband von Rod Stewart, das Nicole ihm zum Geburtstag gemixt hatte. Sie schienen sich gut zu verstehen, Rudi und Nicole. Rudi trainierte mit nacktem Oberkörper seine Bauch- und Beinmuskeln.

Nicole sprang ein wenig zu schnell auf, fand Tilo. Seine Übernächtigung ließ keine Selbstlügen zu. Wo war eigentlich Rudis Susi geblieben? Warum war Nicole heute morgen ausgerechnet hier in diesem Zimmer? Tilo hatte in letzter Zeit viel über sein Verhältnis zu Nicole nachgedacht und war zu dem Schluß gekommen, daß er in ihr eine Frau gefunden (und gesucht?) hatte, die alle seine heimlichen Ängste bestätigte, die genau wußte, wann, wie und mit wem sie ihn am zielsichersten verletzen konnte. Ihm waren dann aber auch Zweifel gekommen, ob dies eine dauerhafte Basis war. Als er heute morgen mit der Unterhose vom Vortage und dem gummierten Oberkörper vor ihr stand, den adretten Rudi neben sich, war ihm ziemlich klar, daß sie beide die falsche Wahl getroffen hatten. Die ganze Situation erhöhte die Anzahl der Patronen in Koenigs russischem Roulett auf sechs. Der nächste Schuß tötete. Tilo hatte sich in der fiebrigen Nacht vorgestellt, daß er den beiden alles Geschehene in bunt schillernden Farben erzählen würde. Nicole meinte zwar immer, er übertreibe um fünfzig Prozent. Mindestens. Was stimmte. Aber für jemanden, der nicht dabei gewesen war, machten fünfzig Prozent Übertreibung erst echte hundert Prozent Miterleben aus, entschuldigte er sich vor sich selbst.

Jetzt stand er irgendwie lustgebremst herum. Er kam sich vor wie ein Eindringling. Er sah und verstand alles und war doch nicht in der Lage, sich die Tatsachen einzugestehen. Nicole fragte und fummelte aufgeregt an ihm herum. Wie ein schlecht besprochener Anrufbeantworter spulte er seine Geschichte ab. Rudi nickte wieder sein Besserwissernicken. Nicole stellte endlich die Rod-Stewart-Kassette ab. Sie sah nicht glücklich aus.

Er war wohl heute nicht gerade ein lustbringender Gegner, und er entschied sich mit plötzlicher Klarheit, die aus der totalen Erschöpfung entstand, daß er weg wollte. Ab auf eine Insel im Süden. Egal wie. Er bot Rudi den Laden an: »Schneider's heißt er ja eh schon! Ich denke mir, daß du mir das übriggebliebene Geld vom letzten Jahr gibst, damit ich Nugent auszahlen kann und du deine Ruhe hast. Ich fahr' dann mit den restlichen dreißig bis vierzig Mille mit meinem Bus durch die Landschaft.«

Nicole blickte ihn verletzt an, obwohl sie beide genau wußten, daß sie nie hatte mitkommen wollen. Alles aufgeben? Ihr Studium, die Umgebung? Und was noch? Tilo verdrängte alles weitere. Rudi guckte unschuldig. Er hatte eine Form von Überlegenheit gewonnen, dadurch daß Nicole sich von ihm erobern ließ. Sie hatte Tränen in den Augen. Rudi kam von seinen Liegestützübungen hoch und streichelte kurz über ihren Rücken. Nicole zuckte zusammen. Tilo knickten fast die Knie weg. Rudi flakkerte der Blick, und er brummte im tiefsten Baß: »Ich überleg' mir das, Tilo, aber ich denke, das geht okay...!« Nicole murmelte etwas wie Frühstück machen und stürmte aus dem Zimmer. Rudi fragte ihn, ob die Nase so bliebe. »Weiß ich auch nicht!« schrie Tilo. Und es war ihm in diesem Moment vollkommen gleichgültig.

Koenig kam die Treppe heruntergehumpelt und hatte wohl die letzte Frage von Rudi mitbekommen: »Wie die Nase dieses Mannes, so mein Johannes!« Offenbar versuchte er, seine Verzweiflung mit einem Witz zu bekämpfen. Er hatte immer betont, daß nur Humor die Angst überwinden kann.

Sie gingen in die Küche, und Tilo hörte zu, wie Koenig seine Verletzungen verharmloste. Zwischendurch telefonierte Tilo mit seiner Versicherungsagentur. Er war privat versichert und mußte bei ambulanter Behandlung bis zu tausend Mark im Jahr selber bezahlen. So wie seine finanzielle Lage aussah, würde er in Zukunft wohl jeden Pfennig brauchen. Und Krankenhausaufenthalte bezahlte die Versicherung zu hundert Prozent.

»Aber lieber Herr Lackner«, versuchte ein verzweifelter Abteilungsleiter ihn aufzuklären, »Sie sind doch ambulant behandelt worden, oder?«

»Ja, schon! Aber im Krankenhaus! Ich mußte dahin gestern nacht!«

»Das ist im Sinne unserer Anwendungsvorschriften unerheblich. Wenn ich Ihnen das kurz vorlesen darf...?«

Tilo wurde sauer: »Was wäre, wenn ich dortgeblieben wäre, im Krankenhaus?«

»Dann würden wir alle Kosten übernehmen!«

»Ich hätte also Ihrer Versicherung Kosten verursachen müssen, indem ich von fünf Uhr morgens bis sieben Uhr abends ein Bett belegt hätte. Dann würden Sie alle Kosten übernommen haben?«

»Selbstverständlich. Dann wäre es ja ein Krankenhausaufenthalt gewesen.«

Tilo fluchte.

Der Abteilungsleiter seufzte. Daß die Kunden das Einfachste nicht begriffen.

Tilo legte auf. So schlimm konnte das mit seiner Geldnot nicht kommen, daß er sich mit solchen Wegwerfgehirnen herumärgern mußte.

Er ging zurück in sein Zimmer und zog sich mit viel Mühe

einen Bademantel über seinen verletzten Körper. Dann ging er zurück in die Küche. Nicole saß bei Rudi auf dem Schoß, und beide lachten über einen Witz von Koenig. Tilo entgleisten die Züge. Nicole sprang auf. Koenig meinte: »Und Tatjana dreht in Rom einen Krimi!«

8. Kapitel

Einige Wochen nach der Trennung.

Es waren selbstmitleidige schlaflose Nächte, in denen er während unendlich langsam verrinnender Stunden schweißgebadet auf dem Rücken lag. Ausgeliefert an seine Zweifel. Wenn er zwischendurch einige Minuten einschlief, waren es eher Ohnmachtsanfälle. In seinen Wachträumen wollte er alles rückgängig machen, mutig »leck mich« sagen oder nur verschwinden. Er wollte Nicole nicht wirklich zurück, er wollte nur nicht alles noch einmal mit einem anderen Menschen durchmachen müssen. Und er fand Rudi zum Kotzen. Der mit seinem: »Ich kann nichts dafür, Nicole ist wirklich alles, wonach ich mich immer gesehnt habe.«

Er wußte, daß für Rudi unweigerlich der »Montag« seiner Beziehung anfangen würde, wenn Tilo weg und kein Zeuge seiner Eroberung mehr vorhanden war. Tilo kam sich vor wie ein Adler, der ohne Flügel vom Berggipfel zu Fuß ins Tal absteigen mußte, um dort nach Überlebensmöglichkeiten zu suchen.

Und jetzt war es vollkommen anders als noch vor kurzer Zeit als Student. Jetzt war »ohne echte Berufszukunft und nur mit wenig Geld ausgestattet zu sein« demütigend und nicht abenteuerlich.

Aus Angst, daß sein geschundenes Schultergelenk durch die wochenlange Ruhigstellung steif werden könnte, hatte er den rechten Arm täglich für Übungen aus der schmutzigen Gummihalterung gequält. Obwohl es Rudis Empfehlung gewesen war, hatte er sie angenommen, denn mit kaputten Gelenken und Sehnen kannte der sich als Sportler aus. Von Nicole ermutigt, hatte Rudi am Schluß daran geglaubt, daß er ein »vereinfachtes« Schneider's allein weiterführen könnte, und Tilo genoß es, daß das Ganze seinem »Freund« eine Heidenangst machte. Rudi war wohler zumute, wenn er genau wußte, wann seine Arbeit anfing, welche Aufgaben sie umfaßte und wann genau sie beendet war. Rudi hatte Tilos Aufgaben immer für viel zu »Wischi-Waschi« gehalten und eigentlich auch für überbewertet. Dieser ganze Pressezauber und das Theater um die Künstlergruppen seien ihm »schon immer auf den Geist gegangen«. Nicole hatte zu seinen Worten heftig genickt, und Tilo hatte überlegt, wen von beiden er zuerst erschießen sollte. Rudi hatte also beschlossen, daß er das Schneider's als Restaurant weiterführen wollte, und zwar mit preiswerten und anspruchslosen »Kaffeehausmuckern« auf der Bühne. Tilo hatte ihn daraufhin verhöhnt, aber gleichzeitig die Selbstbescheidung bewundert. Nachdem Rudi und er eine Woche zuvor die Guthaben, Außenstände und Verpflichtungen des ersten Schneider's-Jahrs gegengerechnet hatten, machte er sich heute auf den Weg, die ausstehenden einhundertachttausend Mark den zwei Warenterminhändlern in ihr Büro zu bringen. Er fuhr mit dem supermodernen Fahrstuhl die fünf Etagen in dem exklusiven Bürohaus am Hanseviertel hinauf und landete in einem mit vier Sekretärinnen bestückten Vorzimmer. Eine hübsche kurzberockte Frau führte ihn zum Chef. Vorbei an vielen offenen Türen, die den Blick freigaben auf stromliniengestylte Mittzwanziger, die wie aufgeputscht jeden Zahnarzt oder sonstigen steuergeplagten Großverdiener in Deutschland anriefen, um ihm »ungeahnte, zeitlich begrenzte Möglichkeiten« zu eröffnen, »sein Geld nicht nur zu behalten, sondern auch steuerfrei zu verdoppeln«. Alles klang gedämpft geschäftig und aufregend geheimwissenschaftlich. Keiner der Kunden, die hierherkamen, um ihr Geld in den Müllcontainer leerer Versprechen zu werfen, würde erkennen, daß alles nur Fassade war: Die ständig durchlaufenden Zahlenkolonnen auf den vielen Bildschirmen, die ständig mit New York und London verhandelnden Broker, die Jubelschreie über Kursgewinne und der lässige Umgang mit Kleingeld wie es ein Tausendmarkschein darstellt. Koenig hatte erzählt, daß diese »Warenterminhändler« den Spruch: »Ich mache aus Ihren Hunderttausend zwanzigtausend!« eigentlich immer wörtlich meinten.

Tilo setzte sich zu den beiden Typen, die nun Besitzer des Formel Eins waren, und zählte ihnen die einhundertachttausend Mark auf den lederbezogenen Tisch. Achtlos ließen Richi und Pit, so nannten sich die beiden, die Scheine liegen. Der eine machte mit dem anderen eine »kleine Wette«, ob Kupfer in den nächsten Minuten steigen würde oder fallen. In der Wartezeit sniefen beide eine riesige Linie Koks, auch Tilo wurde das Silberrohr zur freien Bedienung herübergereicht. Er war verwirrt. Da hatten die so um das Geld gekämpft, sie bedroht, den Laden niedergemacht, und jetzt saß er hier, sollte sich eine Nase reinziehen, und sie warteten mit Blick auf den vielfarbigen Bildschirm, wer die Hälfte des Geldes vom anderen übernehmen würde. Richi gewann und steckte sich achtlos das Geld in die Tasche. Die achttausend Mark, die es mehr als hunderttausend waren, schob er Tilo über den Tisch und meinte, er liebe keine ungeraden Summen. Verwirrt und irgendwie gedemütigt stolperte Tilo den langen Flur zurück auf die Straße. Stark unfallgefährdet fuhr er zurück zum Lila Haus.

Vor ein paar Tagen war er in seinen Wohnbus neben dem Haus umgezogen. Lustlos begann er mit Reparaturarbeiten, soweit sein immer noch schwacher rechter Arm dies erlaubte. Die spielten um fünfzigtausend Mark, schenkten ihm achttausend, weil es eine »ungerade« Summe war, und er hockte hier und schraubte. Der Bus stank feucht, vieles war verrottet in dem Mercedesmobil und Teile der Karosserie waren durchgerostet. Er empfand dieses Gefährt als bösartig, so kaputt wie es war und so kaputt er war. Aber er lebte lieber vor der Garage in dem Bus, als das »unendliche Glück der beiden« mitansehen zu müssen. Nicole besuchte ihn manchmal und sah ihm belustigt zu. Einmal zeigte sie ihm, wie man verhinderte, daß der Bohrer immer wieder vom Blech abrutschte. Ein anderes Mal verlötete oder »kaltschweißte« sie eine Wasserleitung. Tilo bedankte sich souverän. Noch einmal, dachte er, und ich bringe sie um. Mit dem Bohrer. Ganz einfach. Ohne abzurutschen. Mit »kaltem Schweiß«. Er war froh, daß sie nicht mitbekommen hatte, wie er würgend aus dem Bus gekrochen war, weil er nicht gewußt hatte, wie giftig flüssige Glasfaserpaste in geschlossenen Bussen sein konnte. Langsam bekam sein rechter Arm wieder Kraft. Er war glücklich, als er das bemerkte. Nur, es interessierte niemanden.

Koenig kämpfte selber noch viel schwerer. Sein Arzt hatte ihn ambulant soweit wiederhergestellt, daß er sich selbst versorgen konnte. Tatjana, im fernen Rom, erfuhr von ihm so gut wie nichts über die Schwere der Verletzungen. Sie war immer noch darüber verärgert, daß Koenig Kinder kategorisch ablehnte. Seine Begründung: Mit mir begann mein Leben, mit mir wird es enden! genügte ihr nicht. So hatte sich Koenig wieder stärker seiner mütterlich wirkenden Freundin Sabrina zugewandt. Bei ihr konnte er sich fallenlassen. Er weigerte sich, die »schneidegeilen Chirurgen« an seine Nieren zu lassen. Er war überzeugt, wenn er erst einmal im Krankenhaus liegen würde, käme er nur »mit den Füßen voran« wieder heraus. Tilo hatte ihn darin bestärkt, und sogar Nicole war seiner Meinung. Rudi sah das überhaupt völlig anders. Er wäre ein Krüppel ohne seine Gelenkoperationen, warnte er. »Und was bist du jetzt?« hatte Koenig diesen Elfmeter gekontert. Seit langem hatte Tilo wieder einmal befreit lachen können. Seit ungefähr zwei Wochen waren Koenig und Sabrina in deren Blockhütte am Fischwassersee. Er wollte sehen, ob er es »mit seiner Birne« schaffen konnte, das Ganze »mit dem Körper und der Angst«. Beim letzten Telefongespräch hatte er auf Tilo wie ein weiser alter Mann gewirkt. Mit sanfter Stimme meinte er: »Ich fühle mich müde, Tilo. Ich jage dem Leben hinterher, und immer ist es weiter weg. Was für eine unsinnige Anstrengung. Weißt du, ich sitze hier mit Sabrina am Wasser und füttere die Fische. Alles ist so milde und friedlich hier. Ich habe genug Pillen, um schmerzfrei zu sein. Und Sabrina scheint echt zu relaxen, seit sie glauben kann, daß ich wirklich nichts Sexuelles von ihr will. Du würdest sie nicht wiedererkennen, unsere Schnodderschnauze. Ich bin jetzt ihr Idealpartner. Sie träumt. Und ich störe sie nicht mit meiner Wirklichkeit. Manchmal denke ich, daß es ein Elend ist, dieses ganze Geficke... Aber vielleicht mache ich aus der Not eine Tugend, wie du es schon immer behauptet hast. Und wie packst du es, mein Freund? Ich kann nur hoffen, daß du durchhältst. Wenn nicht du, wer dann?« Nachdem Tilo den Hörer aufgelegt hatte, fühlte er sich wie entlassen aus einer vertrauten Nähe. Er fühlte sich einsam hier in Hamburg.

Wild verzweifelt sägte und schraubte er weiter an seinem Bus.

Nur, wohin wollte er fahren? Mit wem? Wie lange? Er lag immer häufiger hinten im Bus auf dem fertiggestellten Doppelbett und versuchte, sich wichsend zu trösten. Phantasien von Frauen mit Schäferhunden oder Vergewaltigungen junger Mädchen durch zig derbe Männer waren sein letztes stilles Vergnügen. Nur kam am Ende der Vorstellungskraft immer weniger Freude auf. Wichsen war eben doch meist nur Durstlöschen durch Wassertrinken. Kein Champagner bei Kerzenlicht und erotischer Musik.

Nicole guckte ihn in letzter Zeit immer so mitleidig an, fand er. Immer häufiger hatte er das Gefühl, daß jeder, der ihm über den Weg lief, alles von ihm wußte. Seine perversen Gedanken, seine unappetitliche Art, Spaghetti in sich hineinzuschaufeln, auch sein stundenlanges Fernsehen, im Bett liegend, mit der Flasche Sekt daneben, das strahlte bestimmt aus seinen Augen. Denn das alles war nicht mehr nur sein privater Blick auf das eigene Beispiel einer gattungskomplexen Tragikomik, sondern es war öffentlich geworden. Die Hamburger Presse hatte sich in die Vorgänge »recherchierend« eingeschaltet. Vor Monaten war anscheinend ein Großdealer der Abteilung »Kolumbianisches Kokain« in Koenigs Formel Eins verhaftet worden. Sich überhaupt nicht an das »Kiez-Gesetz des Schweigens« haltend, hatte dieser »Große Blonde« über seine Hintermänner ausgepackt. An die kam die Polizei nicht heran, aber sie hatte jetzt ja auch die Liste derer, die mutmaßlich von diesem Händler Koks bezogen hatten. Aus behördlicher Sicht war es durchaus öffentlichkeitswirksam bei allen Angeschuldigten, vor allem bei den stadtbekannten, eine Razzia zu machen. Die Opfer wurden aus kriminalstatistischen Gründen zu Tätern umfunktioniert.

Koenig weilte mit Sabrina am Fischwassersee, und Tilo wohnte, wenn der Bus zu sehr nach Chemikalien stank, oben im Haus in seinen Räumen. Vor einer Woche nun hatte es kurz nach acht Uhr morgens geklingelt. Da außer ihm keiner daheim zu sein schien, schlurfte Tilo zur Tür und fragte aus neu erworbenem Mißtrauen. »Wer ist da?« durch die Eingangstür.

»Eilpost für Herrn Joachim Koenig!« rief eine Männerstimme zurück.

Tilo öffnete. Wie bei einem Überfall stürmten sieben Männer

in Zivil in das Haus. Tilo bekam Todesangst, er vermutete Nugent dahinter. Mit rauher Wucht wurde er an die Wand gedrängt, und einer untersuchte ihn und seinen zerfetzten Bademantel, ehe er auch nur gefragt wurde, wer er denn überhaupt war. Dann endlich zeigte ihm einer einen Ausweis, während seine Kollegen jedes Sofa, jede Tasche, jede Mülltüte und jedes Fotoalbum durchwühlten. Es fielen beim Anblick von Nacktfotos obszöne Bemerkungen, und ohne große Erklärungen wurden die Adreßbücher von Koenig konfisziert und mitgenommen. Auch eine Rasierklinge, die nicht im Bad lag, galt als Indiz, daß im Hause Kokain konsumiert worden war.

Das stand am übernächsten Tag auch so in der Zeitung. Reporter vermuteten nun hinter dem Verkauf des Formel Eins und Koenigs krankem Aussehen Drogenprobleme. Nicht der Dealer, der die Droge verkauft hatte, wurde namentlich in der Presse erwähnt, sondern die mutmaßlichen Opfer, die vielleicht wagten, ihr Leben so zu leben, wie sie es für richtig hielten. Tilos Ausstieg aus dem Schneider's bekam jetzt eine neue Lesart: Es blieb zwischen den Zeilen hängen, daß er sich möglicherweise wegen Drogen mit seinem Partner Rudi Schneider zerstritten hatte. Und daß »sein schnell verdientes Geld in undurchsichtigen Kanälen verschwunden und er deswegen wohl pleite sei«.

Koenig interessierte das alles nicht, sie konnten ihm nichts nachweisen, und sein Ruf war ihm vollkommen gleichgültig. Tatjana drehte in Rom. Tilo jedoch fand, daß er selbst quasi nackt durch Hamburgs Straßen lief. Jede Erklärung machte ihn scheinbar verdächtiger. Alle wußten mehr über ihn als er selbst. Was hatte er bloß jemals so aufregend daran gefunden, »Mister Schneider's« zu sein? Damals war er der künstlerische Macher, der manchmal sehr schräge war. Jetzt war er für die Öffentlichkeit der süchtige Ausgeflippte, der peinliche Sprüche klopfte. Er empfand die Straße als Feindesgebiet, jeder entgegenkommende Passant möglicherweise einer, der ihm die Würde nehmen wollte. Alle hielten ihn offenbar für pleite, und er hatte noch nicht einmal mehr den Reichtum eines armen Mannes vorzuweisen: eine Frau an seiner Seite.

Als er vor ein paar Tagen im Kino eine herrliche Komödie gesehen hatte und mit dem Taxi zurückgefahren war, hatte er zu spät festgestellt, daß er nicht mehr genügend Geld bei sich hatte. In Panik, mit heißem Kopf, entschuldigte er sich schuldbewußt. Vor kurzem noch hätte er sich das Geld von dem Zeitschriftenhändler an der Ecke leihen können, um nicht den langen Weg zum Haus gehen zu müssen. Jetzt traute er sich das nicht mehr. Er raste vom Taxi zum Bus vor der Garage und suchte verzweifelt nach Geld. Kurz darauf, völlig außer Atem, entlohnte er mit einer Handvoll Kleingeld den genervten Fahrer. Auch die Kneipenbesitzer der »Szene« gingen ihm mit ihren verständnisvollen Blicken auf den Geist. Er ließ nirgends mehr anschreiben. In seine Bank ging er nur mit aufgesetztem Grinsen und zu forscher Stimme. Manchmal erschreckte er sich selbst mit seiner Tonlage. Er redete jetzt so gepreßt männlich, wie er es immer bei Rudi verlacht hatte. Wenn er dann aufrecht, nach allen Seiten die Zähne bleckend, die Bank verlassen hatte, sackte er in sich zusammen. Auch vor dem Spiegel kam er sich irgendwie schlapp und eingefallen vor, und jeder noch so kleine Pickel war ein abzuwehrender Totalangriff.

Immer wenn er zuviel getrunken hatte, wurde er böse. Auf alle und alles. Er wollte dann kein ruhiges Gespräch, er wollte recht bekommen! Manchmal vergaß er im Eifer des Gefechts, worum es eigentlich ging. Er schrie ihnen allen ins Gesicht, wie sensibel, verständnisvoll und begabt er war. Am nächsten Tag erzählte man ihm dann, wen er im einzelnen fertiggemacht hatte. Seltsam war: Er kannte die meisten Opfer überhaupt nicht, denen er ihr falsches Bild von ihm vorgeworfen hatte.

Seitdem er seinen Mercedes für den Ausbau des Busses hatte verkaufen müssen, haßte er jeden Autobesitzer, der etwas Besseres fuhr als Nicoles Panda, den er in letzter Zeit benutzen durfte. Menschen, die eine Plastikkarte in Bankautomaten schoben und Geld bekamen, hielt er für ausbeuterische Geldsauger, die auf Kosten anderer lebten. Überhaupt gefielen ihm die Parolen aus »grünen« Zeiten neuerdings wieder viel besser.

Wie sie morgens alle zur Arbeit strömten: wie Würstchen aus der Maschine gepreßt. Widerlich. Die wußten doch alle nicht, wie kaputt ihr Leben sicherlich war, ihre Partnerschaft. Am Leben gehalten durch die Vorfreude auf ein paar Quadratmeter mehr an Kleidung, im Auto oder in der Wohnung. Hoffen auf einen verregneten Winterurlaub unter Palmen. Wie jämmerlich! Hatten die jemals etwas riskiert und verloren? Natürlich nicht. Ihm zahlte kein Mensch Arbeitslosengeld. Er hatte ja »eigentlich nie echt gearbeitet«, wie Nicole meinte. Wo waren all die Frauen geblieben, die ihn angehimmelt hatten? Frauen wechselten eigentlich am Schluß immer. Aber Freunde sollten wenigstens bleiben! Freunde bauten einen auf. Rudi und Nicole waren glücklich vereint. Koenig war todkrank. Tilo mußte sich stark zusammenreißen, um ihm das nicht auch noch vorzuwerfen. Auch Nicoles herablassendes Angebot, ihm einen sexuellen Gefallen zu tun. Nee, wirklich nicht. Dann wichste er lieber, bis sein Schwanz aufgerieben war. »Ein Teil von mir wird dich immer lieben«, hatte sie ihm im Bus gestanden.

»Können wir darüber verhandeln, welcher?« hatte er ungerührt geantwortet. Er hatte sich echt gut gefunden an dem Tag.

Letztens fragte ihn jemand in einer Kneipe nach der Uhrzeit. Der Mann spielte mit seiner Gesundheit: Wollte sich der Kerl etwa über ihn lustig machen, nur weil er die Rolex verkauft hatte? Der Höhepunkt war aber der Geschäftsführer im »Neuen Schneider Restaurant« gewesen: Der hatte ihm ein angetrunkenes Glas zum Austrinken rübergeschoben. Tilo war daraufhin empört nach Hause gefahren. Er durchlitt Qualen. Seine Mutter hatte Angst vor ihm, seine Geschwister mieden ihn. Wenn er je eine Spur hinterlassen wollte, jetzt war es geschehen.

Er mußte den Bus fertigstellen. Es war die letzte Rettung. Er mußte weg. Weit weg. Am besten auf eine ferne Insel. Alles andere war erst einmal gleichgültig. Sie sollten ihn vermissen. Sehen, was sie verloren hatten. Es war alles so trivial: sich abzuhetzen, um sich zu ernähren und Nachkommen zu zeugen. Die wiederum fressen und bumsen. Das sollte nun das Wichtigste sein? Geldverdienen? Einen Job gut erledigen? Was für ein kleines Leben!

Er wollte Grenzen überschreiten! Und seien es nur die Grenzen des »guten Geschmacks«.

Leidenschaften erleiden, Exzesse überleben. Wissen, wo der freie Fall beginnt. Er wußte, daß er nur über dem Abgrund würde fliegen lernen.

Vorbilder verlieren, Bildverluste erkämpfen. Verdammt! Wenigstens eine Vorstellung davon zu erahnen, zu was man alles fähig ist! So oder so!

Doch im Augenblick fühlte er sich noch wie auf Entzug. Wer hatte ihm diese Droge angedreht: die Gier! Wer sagte einem eigentlich, welches Auto es sein mußte oder welche Uhr peinlich war? Wer war der Urheber der Geltungssucht? Er wollte jemanden anklagen können. Alle konnten sie doch nicht Opfer sein. Wer wollte sie wegführen von Solidarität, schöpferischer Arbeit und der Freiheit, wirklich zu tun, was sie wollten? Wer verwechselte »Sicherheit einer Liebe« mit einem Präser? Irgend jemand hatte ihm die Träume wie Fäden aus der Wunde gezogen. Es blieben Narben, die ständig juckten.

Er hatte Nicole um Hilfe angefleht. Sie aber wollte ihn so nicht. Sie hatte scheinbar in ihn etwas hineingedacht und fühlte sich jetzt getäuscht. Er hatte sich zu weit entfernt. Leer und ausgebrannt hatte sie sich verlassen empfunden. Er quatschte jeden greifbaren Menschen mit seinen »elementaren Fragen des Lebens« voll. Seine Zuhörer waren froh, wenn sie nach seinem Verschwinden ihr kalt gewordenes Bein wieder unter die Bettdecke der Zufriedenheit ziehen konnten.

Tilo hatte Koenig nach dem Schock mit Nicole und Rudi um Rat gefragt. »Laß Nicole gehen, Alter!« hatte er damals gesagt. »Du bist erst echt frei, wenn du nicht von der Gnade einer Muschi abhängst. Was meinst du, wie mir dieser Edeltiger Tatjana fehlt. Aber so geht das eben nicht.« Tilo hatte verzweifelt zugehört. Wer redete von Freiheit? Er hatte seinen Humor verloren! Die Lust zu leben, verdammte Scheiße! »Du solltest da nichts durcheinanderbringen: Nicht Nicole hat dich zu einem geilen Typen gemacht. Du bist einer!«

Tilo konnte damals nicht umhin, Koenig für kurzzeitig irre zu halten. »Die Menschen haben sich doch auch Gott ausgedacht, und jetzt glauben sie, er hätte *sie* erschaffen. Was für ein Wahnsinn, Alter! Die Welt ist voll von Möglichkeiten, mit tollen Frauen zu leben. Das endet nicht mit deiner seltsamen Nicole!« Tilo verstand damals nicht alles. Er fühlte nur, daß ihn sein Freund lobte. Dafür waren doch Freunde da. Das war doch das Tolle. Freunde sollten nicht die Freundin des Freundes bumsen, oder?

Endlich war der Bus so weit, daß es Tilo wagte, wenigstens einmal zur Alster hinüberzufahren. Nach seinem »seelischen Knock-out« genoß er den Anblick der kleinen Segelschiffe, Hamburgs Skyline und die gelblich warm untergehende Sonne. Er fühlte sich zum erstenmal nicht mehr so festgeklemmt in seiner Röhre, in der es nicht vor- noch zurückging. Nach einer halben Flasche Sekt und verschiedenen Neugierigen kam eine junge Frau am Bus vorbei. Sie spielte mit einem Cockerspaniel und sprang dabei immer mal wieder hoch, um einen Blick in den auffälligen Bus zu werfen. »Kann man mal reinschauen?« rief sie unbekümmert, und Tilo brummelte, leicht verwirrt: »Tür ist auf.«

»Ich bin Sabine, das hier ist Max!« stellte sie sich und den Hund vor, während sie bewundernd durch den Bus hüpfte. Er empfand sie wie eine verdünnte Ausgabe von Nicole. Aber in letzter Zeit kamen sie ihm alle vor wie Abarten von Nicole.

Max leckte Tilos Hand. Hunde mochten ihn. Kleine Kinder auch. Tilo wuße nicht, warum. Sabine setzte sich wie selbstverständlich ihm gegenüber auf das Sofa. Die ist bestimmt Widder, dachte er, während sie ihn prüfend ansah. Plötzlich leuchteten ihre klaren Augen auf: »Du bist der vom Schneider's, ne?«

»Die Kandidatin hat neunundneunzig Punkte!« witzelte er unsicher. Sie sollte jetzt bloß keinen Kommentar abgeben, bitte!

»Ich fand den Laden immer toll!« Sie setzte sich so hin, daß er das Ende ihrer Schenkel ahnen konnte. Vielleicht fing er deshalb an zu reden. Sie hörte zu und bestätigte ihn. Er fand das doof. Sie bewunderte seine Art, Vorgänge zu analysieren. Er fand, daß Sabine eigentlich doch recht intelligent sein mußte. Sie würde auch gerne so leben und so klar denken können wie er. »Dann wärest du Alkoholikerin«, gab er ihr zu bedenken. Sie lachte. Er erzählte von den verschiedenen Chancen im Leben. Daß er gerade seine zweite bekam. Sie setzte auf Kinder als Entwicklungschance. Er auf Unvernunft. Er hoffte, daß sie trotzdem die Pille nahm. Sie fuhren zum Hafen, und er fühlte eine verschüttete Zärtlichkeit in sich vibrieren. Sabine machte unschuldig alles mit, wagte aber nicht, so richtig zu reagieren. Hier war er wohl immer noch der Goldene Reiter. Max versuchte, ihm in den Hintern zu beißen. Alle drei blieben sie die nächsten Wochen zusammen. Sabine fand ihn sehr geschickt, wie er in dieser Zeit am Bus rumschraubte. Das wirklich Schwierige bohrte und lötete er in ihrer Abwesenheit. Sie war Volontärin beim *Hamburger Abendblatt*. Auch das noch, dachte er, aber ihre unverhohlene Bewunderung gab ihm Wärme.

Am Morgen seiner Abreise fuhr er sie mit dem Bus zu ihrer Wohnung zurück. Weinend umarmten sie sich. Unglücklicherweise hatte Tilo vor einer Polizeirevier-Ausfahrt geparkt. Sie wurden durch Sirenengeheul unsanft getrennt. Dann fuhr er los. Über die Elbbrücken, einen Kloß im Hals. War das nun wirklich alles nur ein einziger großer Haufen Mist, in den er da gefallen war? Rudi hatte vor Tagen geunkt: »Na, wir sehen uns dann ja in vier Wochen wieder!« Aber Tilo hatte sich vorgenommen, so lange wegzubleiben, wie es seine Rostkiste irgendwie erlaubte, schon um Rudi und die Restöffentlichkeit zu ärgern. Vielleicht konnten Nicole und er nach der Reise Freunde werden? Jetzt hatten sie jegliche Nähe zerquatscht. Aber das eine Jahr Hoffnung und die zwei Jahre Streit über das Warum des Nichtklappens mußten doch einen Sinn gehabt haben. Nicole und er hatten sich mit Tränen in den Augen verabschiedet. Wenn Tilo ganz ehrlich war, hatte er Rotz und Wasser geschluchzt. »Ich liebe dich, wenn du ehrlich bist!« hatte sie noch gesagt. Dann hast du mich nie geliebt, setzte sich sein Zynismus im Gehirn durch. Nicole hatte ihm nicht über die Haare gestreichelt. Sie hatte auch Rudi nicht erwähnt. Es war am Schluß alles eine Machtfrage.

Der Busrecorder spielte Sabines Kassette von den »Guns'n Roses«, als der Neun-Tonnen-Diesel mit siebenundzwanzig Stundenkilometern die Kasseler Berge bezwang. Er wechselte das Tape. Sie war wohl doch sehr viel jünger als er. Musikgeschmackstechnisch. Noch wagte er es nicht, »die« Rod-Stewart-Kassette einzuschieben. Er schaltete auf Radio um. Da lief *I'm on fire* von Bruce Springsteen. Das war zu ertragen. Das zerriß ihn nicht gleich. Als er bemerkte, daß einige Frauen in den überholenden Autos aufmerksam in die Rückspiegel guckten, versuchte er automatisch, abenteuerlich auszusehen. Der Bus war wüstensandgelb gestrichen, und hinten stand ein knallrotes Cross-Motorrad auf der Aufhängung. Mit dem Schlauchboot auf dem Dach mußte er sich einfach aussehensmäßig anpassen. Obwohl er sich seltsam tumb fühlte. Ob Mütter, die ausschließlich Hausfrau gewesen waren, sich so fühlten, wenn alle Kinder das Haus verlassen hatten? Wenn sie sich so fühlten, fühlten sie sich ganz schön beschissen.

Kurz vor seiner Abreise war in der *Morgenpost* ein Artikel erschienen, der sich freundlich mit seiner angekündigten Bustour beschäftigte. Auf einmal befand er sich in einer beneidenswerten Lage. Trotz der Geschichten um Spielschulden und vielen bösen Gerüchten. Offenbar hatte er aus dem Übereinkommen mit Rudi genug Geld übrig, um mindestens zwei Jahre irgendwo bescheiden leben zu können. Er mußte am Strand noch nicht den Bauch einziehen, er war unabhängig von Weib und Kind, und keine Behörde wollte etwas von ihm. Mit anderen Worten, dachte Tilo, war er mutterseelenallein. Allzu viel hatte er nicht mehr zu verlieren. Wenn das nichts war! Er hoffte, in der Fremde die innere Heimat zu entdekken, ohne gewohnte Anforderungen sich täglich neu zu fühlen, täglich vollkommen anders zu reagieren.

Er war noch nie selbständig im Ausland gewesen. Nur »pauschal« an die Hand genommen auf Gran Canaria. Immer ein anderes Hotelzimmer an demselben Meer, mit beruhigendem Erinnerungswert. Jetzt nahm er zwar die Hänge an der Ruhr wahr, aber es fehlte ihm jemand, dem er die Schönheit »klarmachen« konnte. Ihm fehlte ein Zeuge seines Lebens. Fühlte er sich schon hier in den Kasseler Bergen der Wildnis ausgesetzt? Na ja, fast!

Er parkte an einer Autobahnraststätte, vor der viele Laster standen, löste das Motorrad von der Aufhängung und kontrollierte das Öl. Der Diesel forderte nicht viel Pflege, hatten ihm alle gesagt, aber Öl mußt du ihm gönnen. Tilo kippte nach den ersten sechshundert Kilometern vier Liter nach. Ihm kam das zwar nicht geheuer vor, aber was sein muß, muß sein.

Nebenan saßen zwei Griechen unter ihrem riesigen Sattelschlepper und hatten zwischen den abgefahrenen Reifen eine Suppe gekocht. Ihre Kochmöglichkeit war in einem Kasten hinter dem vorderen Hinterrad versteckt. Sie luden Tilo freundlich zu einer Terrine ein. Tilo paßte zwar, denn er wollte richtig essen, aber toll fand er das schon, diese »Trucker-Solidarität«. Er gehörte jetzt dazu. Er war ja auch irgendwie ein König der Landstraße. Und er war schon weit weg von zu Hause. Nach weiteren – unendlich langsam vergehenden Stunden und einer Übernachtung an einer Raststätte – verließ er Deutschland und kam nach Frankreich. An der Grenze stand er in der Busspur, und die Zöllner wollten einfach nicht glauben, daß aus so einem riesigen Ding nur ein einsamer Mensch mit seinem Ausweis herausspazierte. Sie besahen sich das Gefährt genau, aber alle waren auf freundliche Art neugierig. Zwar »kannte« er Frankreich nur aus seinen »Asterix«-Heften, aber schon nach wenigen hundert Kilometern kam ihm das Land seltsamerweise vertrauter und heimischer vor als Deutschland.

Er beschloß die Autobahn zu verlassen, weil man in Frankreich ein Vermögen für ihre Benutzung zahlen mußte, und er jetzt ja auch schon irgendwo halten konnte, um länger zu bleiben. Er fuhr durch anheimelnde, gelblich leuchtende Dörfer, die alle einen Marktplatz hatten, der noch wirklich Treffpunkt für die Einwohner war. Die Leute spielten zu jeder Tageszeit Boccia mit Eisenkugeln, was hier »Boule« genannt wurde. Alte Menschen saßen vor Lokalen und Häusern und quatschten miteinander.

Wo waren eigentlich in Deutschland die alten Menschen, fragte er sich bei diesem Anblick. In einem Dorf an der Rhône hielt er an, aber er zögerte noch, sich in eines der fremd wirkenden Cafés zu setzen. Er kramte die Mettwurst aus dem Eisschrank und schmierte sich ein Klappzu. Nachdem er draußen den Gasdruckhahn aufgedreht hatte, konnte er sich auch eine Kanne Tee kochen. Neugierig und zufrieden blickte er auf die ausländischen Menschen: So war das also in der Fremde. Eigentlich bisher ganz angenehm.

Nach einer halben Stunde ließ er mit banger Erwartung, ob der Motor auch anspringen würde, die Zündung vorglühen: Es klappte. Sein erster Aufenthalt in Frankreich war ein voller Erfolg gewesen. In ihm kitzelte das Gefühl, mal wieder herzlich zu lachen oder wenigstens diese lebentötende Tumbheit loszuwerden, außerdem spürte er plötzlich eine Sehnsucht nach Romantik. Er hatte im letzten Jahr die kleinen Dinge aus dem Auge verloren, die große Wut hatte ihn mitgerissen und keinen Platz für Spielereien gelassen. Er hatte sich so sehr in das Chaos von Arbeit, Wut und Suff fallenlassen, daß er die eigentlich öde Routine im Alltag als Erholung genießen konnte. Doch er spürte, daß er eine Seelenverwandtschaft suchte, Verstehen und eine gemeinsame Freude an Spaghetti. Plötzlich wurde ihm bewußt, daß er die Zuneigung einer Frau suchte, die selbst Spaß am Leben hatte. Er wollte in die vermutete Heiterkeit auf Ibiza. Er war zwar noch nie dort gewesen, aber seine Sehnsucht sagte ihm, daß er diese Insel immer schon vermißt hatte. Innerlich beschwingt, puschte er die Geschwindigkeit des Busses auf siebzig Stundenkilometer. Sofort begann es, aus dem Auspuff warnend zu qualmen, aber das übersah er einfach. Endlich hatte er ein Ziel! Wenigstens geographisch.

Der Grenzübergang nach Spanien war unfreundlicher als der von Deutschland nach Frankreich. Den Zollbeamten steckte wohl noch der Obrigkeitsstaat in den Knochen, denn sie verhielten sich auf beleidigende Weise mißtrauisch. Er überstand aber auch das und fuhr dann in Richtung Süden nach Denia. Dort sollte ein Hafen sein, von dem aus auch Autos nach Ibiza verschifft wurden. So hatte Tilo die Worte gedeutet, die ein Zöllner in Spanisch über ihn ausgeschüttet hatte. Was mußte das für ein Bildungssystem sein, hatte er gedacht, das noch nicht einmal Menschen, die an der Landesgrenze arbeiteten, mit einer Fremdsprache ausrüsten konnte. Er hatte sogar das Gefühl bekommen, daß diese Menschen in ihren Uniformen ihn für doof gehalten hatten, weil er ihr schnelles Spanisch nicht verstanden hatte.

Nach ein paar Stunden bog er von der bergigen Küstenstraße nach Barcelona ab und bugsierte den Bus durch diese gewaltig wirkende Stadt. Im Krieg nicht zerbombte Städte hatten scheinbar etwas mehr »Gesicht« als zum Beispiel Kiel oder Berlin. Aber eigentlich war ihm das in seiner augenblicklichen Verfassung piepegal.

So richtig freuen konnte er sich auch nicht über die überraschende Erkenntnis, daß in Spanien noch Land und Wiesen und Wälder für alle offen waren. In Deutschland gab es nur eine gemeinsame Fläche: die Straße. Alles andere war eingezäunt und privat.

Am späten Abend kam er in Denia an. Trotz der späten

Stunde waren Hunderte von Menschen unterwegs. Nach einigen Umwegen fand er endlich auch den kleinen beschaulichen Hafen. Die Cafés und Restaurants waren hell beleuchtet, und sie wirkten ausgesprochen einladend. Vielleicht war es doch nicht so schwer, ein Weltenbummler zu werden, obwohl er ja nun einmal ein Krebs war. In der Menge hörte er vertraute Silben, und er fragte eine deutsche Reisegruppe durch das Fahrerfenster nach den Fähren.

»Hummel, Hummel! Mors, Mors!« johlten sie, womit Tilo nicht sehr viel weiter kam.

»Wieso Ibiza? Warum nicht gleich Gran Canaria?« Sie lachten und zogen weiter.

Er sah am Ende des Platzes das Hafenbecken, und dort lagen auch Schiffe; als er aber einen einheimischen Fischer mit Händen und seinem Reiseführer-Spanisch nach der Ibiza-Fähre fragte, starrte der Mann ihn nur an. Dann den Bus. Dann wieder Tilo. Dann fluchte der Spanier: Er fühlte sich offensichtlich verulkt. Er deutete auf die kleinen Frachtschiffe, auf denen gerade genug Platz für einen Fiat Panda war, und ging fluchend weiter. Tilo fand das Reisen inzwischen wieder beschwerlich. Irgendwie war es auch kühler und feuchter geworden. Enttäuscht stellte er das Wohnmobil am Rande eines Parkplatzes ab und legte sich schlafen. Er war zwar nicht richtig müde, doch er wußte auch nicht, was er sonst so nüchtern in Denia machen sollte. Die grellen Lichter der Neonbeleuchtung blitzten ab und zu durch die vom Wind bewegten Vorhänge.

Tilo hatte sich am Anfang als ungeschützt und ausgeliefert empfunden, wenn sein Bett hinten im Bus von undefinierbaren Geräuschen umkreist wurde. Er fühlte sich ständig beobachtet, obwohl die Fenster keinen Blick ins Innere zuließen. Auch fand er es überwindungsbedürftig, mitten auf einem belebten Platz die Chemietoilette zu benutzen. Der auf hohles Plastik auftreffende Strahl schien von Lautsprechern nach außen übertragen zu werden. Aber er wollte sich daran gewöhnen, er wollte ja aus diesem ganzen Untergang wieder auftauchen. Es mußte gehen, er konnte einfach nicht vorschnell nach Hamburg zurückkehren. Die Daheimgebliebenen werteten das dann sicherlich als Bestätigung ihrer Lebensweise. Rudi sollte nicht recht behalten.

Tilo hatte schon im Elternhaus die häufigen Unkenrufe, daß »das bestimmt schiefgehen würde«, nicht ausstehen können. Solche Vorhersagen setzten immer auf das Wahrscheinliche, und das war lähmend.

Endlich schlief er ein. Sekunden oder Stunden später schoß er in seinem Bett wieder hoch. Betrunkene donnerten von draußen gegen den Bus. Mit Motorrädern umkreisten sie ihn und grölten. Sein Herz preßte das Blut mit zu großem Druck durch die verengten Adern, und er fühlte sich wieder wie an der Tür von Schneider's Varieté. Er wußte nicht, wie er reagieren sollte. Sie pochten noch wilder gegen die Außenwand. Dann hörte es plötzlich auf, und es wurde wieder ruhig draußen.

Tilo setzte sich, nur mit seiner Unterhose bekleidet, an das Lenkrad und fuhr zurück auf die Landstraße in Richtung Süden. Irgendwo mußte es doch einen kleinen ruhigen Platz geben, an dem er halten und schlafen konnte. Gut eine Stunde später bog er rechts von der vielbefahrenen Küstenstraße ab und fand auf der unbeleuchteten Nebenstrecke nach etwa fünf Kilometern eine Ausbuchtung, die ihm geeignet schien. Er manövrierte den Bus in eine waagerechte Lage, damit ihm beim Hin- und Hergehen nicht schwindelig wurde. Dann öffnete er die Eingangstür und ging ein paar Schritte in Richtung des Waldes, den er gerade noch im Scheinwerferlicht gesehen hatte. Überrascht stellte er fest, daß es in der Natur stockfinster war, sobald er den Lichtkegel des Busses verließ. Er tapste vorwärts, jeder Schritt konnte einen Schritt in den Abgrund bedeuten. Der Himmel war bedeckt, und nirgends leuchtete ein Licht. Es war unheimlich. In Hamburg hatte er gedacht, daß nachts überall Straßenlaternen angingen. Auch hatte er den Mond nie als Notbeleuchtung der Natur angesehen. Er hatte nur bei Vollmond noch schlechter schlafen können als sonst.

Alle Geräusche erschienen ihm lauter und deutlicher zu sein, und als ein Ast sein Gesicht streifte, geriet er in Panik wie früher im dunklen Keller. Er griff auf das gleiche Verhalten zurück, indem er so tat, als ob noch jemand anderer im Wohnmobil sei. Dann flog er eher, als daß er rannte, zum Bus zurück. So irgendwie im undurchdringlichen Dunkel zu stehen, war wirklich nicht sein Ding. Aber auf besser beleuchteten Plätzen von Betrunkenen genervt zu werden auch nicht, und einen Campingplatz anzusteuern, verbot ihm seine Selbstachtung als Abenteurer. Das wäre ja, als ob er in den Zoo ginge, um die freie Natur zu erleben. Verwirrt und entmutigt schloß er den Bus von innen ab und legte seine Pistole griffbereit neben sich. Er kuschelte sich unter seine Decken und freute sich, daß jeder Tag irgendwann mit dem Einschlafen endete. Die Tiere da draußen taten ihm leid. Sie mußten doch jeden Moment mit einem lebensbedrohenden Angriff rechnen, oder? Aber vielleicht konnten sie sich ja immerhin in dieser schwarzen Umgebung verstecken? Jedenfalls waren sie nicht so klar auszumachen wie sein hell erleuchteter Bus.

Er lag noch wach, und ihm wurde langsam bewußt, daß er nicht gelernt hatte, mit sich selbst allein zu sein. Irgendwo auf der Strecke von der Kindheit zum Jugendlichen war ihm die Fähigkeit abhanden gekommen, ohne große Außenreize seiner Innenwelt mit Neugierde zuzusehen. Was hatte er nicht alles mit seinem einäugigen Teddy erlebt. Wieviel Liebe hatte er ihm gegeben, ohne je etwas zurückzuerwarten. Wie viele Autorennen hatte er gegen ihn gewonnen, ohne sich auch nur einmal aus seinem Bett hinausbewegt zu haben.

Jetzt, hier draußen, allein in der unheimlichen Natur, vermißte er das deutsche Fernsehen und alle anderen gewohnten Ablenkungen. Er fand sich selbst plötzlich tödlich langweilig. Endlich schlief er ein. Draußen zirpten die Grillen. Es entbehrte jeglicher Romantik.

Erschöpft wachte er am nächsten Morgen auf. Der Traum, in dem er nicht losfliegen konnte, wenn Koenig ihm zusah, war abgelöst worden. Jetzt stürmten alle Fieslinge dieser Welt auf den Bus zu, und der sprang nicht an. Nach weiteren dreizehn Stunden erreichte er Alicante, die nächste große Hafenstadt. War Denia ein eher lächerlicher Hafen gewesen, so war dieser hier bedrohlich groß und unübersichtlich. Überall lagen riesige Schiffe an den Piers, und einige hatten auch Ähnlichkeit mit Fähren. Tilo fuhr suchend umher. Er traute sich noch nicht wieder, jemanden zu fragen. Er hatte die Pleite in Denia noch nicht ganz weggesteckt. Deshalb dauerte es fast eine Stunde, bis er endlich das richtige Gebäude und die falsche Schlange vor den richtigen Schaltern gefunden hatte.

Nach einer weiteren halben Stunde übergab er dem Mann hinter der Glasscheibe die Papiere seines Busses. Das Wohnmobil war einen Meter zu lang und zwanzig Zentimeter zu hoch, um noch als Kleintransporter eingestuft zu werden. Die Überfahrt für einen Lastwagen nach Ibiza kostete 16800 Peseten, knapp vierhundert Mark. Wie selbstverständlich zückte Tilo seine Eurocheques. Der Filialleiter seiner Bank hatte ihm die fünfundzwanzig Schecks überreicht, als ob er sein Haushaltsgeld damit zur Verfügung gestellt hätte. Er war schon dabei, einen der Vordrucke auszufüllen, als ihn ein verzweifelt wirkender Schalterbeamter, wild gestikulierend, unterbrach: Die Schiffahrtslinie akzeptierte keine Eurocheques, hörte er aus dem spanischen Redeschwall heraus. Natürlich konnte auch dieser mit Touristen umgehende Mensch kein Englisch, Französisch oder gar Deutsch. Wahrscheinlich hielt auch er Tilo für einen Idioten, so wie seine schwedische Mutter von den deutschen Nachbarinnen für dumm gehalten worden war, weil sie anfangs »der, die, das, dessen, dem« verwechselt hatte. Auch die Franzosen konnten nicht verstehen, daß jemand ihrer Sprache nicht mächtig war. Ganz abgesehen von den Engländern, die die halbe Welt gezwungen hatten, sich doof zu fühlen in ihrem Bemühen, eine fremde Sprache zu sprechen. Das immerhin hatten ihm seine Reisen in die immer gleichen Hotelzimmer Gran Canarias gezeigt.

Tilo packte die Eurocheques wieder ein und wühlte in seinen Taschen nach Bargeld. Es kamen so nach und nach 13750 Peseten zum Vorschein. Es reichte nicht. Die Reihe hinter ihm wurde unruhig. Eine mit Rucksack und krakeelendem Kind bepackte Frau versuchte, ihn vom Schalter wegzudrängeln. Aber da die nächste Fähre erst in drei Tagen nach Ibiza übersetzte, drängelte er zurück; das immerhin hatte er am Eingang vom Schneider's wirklich gelernt. Er fragte, ob irgendeiner der anderen Passagiere einen Scheck einlösen könnte. Keiner reagierte wirklich. Daß er Schecks hatte, schien in ihren Augen eine Strafe zu verdienen.

Plötzlich griff ein Vorgesetzter des Schalterbeamten ein. Tilo hatte das Gefühl, daß »sein« verwirrter Uniformierter den Chef wieder loswerden wollte. Auf jeden Fall ergriff er die Wagenpapiere, stempelte und rechnete, und am Schluß bekam Tilo eine Kleinbuspassage für 12500 Peseten ausgestellt. Er hätte den Mann in der roten Phantasieuniform küssen können: Endlich klappte mal etwas.

Glücklich lief er zurück zu seinem »Kleinbus« und staunte: Als er vor ungefähr zwei Stunden in die Schalterhalle gegangen war, hatte der Bus noch am Ende einer langen Autoschlange gestanden, jetzt waren anscheinend alle an Bord und guckten über die Reling zu, wie dieses riesige Gefährt durch die kleine Pkw-Schiffsöffnung kommen wollte. Im Inneren des Schiffsbauches standen Sattelschlepper und Milchtanklastzüge, die unmöglich über diese zwei schmalen Holzplanken auf die Fähre gekommen sein konnten. Sein Ticket war für einen Kleinbus, also hatten die auch nur einen Kleinbus am Schluß erwartet.

Tilo versuchte, beim Manövrieren nicht nervös zu werden. Er konzentrierte sich eisern auf die brüllenden und wie wild fuchtelnden Ladearbeiter und auf seine beiden Außenspiegel. Langsam schob er sich in die winzige Öffnung. Rechts und links blieben nur Zentimeter. Die Männer brüllten lauter. Es knirschte, und Tilo wußte, daß er die riesige Parabolantenne abgefahren hatte. Er hielt die Luft an und war drin. Die ölverschmierten Matrosen lächelten ihm anerkennend zu. Mit Stolz in den Mundwinkeln sprang Tilo vom Bus, während die Reifen mit schweren Ketten an der Schiffswand festgemacht wurden. Sie schienen keine spiegelglatte See zu erwarten. Und richtig, kaum hatte die Fähre das Hafenbecken verlassen, schlug ihm an der Reling ein heftiger kalter Wind entgegen, und das Schiff begann leicht zu schlingern. Ihm wurde schwindlig. Er wunderte sich, wie er es im Mutterbauch, in dieser hin- und herschwappenden Brühe, ausgehalten hatte. Es mußte wohl ein anderer Rhythmus gewesen sein. Langsam wurde ihm richtig schlecht, und er beglückwünschte sich nachträglich, daß er im Bus unterwegs war und sich nicht ein Segelboot ausgebaut hatte, wie viele ihm vorgeschlagen hatten, die ab und zu auf der Alster segelten. Er legte sich in eine der Decksliegen und hatte Glück, daß er durch die unruhige Nacht davor so müde war, daß er sofort einschlief. Draußen, auf dem Rücken, mit grün-grauem Gesicht.

Stunden später wurde er durch die Unruhe um ihn herum geweckt. Die Sonne war wohl hinter den Gewitterwolken aufgegangen. Es war diesig grau, und eine Frau rief fröhlich: »Ibiza! Das da ist Ibiza!« Tilo wußte nicht in welcher Sprache. Er mühte sich aus der Liege und sah am Horizont einen dunkelgrauen Gebirgskamm. Das war also das Ziel seiner Träume. Echt traurig sah das aus.

Die Frau neben ihm erzählte einer Freundin Anekdoten über die »wilde« Insel. Tilo ging erst einmal heiß duschen, und als er nach einem guten Frühstück an Deck zurückkehrte, manövrierte der Kapitän das riesige Gefährt gerade in den viel zu klein wirkenden Hafen. Das dünkte ihn schwieriger als sein Einfahren mit dem Bus. Vielleicht war auch diese Fähre falsch deklariert, und sie waren im Hafen für kleine Yachten, so wie sein Bus ein Kleinbus geworden war? Nach einer halben Stunde hatte das Schiff wie durch ein Wunder den passenden Platz gefunden, und die Autos fuhren von Bord. Glücklicherweise konnte Tilo diesmal mit den Lastern von der Fähre fahren. Einer der in dem schlimmen Gestank arbeitenden Männer reichte ihm lächelnd zum Abschied die abgebrochene TV-Antenne ins Fahrerfenster. Tilo wollte sie eigentlich nicht zurück. Er war besser dran ohne, glaube er. Aber er bedankte sich, grüßte alle noch einmal und fuhr dann erleichtert in Richtung Süden.

Süden war immer gut, und er war es so gewohnt in den letzten Tagen. Im Süden ging die Sonne links auf und wanderte über den Meereshorizont, bevor sie rechts wieder unterging. Seine auf dem Schiff erstandene Karte zeigte ihm die einzige Straße, die breit genug schien, um keinen Ärger mit dem Bus zu bekommen. Obwohl der Tag trübe war, fühlte er eine wohlige Aufgeregtheit in sich. Die Insel war nicht so klein, wie er befürchtet hatte. Und sie war grün. Er kam an riesigen Salzseen und Salzbergen vorbei und landete schließlich an einem Anlegeplatz für Frachter, an dem die Straße anscheinend endete. Es gab aber auch keine Wendemöglichkeit. Rechts waren Berge und links das graue Mittelmeer. Er hoffte, daß niemand direkt hinter ihm im toten Winkel war, und setzte zurück. Nach etwa fünfzig Metern sah er in einiger Entfernung unter einem Tarnnetz der Armee einen Wohnwagen. Direkt daneben, näher zum Strand, waren zwei VW-Busse zu einem L zusammengestellt, und am

Steilhang der dahinterliegenden Felsenküste hatte offenbar irgend jemand einen Wohnwagen an Seilen herabgelassen und ihn auf halber Höhe über dem Meer festgezurrt. Er rangierte den Bus ganz langsam auf den ausgewaschenen Feldweg und schaffte es, vorbei an engen Felsen und zerkratzten Büschen, zu der Wagengruppe zu gelangen. Er war am Ziel. Er hatte nicht gewußt, wohin er gewollt hatte, als er losgefahren war, jetzt aber wurde ihm klar, daß er angekommen war.

Ein wettergegerbter riesiger Kerl mit langen schwarzen Lokken hatte sein Manöver wohl gehört und kam unter dem Tarnzelt hervor. Tilo machte schnell ein paar hausmännlich ordnende Griffe im Bus, überduftete die Chemietoilette mit »Lagerfeld« und öffnete dann die Tür. Mit einem kräftigen Schwung kam der ein wenig unheimlich aussehende Mann in den Bus gesprungen. Er stellte sich in langgezogenem Amerikanisch als Joseph Del Gardo vor. Alle würden ihn »Del« nennen. Tilo stellte sich als Tilo vor. Alle seine Freunde würden ihn »Tiger« nennen. Er hätte aber keine Freunde. Del lachte. Tilo war stolz, daß er den Witz in Englisch hinbekommen hatte. Er entkrampfte sich ein bißchen und bot Del kaltes Bier an. Der nahm lachend an. Es war kurz vor zehn Uhr morgens. Del lobte Tilo für sein gutes Englisch, der daraufhin für Minuten verstummte.

Del Gardo kam aus der Bronx in New York, die Tilo aus amerikanischen Krimis kannte. In seiner Vorstellung sah es dort so aus, wie es in seiner Vorstellung nach dem Krieg in Deutschland ausgesehen hatte. Del meinte, er hätte als Jude in New York früh gelernt, ein finsteres Gesicht zu machen. Infolgedessen hatte er weltweit seit fünfundzwanzig Jahren Mörder, Vergewaltiger und arabische Playboys in mehr oder weniger wichtigen Filmen gespielt... Tilo wunderte sich über die Mischung. Del inzwischen auch. Na ja, jetzt habe er den grünen Star und bekomme deshalb eine kleine Rente aus New York.

Tilo fragte sich, während er zuhörte, ob Jude sein ein Glaube war. Eine Rasse konnte es doch nicht sein, oder? Und wenn es ein Glaube war, ob Del Gardo ihn dann ernst nahm? Tilo fand es zu früh, den Mann zu fragen. Immerhin war er selbst ja auch nur ein halber Deutscher.

Del wollte noch eine Dose Bier. Tilo kochte für sich selbst

einen Tee. Er konnte glücklicherweise bei Helligkeit keinen Alkohol trinken. »Dann setz doch 'ne Sonnenbrille auf«, hatte Koenig immer empfohlen. Del Gardos Falten erinnerten ihn an Koenig: Es waren überwiegend Lachfalten und keine Magen-Darm-Depressionsfalten.

Del bewunderte den Innenausbau des Busses und fragte plötzlich, wo denn die Frau sei, die das breite Bett mit ihm teile. Tilo druckste herum und gestand dann sein Gefühl von Verlorenheit und seine Befürchtung, das bliebe jetzt längere Zeit so. Oder immer. Er hatte das Gefühl, daß das in Englisch so geklungen haben mußte, als ob Helmut Kohl Erika Berger übersetzte, aber Del nickte wider Erwarten ernst. Er verstehe das Gefühl, sagte er. Seine fünfjährige Tochter lebe mit ihm hier im Sommer. Seine Ex-Frau sei Münchnerin. Er habe sie bei einem Film mit Klaus Lemke kennengelernt. Die Trennung habe ihn beinahe zerrissen: »Sie wollte herself finden«, fügte er deutsch-amerikanisch hinzu. Tilo sollte froh sein, daß keine Kinder an seinem Unglück beteiligt seien. Tilo nickte, war sich aber nicht sicher, ob das noch größere Elend eines anderen das eigene erträglicher machen konnte. Del Gardo wollte frühstücken und schlug Tilo vor, in die kleine Cafeteria im Hostal »Mar y Sal« zu gehen. Claudine, die Tochter der Inhaberin, würde immer so gegen zehn aufschließen. Claudine werde ihm gefallen. Tilo bekam einen Panikschub. Kaum hatte er sich bei dem Gedanken entspannt, ohne vorauseilendes Image zurechtkommen zu können, verlangte jemand etwas von ihm: Er sollte eine Frau kennenlernen, und er sollte sie gut finden. Del Gardo war überhaupt anders als die Schauspieler, die Tilo sonst kennengelernt hatte. Die meisten waren leicht zu verunsichern, schielten und waren ohne Textbuch wortlos. Del Gardo hatte etwas, das man nicht spielen konnte. Das mußte man sein. Tilo wollte das immer selber erreichen, diese Ausstrahlung einer relaxten Selbstverständlichkeit. Es beruhigte und versöhnte Tilo, daß der Kerl trotzdem trank. Drei Dosen Bier vor dem Frühstück.

Unterwegs zur Cafeteria kam Tilo der Amerikaner gut durchtrainiert vor, und er fragte ihn nach seinen Sportarten. Del lachte. »Ich liebe Sport«, meinte er, »und einige meiner Freunde sind gut trainiert. Ich selbst sehe keinen Sinn darin, mit dem

Kopf den Körper zu etwas zwingen zu wollen. Ich bewege mich so viel oder so wenig, wie mein Körper Lust zeigt. Das muß genügen. Man soll die Energie, die man in den Genen für ein ganzes Leben mitbekommen hat, nicht verschwenden.« Er fühle sich kräftig genug, stundenland umherzugehen, und gleichzeitig schlaff genug, ohne Panik herumzuliegen und zu beobachten. Das klang auf amerikanisch gut, fand Tilo, und so konnte man das ja auch begründen. Der Mann gefiel ihm. Katzen lagen ja auch nur herum und lebten, hatte Koenig zu diesem Thema immer abschließend erklärt. Rudi war immer vollkommen anderer Meinung gewesen. Für ihn war Training eine Droge, Ekstase der Erschöpfung. Er hatte Entzugserscheinungen, wenn er sich nur einen Tag nicht richtig verausgabte.

Del Gardo hatte sich eine Zigarette angesteckt, und sie gingen schweigend nebeneinander her. Tilo ließ bei dem Gedanken an diese Claudine seine Erinnerungen abschweifen. Er hatte in Frankreich vor Tagen in Gedanken eine Partnerschaftsanzeige entworfen. Das Ergebnis hatte ihn genervt: »Attraktiver Dreißiger, Althippiefrisur, 185, schlank, no sports, Nichtraucher, keine besonders ausgeprägten Interessen, neugierig, ohne echte Ausbildung, gerade getrennt, sucht interessante Frau. Male selten, lese viel, trinke zuviel, quatsche gerne. Habe viele Antworten. Möchte begeistert werden. Möchte gelobt werden. Du solltest selbst Spaß im Bett entwickeln. Sexy wäre schön. Chiffre...«

Er hatte das noch drastischer formuliert in der letzten Fassung: »Arschloch sucht ebensolches...!« Heimlich hatte er sich dann aber doch besser gefunden, als es sein augenblickliches Selbstbewußtsein zuließ.

Er hatte alles versucht, um bei Frauen erfolgreich zu sein. Er war erfolgreich von einem Sozialengagierten zu einem Unternehmer mutiert. Am Schluß hatte er seine Freundin an den Freund verloren. Was für 'ne Tragik das alles.

Del Gardo schien schon längere Zeit auf ihn eingeredet zu haben. Tilo kehrte aus seinen Gedanken zurück und hörte zu. Sie bekämen gegen ein paar Peseten Strom aus dem Hostal und Wasser aus der Zisterne über der Cafeteria. Die Busse standen auf dem Grundstück eines Berliner Multimillionärs, der in den vergangenen zwei Jahren eine riesige Villa oben auf dem angrenzenden Hügel hatte bauen lassen und jetzt doch nicht aus dem kleinen Gästehaus im Garten ausziehen wollte. Die Villa sah aus wie aus dem Prospekt. Aber Dietrich, so hieß dieser Berliner Bauspekulant, wollte dann doch nicht wie in einem Prospekt wohnen. Manchmal Gästen damit imponieren, ja. Aber darin wohnen? Nein. Noch dazu ohne die Frau, die ihn schon geliebt hatte, als er noch ohne Geld ganz am Anfang gestanden hatte. Irgendwann wollte Dietrich auf der Wiese, wo ihre Busse standen, irgend etwas bauen. Aber bis dahin könnten sie dort ungestört kampieren.

Sie waren inzwischen vor der Cafeteria angekommen. Tilo sah ein strahlendes Mädchen vor dem Eingang stehen und lächeln:

»That's Claudine!« bemerkte Del Gardo überflüssigerweise, und Tilo schluckte trocken. Sein Herz raste und verhinderte ein Lächeln.

»Come on, Tilo, it's breakfasttime!« rief Del und schob Tilo auf Claudine zu. Tilo blickte in eigenartige grüne Augen. Alles an Claudine war uneben, und doch paßte alles auf faszinierende Weise zusammen. Wenn die Ansammlung von Durchschnittswerten ein schönes Gesicht ausmachte, war Claudine nicht schön. Die schweren Lider hingen über den großen Augen, die Backenknochen wölbten sich zu stark, die Nase wirkte zu breit, und die aufgeworfenen Lippen waren zu dick. Tilo kannte diese Frau schon seit ewigen Zeiten.

Er hielt ihr seine Hand hin, sie ihm ihre Wange. Als er das begriff, versuchte er, Claudine zur Begrüßung noch schnell zu küssen: Dabei schnotterte er irgendwie an ihrer Nase vorbei. Sie lachte. Scheißgeküsse, dachte Tilo und versuchte, nicht rot zu werden.

Sie folgten ihr ins neonbeleuchtete Café. Tilo starrte auf ihre schmalen Fesseln und wunderte sich, daß sie nicht umfiel. Eigentlich war sie zu klein. Zu klein für wen? Zu klein für dich? Bilde dir bloß keine Schwachheiten ein! Seine Gedanken überschlugen sich. Irgend jemand fragte ihn, ob er zum Frühstück Kaffee oder Tee wünsche. Tilo antwortete mit Ja. Er konnte seinen Blick nicht von dem schwarzen Stretch-Rock lösen. Wieso konnte er überhaupt wieder so gucken? Er erschrak. Er mußte sie wirklich zu dämlich angestarrt haben. Unwillkürlich redete er plötzlich Deutsch. Seltsamerweise antwortete Claudine auch auf deutsch. Dann verschwand sie mit einem Schwung in der Küche. Del Gardo erklärte, Claudine sei Engländerin, mit der Mutter in Paris aufgewachsen und hier auf Ibiza seit drei Jahren mit einem deutschen Barbesitzer befreundet.

Tilo zuckte innerlich zusammen. Plötzlich litt er unter der Trostlosigkeit dieser Cafeteria. Jetzt erst sah er den Schmutz. Alles, was in einen Aschenbecher gehörte, lag verstreut auf dem Fußboden. Der Fernseher lief krakeelend in einer Ecke und nervte Tilo wie kratzende Kreide auf einer Schultafel. Über dem speckigen Tresen hing ein Fliegenklebeband mit zu vielen Leichen. Ein deutscher Barbesitzer also... Es roch nach frisch aufgebrühtem Kaffee. Tilo liebte es zwar, massenhaft Tee zu trinken, aber Kaffeeduft erinnerte ihn immer an sein Elternhaus. Sonntags zwölf Uhr, Werner Höfers Frühschoppen im Fernsehen. Beim Kaffeetrinken eine Stunde Waffenstillstand.

Del Gardo lächelte ihn an. Tilo hörte ihn etwas von einer Krise flüstern. Ein kleines Fünkchen regte sich in Tilo.

Was für eine Frau!

Tilo hatte in der spontanen Einschätzung von Menschen einen gut entwickelten Instinkt. Er hatte nur nie auf ihn gehört.

Claudine kam mit einem riesigen spanischen Omelett zurück und lächelte Tilo absichtslos an. Als sie sich beim Bedienen vorbeugte, blickte er entrückt auf den tiefbraunen glatten Brustansatz. Er hätte Lust, ihr die Theorie von Brust und Po zu erzählen. Er glaubte, daß Frauen nur so herrlich sinnlose Brüste hatten, weil Männer in letzter Zeit den ersten Kontakt von vorne hatten, und sie sollten den Eindruck haben, daß die zusammengepreßten Brüste der Po waren mit einer grellroten Öffnung in der Nähe... Oder so ähnlich. Vielleicht war »in letzter Zeit« ein wenig übertrieben bei circa einhunderttausend Jahren? Auf jeden Fall hätte er Lust zum Erzählen gehabt. Das war ein gutes Zeichen: Das wollte er sonst erst nach einer Flasche Wein.

Claudine verschwand wieder in der Küche, und Tilo war auf die Griffe an den Bratpfannen eifersüchtig. Wie die jetzt umsorgt wurden! Mit einem Ohr hörte er, wie Del Gardo etwas von dem auf der Insel lebenden Regisseur Polanski erzählte. Mit dem hatte er »Wenn Katelbach kommt…« gedreht. »Kleine Männer sind immer giftig, never relaxed«, meinte er.

Tilo konnte sich nicht richtig konzentrieren, obwohl ihn Klatschgeschichten sonst immer amüsierten. Koenig hatte immer behauptet, daß einer, der aus Alltagsbegebenheiten keine Geschichte machen konnte, nicht lebte. Auf jeden Fall fand er hier und an diesem Ende der Welt, daß kleine Frauen, vielleicht im Gegensatz zu kleinen Männern, sehr souverän und überhaupt nicht giftig waren.

Claudine kam mit dem Rest des Frühstücks aus der Küche. Del erzählte ihr, daß Tilo Trauerarbeit wegen einer zersprungenen Partnerschaft leistete. Tilo zuckte. Der hatte wirklich »Trauerarbeit« auf deutsch gesagt. So etwas gab es wohl gar nicht in Amerika. Claudine blickte Tilo einfühlsam direkt in die Augen, er hingegen konzentrierte sich schnell auf das Omelett. Er fühlte sich immer noch als Versager, als eine peinliche Pfeife.

Unterdessen erzählte Del unbekümmert von dem tollen Bus, und als Claudine ihren Café con leche trank, platzte Tilo damit heraus: »Du siehst einfach umwerfend aus, echt wirklich! A real knock-out!« probierte er es auf Amerikanisch. Del Gardo grinste: »Da mußt du erst mal die Fotos im Playboy sehen!« Mutwillig böse, versuchte Claudine ihn daraufhin vom Stuhl zu schubsen. Sie lachte laut. Tilo war begeistert. Er wußte, er sollte das am besten nicht so zeigen, es war immer ein Risiko dabei, aber hier und heute war er lieber echt und ein Idiot als künstlich cool. Begeistert erzählte er von seiner Vorgeschichte, und es sah so aus, als wären die beiden wirklich interessiert. Das gab ihm Mut. Er versuchte sogar witzig zu sein: »Ich habe genug Geld bis ans Ende meiner Tage«, verkündete er lässig. »Hauptsache, ich sterbe nächstes Jahr!« setzte er hinzu. Alle drei lachten. Tilo am längsten.

Bring eine Frau zum Lachen, dachte er, und du hast gewonnen. Inzwischen fand er das Café recht originell. Eigentlich. Die beiden redeten über das Pärchen, das die beiden VW-Busse neben Del Gardo bewohnte. Die ehemalige Managementberaterin und der ausgestiegene Topjournalist, der mit den Satzcomputern nicht fertig geworden war, hatten in Oregon ganz ernsthaft gelernt, sich nicht ernst zu nehmen. Del schilderte, pantomimisch untermalend, die betont herzliche »das Leben liebende« Art des Pärchens. Sie wollten jetzt, nach Baghwans Tod, auf Ibiza »Energy encounter groups« gründen oder abhalten, »or anything that way«. Das nahm im Augenblick ihre gesamte Energie in Anspruch.

Schon in Hamburg hatte Tilo es als zu krampfhaft empfunden, wie diese ehemals lila gekleideten Menschen den Humor ihres Meisters nachspielten. Aber immerhin versuchten sie, sich in Frage zu stellen. Del Gardo brach eine Scheibe Toast in Stücke und reichte sie Claudine und Tilo. Claudine grinste. Tilo lachte lauthals, um zu zeigen, daß auch er verstanden hatte. Wenn sie sprach, hatte Claudine einen herrlichen Mut zu falschem Deutsch, aber sie redete nicht viel. Sie nickte an den richtigen Stellen, und auch das fand er toll. Er selber fragte oft etwas und bot gleich sechs Antworten an. Manchmal verteidigte er dann auch sogleich Antworten, die er nur angeboten hatte, aber nie selbst gegeben hätte.

Plötzlich ging ein Strahlen über Del Gardos Gesicht und glättete dessen normalerweise grimmigen Ausdruck ein wenig. Ein kleines quirliges blondes Mädchen ringelte sich nackt an ihm hoch. »My little sunshine, Lara!« Del schien vor Glück über dieses Wesen zu glühen. Er knutschte das Mädchen, küßte es auf den kleinen Po und pustete gegen die Scheide. Lara kicherte und juchzte und war es offenbar gewohnt, nackt auf dem Frühstückstisch zu sitzen. Tilo war verwirrt. Seine Mutter hatte ihn überall genauso abgeküßt und geknuddelt, aber ein Mann seine Tochter? Er war verlegen. Als Claudine ihm eine saure Gurke bot, nahm er dankend an und biß herzhaft hinein. Erst hinterher fiel ihm ein, daß er saure Gurken verabscheute.

Zwei dunkle große Augen schauten auf Tilo. Dann eine Bewegung: Fasziniert betastete Lara Tilos langes blondes Haar und zog prüfend an seinem Oberlippenbärtchen. Dann schob sie ihre kleine Hand in seine und verlangte Frühstück. Tilo hatte einen Kloß im Hals: Er fühlte eine fast schmerzhafte Wärme für dieses kleine Wesen.

Del Gardo bestellte ein Frühstück für seine Tochter, das jeden Diabetiker direkt ins Koma hätte fallen lassen. Tilo fragte Lara etwas in Deutsch, und sie antwortete in Englisch. Del erklärte, daß sie sich für Englisch als ihre Sprechsprache entschieden habe, obwohl sie zwei weitere beinahe perfekt beherrsche.

Tilo fühlte sich langsam wohlig erschöpft. Die Ereignisse liefen wieder wie in der Kindheit ab: schnell mit vielen Einzelheiten in nur wenigen Stunden. Im Zeitraffer erlebt und ein Leben lang wie in der Zeitlupe immer wieder neu abgespult. In diesem Augenblick schlurfte ein wettergegerbter, sich etwas gebückt haltender Mann von Mitte fünfzig in die Cafeteria. Er grüßte freundlich, und Tilo erkannte in ihm einen bekannten Fernsehjournalisten, der ihm früher als kritischer Moderator bei ›Panorama‹ aufgefallen war.

Del Gardo erzählte, daß der Mann ein halbes Jahr in Hamburg arbeite und ein halbes Jahr auf Ibiza lebe. Jeden Morgen gegen zehn kam er hierher nach Las Salinas, takelte sein kleines Boot auf, vergurtete sich darauf und segelte hinüber auf die kleine Nachbarinsel Formentera.

Nach ungefähr sechs Stunden war er dann meist wieder zurück, vertäute sein Boot, gab Claudine das Segel zur Verwahrung und fuhr wortlos wieder zurück zu seinem Haus am Rande von Ibiza-Stadt. Seit nun schon sieben Jahren würde er das im Sommer täglich machen. Ein bißchen so, meinte Claudine, wie ein Hamster im Laufrad. Tilo kam sich Monate entfernt von Hamburg vor. Er fühlte sich wohl und wollte in den Bus zurückgehen, um endlich ohne Unruhe zu schlafen.

Beim Verabschieden wollte er Claudines Wange küssen. Sie bot ihm ihre Lippen, und wieder rutschte er irgendwie an ihrer Nase entlang. Sie sagte noch, daß sie gerne Motorradfahren lernen würde. Del hatte ihr von Tilos Cross-Maschine erzählt. Tilo wollte ihr das nur zu gerne beibringen. Claudines Freund hatte scheinbar Angst um sein eigenes Motorrad. Um so besser, dachte Tilo und verabredete sich mit Claudine für drei Uhr nachmittags, für die Siesta-Zeit hier in Spanien.

Beschwingt tänzelte er zu seinem Bus, seinem Zuhause. Er fand Claudine herrlich. Wer brauchte denn einen Zeugen seines Lebens, wenn das augenblickliche Tun Wohlbefinden erzeugte? Alles sollte eigentlich Wohlbefinden erzeugen: Jeder Schritt! Jede Tätigkeit! Jedes Gespräch, sogar ein Streit! Er duschte kurz im Bus. Für ihn war das keine Einschränkung. Schon vor Jahren hatte er aufgehört zu baden. Denn jedesmal vor dem fröstelnden Eintauchen in das heiße Wasser hatten ihn die Versäumnisse des Tages, der Woche, seines gesamten Lebens übermannt. Ganz unangenehm war sie immer gewesen, diese Sekunde der Wahrheit, ganz unangenehm.

Erschöpft schlief er sofort ein, und im Traum konnte er schon wieder ein wenig abheben. Natürlich ohne Zeugen, ohne Koenig. Oh, Mann, bloß nicht an Koenig denken. Nicht an den Tod in diesem Moment des Erspürens der eigenen Herkunft. Ungefähr fünf Stunden später spürte er Blicke auf sich ruhen. Mit geschlossenen Augen überlegte er, ob da jemand seine erschlafften Züge und den sabbernden Mund studierte. Dann kam er mit einem Ruck hoch. Unverwandt starrte er einer in schwarzes Leder gehäuteten Frau ins fremdländische Gesicht. Claudine saß auf der Bettkante, blickte ihn lächelnd an und rauchte.

Sie fand den Bus wahnsinnig. Alles so herrlich bequem. Das klang etwas nach »spießig«. Vielleicht hätte er sich nicht so an dem Geschmack seiner Mutter orientieren sollen? Claudine blickte ihn direkt an. Tilo sah sich mit ihren Augen und war so irritiert, daß er seinen Erzählfaden verlor. Wenn sie wüßte, wie er wirklich war, wie er eigentlich aussah. Unwillkürlich wurde er rot.

Er dachte, daß sie denken könnte, daß er zu denken versuchte, was sie dachte. Sein Kopf glühte, aber sie guckte nicht weg. Sie saß auf seinem Bett wie eine Katze, die einem vertraut. Katzen besitzt man nicht, hatte Koenig immer erklärt, mit Katzen teilt man eine Zeit seines Lebens. Claudine könnte ebensogut schnurren.

Tilo wollte gefallen und fühlte sich überhaupt nicht wohlig. Er hatte so viele Fragen. Sie wußten so wenig voneinander! Ein ganzes Leben gleichzeitig auf dieser Kugel und überhaupt nichts voneinander gemerkt. Nicht einmal aufeinander gewartet, oder doch?

Ganz langsam bewegte sich seine linke Hand in seine Unterhose unter der Bettdecke, um den Sitz zu prüfen. Dann sprang er forsch aus dem Bett und kramte hastig in seinem Jeanshemd. Noch fühlte er sich zu blaß und zu bläulich für einen Auftritt ohne Schleier. Er stand ein wenig seitlich, um stromlinienförmiger zu wirken. Claudine beobachtete ihn aufmerksam. Er zog sich schnell an und redete ablenkend. Er öffnete die Toilettentür und versperrte so die Sicht. Heimlich gurgelte er kurz »Odol« und fuhr sich locker durch die Haare, um sie »wild« aussehen zu lassen. Dann verließen sie den Bus, um das Motorrad abzuschnallen.

Tilo versuchte, routiniert zu wirken, und es klappte auch nach etwas holprigem Anfang. Nach wenigen Minuten stand die grellrote Enduro-Maschine auf der Wiese unter den Pinienbäumen. Claudine klatschte in die Hände und war ganz aufgeregt. Jetzt wollte sie etwas. Tilo wurde überlegen. Sie setzte sich auf die ein wenig zu hohe Maschine, er erklärte ihr die Funktionen der Handgriffe und Fußhebel. Sie brachte ihm die englischen Ausdrücke dafür bei. Claudine nutzte jede mögliche und unmögliche Gelegenheit, sich festzuhalten oder gegen ihn zu fallen. Nach einigen Überwindungsminuten gelang es Tilo, locker mitzumachen. Sie jagte mit mindestens dreißig Stundenkilometern im ersten Gang durch die Büsche. Ihr Gesicht war vor Aufregung rotbraun geworden. Einmal fiel sie überglücklich vom Motorrad in den weichen Sand der Stranddünen, weil sie vergessen hatte, wie sie anders bremsen konnte.

Tilo durchflutete ein warmes Gefühl, daß es so leicht war, jemanden glücklich zu machen. In seiner Freude bot er Claudine an, bald doch einmal den Bus zu fahren. Sie lachte und fragte, wo er denn nachher wohnen wollte. »Natürlich bei dir!« eröffnete er leichthin. Claudines Züge wurden ein wenig verhaltener. Tilo ernüchterte. Da war wohl wirklich noch jemand. Er schob die Maschine zum Bus zurück. Sie küßte ihn auf beide Wangen und stapfte dann zum Hostal zurück, um die Cafeteria für den Abend vorzubereiten.

Tilo dachte an sein anderes Leben, an seine Versuche, eine weithin sichtbare Spur zu hinterlassen. Vielleicht war der Drang zum Prominentsein ja nichts anderes als der Versuch, ein wenig unsterblich zu sein. Vielleicht waren die Medien die neuen Kirchen, die einem ein Leben nach dem Tod versprachen? Auf jeden Fall war ihm dieses hier, das Leben vor dem Tod, lieber. Er ging barfuß über den massierenden Sand hinüber zu Del Gardos Wohnwagen unter dem Tarnnetz.

Del war mit seiner Tochter auf dem täglichen Markt in der Altstadt gewesen und schon lange zurück. Er saß jetzt an einen Baumstumpf gelehnt unter dem Netz und preßte verschiedene Niete in vorgefertigte Ledergürtel. Tilo setzte sich still dazu und sah zusammen mit Lara den geschickten Händen bei der Arbeit zu. Tilo fühlte die Sehnsucht in sich, wieder einmal zu malen. Er fühlte sich zurückversetzt in die Zeit, als er seiner Schwester, die Kunst studierte, zugeguckt hatte. Ohne Mühe hatte er so malen und zeichnen gelernt. Seitdem hatte er begreifen müssen, daß ein Erwachsener ein in seiner Kreativität stark reduziertes Kind war. Nicht umgekehrt. Ihn hatte eine krankhafte Geschäftigkeit von jedem »erneut anfangen« abgehalten, und er wußte im Augenblick nicht, ob er sich überhaupt noch so still hinsetzen und aktiv sein konnte wie dieser Del Gardo.

Lara saß neben Tilo wie ein alter Kumpel. Tilo war stolz darauf und froh: Sie war noch nicht verbogen und hatte Vertrauen zu ihm.

Del schlug nach einiger Zeit vor, daß sie beide, sobald Lara ins Bett gegangen war, um fernzusehen, in die Stadt zum Abendessen fahren könnten und zwar mit seinem alten Diesel. Es sei leichter, sagte er grinsend, auf vier Rädern wieder nach Hause zu kommen. Tilo freute sich, und der Amerikaner zeigte ihm, wie er den Bus am besten hinstellte: das Führerhaus nach Süden, damit das Bett im kühlen Norden stand, die offenen Fenster in Richtung Meer, damit der Wind die Moskitos fernhielt. Er half Tilo, das Batterieladegerät an das Stromkabel anzuschließen, und er zeigte ihm den Wasserschlauch von der Zisterne. Tilo war nun endgültig ein Abenteurer. Del Gardo hatte es ihn nicht spüren lassen, daß er sich vielleicht wunderte, daß Tilo nicht so genau über die Elektroschaltungen in seinem Bus Bescheid wußte.

Tilo rollte die am Dach angebrachte Markise aus und dachte: Was für ein Blödsinn, daß Krebse ihre gewohnte Umgebung brauchten. Krebse gewöhnen sich einfach schneller an neue Umgebungen, um nicht einzugehen. Er würde sich erst einmal hier nicht wegbewegen. Das war sicher. Da war er Krebs.

Er zog sich kurz um und las dann im neuesten Roman von Harold Robbins, bis ihn sein neuer Freund abholte. Vielleicht war das hier wie in der Pubertät: Man begründete haltbare

Freundschaften mit Menschen, mit denen man »erste« Erlebnisse teilte. Claudine stand vor der Tür der Cafeteria, als sie mit Dels altem Mercedes vorüberfuhren. Sie riefen ihr zu, daß sie in die Stadt wollten. Prompt rief Claudine zurück, daß sie Arnim einen Kuß geben sollten, wenn sie ihn sähen, und Tilo wußte nun, daß er Arnim hieß, dieser undankbare Stinkstiefel von Barbesitzer. Sie fuhren auf der einzigen Straße, die Tilo bisher kennengelernt hatte, nach Ibiza-Stadt oder Eivissa, wie die Einheimischen es nannten.

Del hielt seinen Kopf merkwürdig schräg, und als Tilo ihn darauf ansprach, erklärte Del ohne jegliches Selbstmitleid den Zusammenhang mit seinem »Grünen Star«: »Die Ränder meiner Hornhaut sind die einzigen Streifen, durch die ich noch klar gucken kann.« Tilo versuchte, das nachzuempfinden. Zu wissen, daß man allmählich blind wurde, mußte fürchterlich sein. Plötzlich in seinem Schädel eingeschlossen zu sein, sich den ganzen Tag so zu fühlen, wie er in jener Nacht am Waldrand bei Denia? Tilo verdrängte die Beunruhigung, als er nun immer deutlicher erkannte, daß sein Freund wirklich wenig auf den Straßen sah. Sie unterhielten sich dennoch immer fließender. »He is a friend of me.«

»No! That's: He is a friend of mine!« Tilo lernte. So oder so. Er wuchs.

In der Nähe des Altstadttors parkten sie den grau-beigen Uralt-Zweihunderter und schleppten sich die steilen Gassen hinauf in das Zigeunerviertel der Argentinier, wie Del es erklärte. Tilo war aufgeregt, er sah alles in Breitleinwandgröße, und das erste Mal in seinem Leben freute er sich bewußt über seine gesunden Augen.

Als Del Gardo plötzlich anhielt, sah Tilo nur hinter einer offenen Tür einen kleinen dunklen Raum. »Here we are!« hörte er. Tiefbraune Kinder donnerten auf ihren brüchigen Skateboards von oben an ihnen vorbei zum Altstadttor. Über ihnen hing Wäsche zum Trocknen auf einem kleinen Balkon. Del rief etwas im holprigem Spanisch in den dunklen Raum, und sofort kam Leben in die Räume dahinter. Lichter gingen an, eine dicke Mutti umarmte den riesigen Del Gardo, als wäre er ein Meter fünfzig und ein Hänfling. Tilo wurde als »El Rubio«, als der Blonde bewundert. In Sekundenschnelle hatte ein drahtiger Mann draußen einen Tisch und vier Stühle aufgestellt. Ein Sonnenschirm schützte sie vor der Wäsche über ihnen. Sie setzten sich.

Del wies Tilo auf die zum Trocknen über eine Leine gehängten Spaghetti in der jetzt beleuchteten kleinen Küche hin. Die Mutti, Del nannte sie Camesita, zauberte eisgekühlten Rosado-Wein auf den sauberen Tisch und ging zurück zum Kochen. Es sollte Spaghetti mit Gulasch und Salat geben. Del amüsierte sich, als Tilo sagte, daß dies seine Leibspeise sei: Es gebe hier immer nur Spaghetti mit Gulasch und Salat. Aber dafür kostete das Ganze weniger als acht Mark, die Flasche Rosado-Wein eingeschlossen.

Sie konnten gegenüber ein Pärchen in der Wohnung beobachten, das gebannt auf einen Fernsehapparat glotzte. Tilo liebte es, Menschen zuzusehen, die sich unbeobachtet fühlten. Del meinte, daß auch hier das Fernsehen und speziell die Parabolantennen das Leben veränderten. Der Rückzug von der Straße habe schon begonnen. Tilo konnte das nicht beurteilen, fand aber das Treiben um ihn herum nicht ausgesprochen still, wenn er da an Hamburgs Innenstadt nach acht dachte. Sie aßen mit großem Appetit, und Tilo genoß die hausgemachten platten Spaghetti und schmeckte den Unterschied zu seinen Miracoli.

Gespannt guckte Camesita ihn an. Mit aus dem Mund quellenden Nudeln nickte er ihr heftig zu. Ihr Mann kam mit der zweiten Flasche Rosado an den Tisch, als sie die Teller mit Weißbrot leergewischt hatten. Das Brot und die Knoblauchbutter blieben stehen.

Alle vier tranken jetzt Wein. Del Gardo hatte den Mut, alle Sprachen, die er kannte, so zu verbinden, wie sie ihm einfielen. Tilo schwor sich, hilflos schweigend, so schnell wie möglich Spanisch zu lernen. Er bestellte die dritte Flasche Rosado »con mucho hielo!«. Er quatschte jetzt begeistert auf Del Gardo ein, eine Begeisterung, die nur der beginnende Suff so leicht entstehen läßt. Er genoß die fremde Sprache, die Anerkennung ohne vorgeprägtes Image.

Die Sonne verschwand endgültig, das Licht wurde milde. Wie schnell das hier alles ging, zuckte es durch sein aufgekratztes Gehirn. Heute morgen herrschte noch jenes Grau, das in Hamburg Wochen dauern konnte und Monate in der Seele nachhallte. Jetzt am Abend war es warm geworden, sonnig und »südlich«. In der Ferne sah er den Hafen, in dem er heute morgen vor Jahrhunderten angekommen war.

Als sie hinunter an die Hafenmeile wankten, war es schon dunkel, aber immer noch warm. Del steuerte auf die absolute »In«-Bar der Insel zu, auf das »Poco Loco«. Tilo fand den Laden mit den vielen Stehtischen und den Barhockern gegen Krampfadern sehr kommunikativ. Nur einige frühe Gäste standen herum, jeder bemerkte noch jeden, und die Kellner waren noch nicht überstrapaziert. Tilo fühlte sich wohl.

Er entdeckte einen bekannten deutschen Schauspieler, der sturzbetrunken auf ein junges Mädchen einredete. Del kannte den Mann fast nur zugeschüttet und meinte lakonisch: Besser Dean Martin oder Joe Cocker und Trinker sein, als nur besoffen. Da hatte er recht, fand Tilo.

Der Vorhof des Poco Loco füllte sich langsam mit hübschen Frauen, in deren Parfümschatten sich immer mehr gaffende Männer aufbauten. Del Gardo wurde von einem Mann mit einer Späthippiefrisur und einem Arm zuwenig am Körper über die Tische hinweg begrüßt. Tilo erfuhr, daß dieser etwas verwahrlost aussehende Mensch in der überweiten Parkerjacke einst das größte, PS-stärkste Speedboot besessen hatte. Er war immer auf dem beliebten Kurztrip hinüber nach Formentera am verwegensten über die bei hunderfünfzig Stundenkilometern zementharten Wellengipfel gekreuzt. Bis ihn ein Schwenk zuviel eines Tages über Bord gerissen hatte und sein angeschnallter Arm am Gashebel zurückgeblieben war.

Tilo wollte es sich nach dieser Schilderung schwer überlegen, ob er jemals eines dieser Schnellboote besteigen würde. Ein blonder, gutaussehender Mann in den Vierzigern kam an den Tisch und begrüßte Del herzlich. »Das ist Tilo aus Hamburg!« stellte Del ihn vor. Dann gab er dem Mann einen Kuß auf die Wange und sagte: »Der ist von Claudine.«

Tilo fand den Mann plötzlich ein wenig zu hübsch, als er ihn genau betrachtete. Außerdem erschien er ihm zu selbstgefällig, wie er da so rumstand und grinste. Unerbittlich sah er sich um: Die Bar! Die Bar war ein Witz! Ein Witz war die! Wirklich! Er wollte nach Hause. Er war nicht mehr beschwingt, er war nur noch besoffen. Er empfand die Welt plötzlich wieder als feindlich. Er flüsterte mit Del, und ohne zu zögern fuhr ihn sein väterlicher Freund zu den Bussen zurück.

Am nächsten Morgen wachte Tilo unter seinem Moskitonetz auf und wußte einige Sekunden lang nicht, wo und wer und was überhaupt. Er hatte es wohl gerade noch in das Wohnmobil geschafft und war dann mit allen Klamotten am Körper in einen bewußtlosen Schlaf gefallen. Wahrscheinlich sogar auf dem Rücken liegend. Völlig ungeschützt. Aber es war ja auch nicht gerade eine kleine Dosis Leben am Vortage gewesen. *Much too much.* Alles in allem.

Mit Mühe quälte er sich aus den durchgeschwitzten Kleidungsstücken. Vorsichtig lugte er durch die Vorhänge und stellte überrascht fest, daß draußen ein strahlend blauer Himmel den Sand weiß färbte und das gestern noch graue Meer leuchtend blau. Es sah jetzt so aus, wie jeder es von Postkarten her zu kennen glaubte. Schnell schlüpfte er in seinen schwarzen Badeslip und rannte begeistert zum Wasser. Ein Schäferhundmischling lief wütend den anbrandenden und zurückrollenden Wellen hinterher und bellte die Gischt an. Tilo beachtete er überhaupt nicht. Das Wasser war eiskalt. Tilo watete bis zu den Oberschenkeln hinein und tunkte dann seinen Kopf vornüber ins Meer. O Mann, das war besser als jedes Aspirin, sagte ihm sein geschockter Kopf.

Er drehte sich um. Es war keine Menschenseele am Strand. Der Sand war noch mit Tau bedeckt. Tilo lief lustvoll zum Bus zurück und holte sich eine Bastmatte, dann suchte er eine geschützte Dünenmulde und genoß es, wie sein entwöhnter Körper die Sonnenstrahlen kribbelnd und vibrierend einsog. Er konnte zusehen, wie er Farbe annahm.

Alle warnten neuerdings vor allzu intensivem Sonnen, aber er für seinen Teil hatte lieber irgendwann Hautkrebs als Magen-Darmkrebs in Hamburg vorm Fernsehapparat. Alles, was wirklich zufrieden machte, konnte nicht töten, hatte seine Mutter immer gesagt. Und manchmal behielten sogar Mütter recht. Was war überhaupt wichtig? Was konnte ihm wirklich geschehen? Über ihm trällerte ein großer schwarzer Vogel den *Let's go-*

Rhythmus. Plötzlich erschrak er. Ein fast durchsichtiger Salamander krabbelte über seinen Bauch, anscheinend um sich aufzuwärmen. Mit leichter Panik, aber gerührt, beobachtete er das ihn anglotzende Wesen, bis es auf einmal davonhuschte. Er drehte sich auf die Seite, ließ Sand durch seine Hand rieseln und stellte überrascht fest, daß es Tausende von kleinen Muschelteilchen waren.

Der wärmer werdende Wind umschmeichelte seinen Körper, Grillen zirpten aufgeregt in den höchsten Tönen, Vögel wachten auf... Hinten, am Ende der Dünen, entdeckte er Hunderte von Palmen, jede unterschiedlich gewachsen, und jede einzelne machte ihm klar, daß dies hier »sein Klima«, seine Landschaft war. Hier gehörte er hin. Er berauschte sich an der Euphorie des Augenblicks und war das erste Mal gerne Zuschauer in seinem eigenen Leben. Alles hier erschien ihm einfacher, irgendwie so ohne Umwege. Natürlich auch deswegen, weil er im Augenblick nicht für Essen, Wohnen und Kleidung kämpfen mußte. Aber sollte man das überhaupt irgendwo müssen?

Es wurde mit der steigenden Sonne heißer, das Meerwasser schockte ihn nicht mehr ganz so stark. Es war mittlerweile zehn Uhr, und er war noch immer fast der einzige Mensch an diesem Strand. Trotzdem fühlte er sich nicht einsam. Er empfand sich das erste Mal seit seiner Kindheit wieder als ein Teil der Natur.

Er beobachtete, wie ein humpelnder alter Mann auf einer Art Schlitten Zeitschriften an eine kleine Strandbude schleppte. Auf der anderen Seite öffneten zwei junge Männer lachend und feixend einen kleinen Holzverschlag, um damit zu beginnen, Berge von herrlich frischem Salat vorzubereiten.

Unten im Wasser rief Del Gardo nach Tilo. Er wollte mit ihm auf den Markt, während Lara Surfunterricht bekam. Der Amerikaner überraschte ihn mit einer alten, mindestens zehnmal übermalten Maico, die er hinter seinem Wohnwagen hervorschob. Vorbei an den alten Wassermühlen der ibizenkischen Bauern fuhren sie beide übermütig durch die warme frische Morgenluft auf der noch völlig freien Strecke hinein zum Markt an der alten Stadtmauer. Auf dem wegen der Sonne teilweise überdachten *mercado* grölte und handelte, akzeptierte und fluchte jeder auf seine Art und in seiner Sprache.

Das Verkaufen war ein Kennenlernen, ein Austausch von Einschätzungen und ein herrliches Überwinden der Fremdheit. Überall wurden ihnen Proben angeboten. Es war anscheinend normal, daß man sich hier und dort eine Frucht griff und, ohne zu bezahlen, weiterzog.

Die Einheimischen standen unter einem riesigen Schirm zusammen und kosteten lautstark die verschiedenen Sorten Wein aus den strohumwickelten Bauchflaschen. Keiner schien ein Ziel zu haben, jeder verweilte. Tilo spürte bei diesem Anblick einen starken Drang zur Verwahrlosung in sich. Einen Augenblick schaute er einer Malerin zu, die versuchte, dieses sich ständig verändernde und doch gleichbleibende Bild zu erfassen. Del Gardo zog an einem Marihuanajoint, den ihm ein Araber herübergereicht hatte, Tilo zog daran und mußte kurz darauf unwillkürlich kichern.

Langsam überwand Tilo, unterbrochen von kurzen Panikanfällen, die Unruhe, irgendwohin zurückkehren zu müssen. Er gestattete sich den Gedanken, wirklich und wahrhaftig nie wieder nach Hamburg zurückzukehren. Wollte er vor Wochen nur losfahren, um wegzukommen, war er jetzt da und wollte bleiben.

Daß man so schnell, nur durch die Überwindung einiger tausend Kilometer, ein anderes, ein völlig neues Leben leben konnte… Seine Seele und sein Körper entspannten sich von dem Gefühl, es müßte irgendwo irgend etwas unbedingt noch erledigt werden.

Zurück an den Bussen, warteten schon Lara und Claudine auf sie. Sie hatten Holz gesammelt und zwischen ein paar Steinen vor Del Gardos Zelt ein Feuer entfacht. In einer Pfanne auf dem Rost brutzelten ein Haufen zerlaufener Eier, und in einer Thermoskanne hatte Claudine Kaffee aus ihrer Cafeteria mitgebracht. Sie saßen hier unter dem wohltuenden Schatten der Pinien, und Tilo sah mit steigendem Appetit, wie Del die längsgeschnittenen Fladenbrote über die Glut legte.

Es war zwei Uhr, und das Einkaufen, Zubereiten und Frühstücken hatte schon den halben Tag gedauert, und Tilo empfand das erste Mal diese täglichen Notwendigkeiten nicht als Nebentätigkeiten, sondern als etwas Wesentliches im Leben.

In den nächsten Tagen fuhr er manchmal morgens mit dem Motorrad los, in der festen Absicht, wichtige Dinge zu besorgen. Irgendwo auf der Strecke, bei einem Gespräch bei Pedro, dem nahen Händler, dessen Laden eher wie eine Bar wirkte, oder beim Dahinfahren durch die duftenden Felder, verlor sich diese Absicht sehr oft wieder. Er fühlte sich von Ibiza angenommen, diese Insel bestärkte ihn. Hamburgs Hektik, die Gnadenlosigkeit hatten ihn immer an sich zweifeln lassen, ob er dazugehörte. Hier war Geld kein Erfolgsmaßstab. Hier war begehrt, wer unterhaltsam, humorvoll und kreativ war.

Hier fühlte er sich zu Hause. Die Berge, die Bäume, das Meer, die Menschen und Mücken irgendwo anders auf der Erde konnten ihn nicht mehr reizen. Er lag von morgens bis abends am Strand und guckte oder las. Er wurde schwarzbraun und weißblond. Und wenn ihn abends einige Touristen fragten, was er denn jetzt nach dem vielen Herumliegen tun wollte, antwortete er immer: »Jetzt geh' ich essen und dann ins Bett... schlafen!«

Er beobachtete am Strand die Männer, die größere Brüste hatten als Frauen und dickere Bäuche als Schwangere. Er genoß die Steigerung der Nacktheit bei Frauen: ihre Fastnacktheit. Er betrachtete und betastete seinen eigenen Körper unter den getrockneten Salzkristallen genauer und fand sich zum erstenmal im Leben wirklich appetitlich.

Tilo lernte es, aus dem Wasser zu kommen, ohne an seiner engen Badehose herumzufummeln. Er verweigerte sich den humorlosen Volleyballspielern, er spielte nur ganz selten mit den Beachballathleten, und beim zwanzigsten Sturz vom Brett gab er das Surfen auf. Er begriff nicht, wie dieser Kerl, der da eines Tages neben ihm am Strand lag, mit einem Surfbrett über den Atlantik gekommen sein konnte. Und alles nur, um ins Guinessbuch der Rekorde zu kommen. Tilo hatte »seinen« Sport entdeckt: Er stürmte beim Anblick von genügend hohen Wellen ins Wasser, wartete, bis eine der Wogen heran war, und warf sich dann mit einem geschickten Schwung auf das kippende Wasser und schoß mit der Gischt glücklich strahlend an den Strand, seinen Körper wie ein Surfbrett benutzend.

Am dritten Tag seiner Ankunft hatte Tilo Helmut kennengelernt, den Mann, der seinen Wohnwagen mit Seilen den Steilhang am Ende des Strandes herabgelassen hatte. Helmut hatte einen Hang zu den seltsamsten Flugkörpern.

Nachdem er sich ausgiebig mit den ibizenkischen Fluglotsen überworfen hatte, da er sich einen Spaß daraus machte, im Tiefflug Speedboote angeberischer Zuhälter »anzugreifen«, hatte er die Fluglizenz für seine zweimotorige Maschine entzogen bekommen. Jetzt bastelte er schon seit Wochen an einem Leichtbau-Flugzeug herum. Dieses Gefährt, das eine Mischung aus Moped und Drachenflieger zu sein schien, sollte ihn wieder mobil machen. Diese unsicheren Dinger unterlagen offenbar nicht der Flugüberwachung, wenn Tilo das alles richtig verstanden hatte.

Helmut hatte mit Restaurants in München in den Sechzigern viel Geld verdient und »forschte« nun schon seit Jahren nach den verschiedensten Erkenntnissen. Ein Dauerthema schien bei ihm die Frage gewesen zu sein, ob »Hitler schwul gewesen war oder warum der Kerl sonst auf diese Eva Braun gestanden hatte«. Er war der Meinung, daß dieser ganze Kult der Nazis ein Ausdruck heimlicher Homosexualität war.

Helmut hatte heute eine Halbglatze und sah etwas verfettet aus. Aber irgendwann mußte er mal sehr attraktiv gewesen sein. Anders konnte sich Tilo nicht das Selbstvertrauen erklären, mit dem dieser Kerl auf jede Frau zuging und sie lässig ansprach. Irgendwie mußte er sich vor seinem geistigen Auge als attraktiven jungen Mann konserviert haben.

Als Tilo vor Tagen ihren »Grundbesitzer«, den aus Berlin stammenden Halbmilliardär Dietrich, kennengelernt hatte, wurde er von diesem für den darauffolgenden Morgen eingeladen, mit Del Gardo, Helmut und »hoffentlich ein paar Mädchen« auf seiner Segelyacht einen Törn nach Formentera zu machen. Und natürlich war es Helmut, der ihnen morgens um acht am Anlegeplatz im neuen Yachthafen wie selbstverständlich fünf junge hübsche Frauen vorstellte, die er am Abend zuvor kennengelernt und sofort eingeladen hatte.

Die Tour selber war trotz der fast nackten Frauen eher enttäuschend für Tilo. Für ihn stellte es sich so dar: Segeln war fünfzig Prozent harte Arbeit, zehn Prozent Langeweile, wenn kein Land in Sicht war, fünfzehn Prozent mulmiges Gefühl im Magen, zehn Prozent Auf- und Abtakeln und fünfzehn Prozent Wohlbefinden, wenn man bei voller Fahrt, in extremer Schräglage, auf dem großen Segel direkt über dem Wasser liegen konnte. Formentera selbst aber entschädigte für den eigentlich strapaziösen Trip. Das türkisblaue Wasser war bis zum tiefen sandigen Grund glasklar und auf der Ibiza zugewandten Seite spiegelglatt. Ein Paradies für Surfanfänger und Segelyachten, die ruhig vor Anker liegen sollten. Schwomm man an Land und stieg nur die etwa hundert Meter über riesige Sanddünen, tobten vor einem die aufgewühlten Wellen der dem offenen Meer ausgesetzten Küste dieser winzigen Insel. Nach diesem Segeltrip wurde Tilo klar, daß er Wasser liebte, aber doch lieber vom Lande aus. Er genoß es in den folgenden Wochen, nachmittags zurück in seinen Bus zu kommen, sich eine Kanne Tee zu kochen und dem deutschsprachigen Sender zuzuhören.

Das Leben hier hatte sich vollkommen anders entwickelt, als er es sich in Hamburg ausgemalt hatte. Auch das Kennenlernen von Claudine entwickelte sich anders als vorausgehofft. Er hatte schmerzhaft verliebt lernen müssen, daß sich Claudine treiben ließ. Sie war offenbar bereit, irgendwann irgendwo zu landen. Manchmal wirkte sie auf ihn so träge wie ein angespülter Stein in der Brandung, der nur ganz langsam vorangeschoben wird, um dann gleich wieder zurückgesogen zu werden. Immer häufiger saß sie hinter ihm auf dem Motorrad und dirigierte ihn in einsame Buchten im Norden. Hier spielten sie, abgeschirmt durch riesige Pinienwälder, mit einer Möglichkeit eines völlig anderen Lebens. Manchmal tat ihm das Gefühl der überströmenden Freude schon fast wieder weh. Beide spürten sie das Aufeinanderzudriften, aber aus für Tilo unersichtlichen Gründen wich Claudine vor dem letzten Schritt ihrer Vertrautheit zurück. Manchmal lag der vom vielen Hin und Her abgeschliffene Stein schon auf dem Strand, um dann wieder von dem besitzergreifenden Meer zurückgesogen zu werden. Tilo wartete und hoffte. Das stehende Wasser der Salzseen rund um seinen Busstandplatz begünstigte offenbar das Ausschlüpfen von Mücken aus Eiern, Larven oder sonst was, so daß er sich an die tägliche Dosis Mückengift genauso gewöhnt hatte wie an das schlankheitsfördernde Wassertrinken.

Seine Freundschaft zu Del Gardo und dessen kleinen Tochter Lara war tiefer geworden. Helmut amüsierte ihn immer wieder neu. Nachdem dessen »Jungfernflug« mit seinem Ultraleicht-Flugzeug nach einem eher lächerlichen Hopser am nächsten Strommast geendet hatte, prangte jetzt rotglühend eine neue Narbe auf der Stirn dieses handwerklich überaus geschickten Mannes. Heimlich erleichtert hatte Tilo in den letzten Wochen festgestellt, daß ihr Grundbesitzer Dietrich ohne seine Machtattribute Büro, Sekretärin, Chauffeur und Untergebene überraschend verloren wirkte. Hier auf der Insel hatte er sich immer größere Boote, Häuser oder Flugzeuge gekauft und wirkte doch immer nur noch kleiner darin. Offenbar auch in den Augen seiner Frau, denn die machte sich bei ihren kurzen, für ihren Mann quälenden Auftritten lustig über seinen »jugendlichen Angeberwahn«. Oft hatte Tilo nach solchen Besuchen mit dem verstörten Dietrich und Del Gardo bei dem Baghwan-Pärchen gesessen und den herrlich vor sich hin plätschernden Beruhigungen zugehört. Alles hatte danach einen Sinn, alles fügte sich. Alles würde unter dem oberflächlichen Chaos eine tiefe Ordnung beinhalten.

Wenn Tilo den beiden alles verstehenden und alles verzeihenden Menschen zuhörte, fühlte er sich immer wieder überraschend handlungs- und sprechunfähig. Er fand dann plötzlich alles, was er beizutragen hätte, lächerlich und eigentlich schrecklich weltlich.

Nur wenn nach solchen Gesprächsnächten Dietrich, Del Gardo und er am nächsten Tag bei heißen Saharawinden zur Abkühlung bis zum Hals im Wasser im eigentlich zu warmen Mittelmeerwasser saßen, konnten sie alle drei »die tiefe Ordnung im Handeln der Frauen« einfach nicht erkennen.

Rund um Tilos Bus tobten Tag und Nacht ungefähr fünf bis acht wilde Hunde, die alle aufpaßten, auf was auch immer. Das Leben floß viel selbstverständlicher als in Hamburgs Nebel. Dort hatte er viel zuviel Energie darauf verschwendet, zu scheinen als ob. Dort arbeiteten alle hart, um jährlich einmal drei oder vier Wochen am Meer zu sonnen. Es ging direkter, fand er jetzt. Im Duden stand als Erklärung für Evolution: Größtmöglicher Effekt bei kleinstmöglichem Aufwand. Genau! hatte Tilo gedacht und sich das erste Glas Rosado an dem Abend bestellt.

9. Kapitel

Fortsetzung des Prologs. Der Morgen danach.
Das Öffnen des Briefes.

Es war früh am Morgen. Im Gegensatz zu seinem grundsätzlich guten Gefühl hatte Tilo am Vorabend in der Poco-Loco-Bar alles durch das selbstmitleidige Auge des Eifersüchtigen gesehen. Claudine hatte sich immer noch nicht losgelöst von diesem Arnim, und Koenig wollte Tilo mit dem Brief in die Realität des schon so weit entfernten Deutschland zerren. Tilo schmeckte noch die Zwiebeln der Tomatensoße auf der Zunge. Er schaltete das endlos laufende Band »ihrer« Rod-Stewart-Kassette ab. Er war jetzt seit mehr als drei Monaten von Hamburg fort. Mindestens. Wie jeden Morgen seitdem, hatte er sich als erstes kurz in die erfrischenden Fluten des warmen Mittelmeeres gestürzt. Seit drei Tagen saß er nun vor dem ungeöffneten Brief von Koenig. Er spürte, was ihn erwartete, und zögerte das Öffnen immer wieder hinaus. Heute mußte es sein. Okay. Also los.

Koenig schrieb von Sabrinas Hütte am Fischwassersee. Er schrieb jedes Wort mit einzeln gesetzten wilden Buchstaben:

> Hey, hey Aussteiger! Juni '88. An meinem Schreibstil wirst Du meine vielen Schulwechsel erkennen! So what? Ich vermisse Dich und Dein blödes Gelaber. Ich würde Dir viel lieber alles direkt erzählen, hier am Lagerfeuer. Na ja, auch gut so: Du weißt, ich habe es nie für sinnvoll gehalten, ein »guter angepaßter Bürger« zu sein. Ich wußte schon mit vierzehn, daß der Versuch immer in Einsamkeit, Suff, Depressionen oder Kaufräuschen endet (interessantes Wort: Kauf*rausch*).

Um uns herum, Tilo, sind sie alle kleinlich. Sie leben mit den Wahrheiten ihrer Eltern. Und denen ging es schon drekkig. Alles lebende Lohntüten: Wenn die Tüten leer sind, sind auch sie leer!

Wir beide wissen, Vadder, wer wir sind morgens nach einem schweren Drogenrausch. »Normale« erwachen erst im Rentenalter und wissen dann, wer sie *nicht* mehr sind. Dann wollen sie plötzlich leben, reisen, reden und lieben. Ich glaube, deshalb sind alle neidisch auf solche, wie wir es sind! Ja, ja, mein Freund! Ich war nie neidisch in meinem Leben, ich kann das nicht erklären (Vielleicht Du? Bestimmt!), ich bin auch nicht rachsüchtig. Mir haben Verkäufer, Betrüger oder Erzieher, die mich verscheißert hatten, eher leid getan. (Vielleicht habe ich ein »bißchen« Rache genommen, indem ich einigen die Frau ausgespannt habe.) In den letzten zwanzig Jahren hatte ich immer mehr, als ich ausgeben mußte. Komischerweise. Ich kann Nugent und diese Idioten nicht wichtig genug nehmen, um Blut zu vergießen, um sie erschießen zu lassen, wie ich Dir das mal geschworen habe, in einer »schwachen« Minute. Ich habe die Bedeutung von Blut immer faszinierend gefunden. Und jetzt pisse ich noch immer Blut. Wenn das nicht Symbolik ist?!

Ich will zu Dir ehrlich sein.

Alter macht ehrlich, hat mal einer gesagt. Wenn Alter erkennbar ist an der Zeit, die man braucht, nach einem Rausch wieder auf die Füße zu kommen, dann bin ich uralt. Und kann deshalb auch ehrlich sein.

Mich ging der Tod eigentlich nie etwas an. Ich habe immer gedacht: Wenn er kommt, werde ich es nicht erleben. Punkt. Aus. Ich hatte nie Angst, etwas zu verlieren, was ich vorher gewonnen (verdient?) hatte. Hier und heute da zu sein, war alles. Erst in Deinen ätzend langen Monologen (die Du Unterhaltung nennst) habe ich gelernt, daß ich nicht runder werden kann, wenn ich das, was mit mir war und ist, nicht lebendig vor Augen habe. Obwohl ich Deinen Ausdruck »verarbeiten« immer noch nicht checke. Ich wollte nie wissen, was ich nächstes Jahr machen werde, ich wußte eigentlich auch nicht, was ich früher alles gemacht habe. Mir war auch scheißegal, was die Leute über mich dachten (mit wenigen Ausnahmen). Aber mir ist aufgrund unserer Gespräche klargeworden, daß ich mich immer verkauft habe. Vielleicht ist es das, was uns alle so fremd miteinander umgehen läßt, oder?

Tilo! Ich habe Angst. Nicht davor, den Rest meiner Habseligkeiten zu verlieren. Ich habe Angst vor dem Daliegen und dann blöde zu sein!

Ich habe Angst vor den Schmerzen. Es wird sich nicht groß etwas ändern mit mir. Ich habe immer etwas Neues erleben wollen. Aber jetzt sind meine Gedanken nur noch ein dumpfes Kreisen. Es ist alles ohne Erotik. Ich bin dabei, mich zu Ent-Täuschen. So hast Du es doch einmal genannt.

Für uns beide war der Alkohol die Sonne des Nordens. (Vielleicht nicht nur für uns beide?) Er machte uns manchmal wesentlich. Augenblicklich und zeitlos humorvoll. Oder kurzzeitig herrlich böse.

Jetzt macht er mich nur noch traurig. Ich denke, ich bin auf zu vielen Gipfeln gewesen, ohne geklettert zu sein. Ich hatte oft orgiastische Zustände, die einem buddhistischen Mönch zur Ehre gereicht hätten. Ich habe immer gerne gelacht. (Sehr gerne mit Dir, Du Arsch.) Ich lache nicht mehr. Ich lächle kaum noch. Wie jeder echte Spieler habe ich immer auf das große Risiko gesetzt, im Business, bei Frauen und bei Freunden. 35 zu 1 oder gar nicht. Die meisten setzen eine Mark auf »Rot« und fünfzig Pfennig auf »Schwarz«. Mein Oheim, wie kläglich! Aber auf was soll ich jetzt noch setzen? Auf meine kaputten Nieren?

Okay! Nur, wer hält dagegen?

Ich wollte immer ein Held sein in meinen Träumen (lach nicht!), hinter den Gittern der Pubertät. Mindestens »Jesus Christ Superstar« oder Buddha (Rumsitzen und weise lächeln). Es gab so wenige Vorbilder. So mußte ich mit meinen Träumen immer voranschreiten. Dann folgte immer irgendwer. Ich letzter Zeit nur noch Du (Sorry für das »nur noch«). Ich bin krank geworden. Wer soll mir noch folgen. Krankwerden kann jeder alleine. Ganz leicht.

Wem soll ich folgen? Den Idioten in den Krebsstationen, die ihre Geschwüre verfüttern lassen an Ratten, mit der Hoffnung auf ein Gegenmittel? Ich will nicht festhalten. Du hast mal erwähnt, daß die Menschen noch vor hundert Jahren im Durchschnitt mit fünfundvierzig gestorben sind. Stell Dir das mal vor! Heute arbeiten die Menschen fünfundvierzig Jahre für ungefähr siebenhundert Tage Ferien. Und dann liegen sie auch noch zehn Jahre vor dem Fernseher.

Tilo! Ich habe keine Träume mehr. Keine Hoffnung auf eine echte Partnerschaft. Tatjana hat wie so viele nur Angst, Angst, Angst. Und dann will sie Kinder. Mit mir!! Ich habe den Glauben verloren, daß ich noch einmal wieder »ich selbst« sein kann. Meine Restniere spuckt Blut. Und sie hat recht! Ich war für Dich immer eine Art »living theatre«, ein lebendes Gesamtkunstwerk.

Okay! Ich habe für andere ein Bild von mir geschaffen und wollte dem dauernd entsprechen! Cary Grant hat mal in einem Interview geseufzt: »Leute! Ehrlich. Auch ich wäre liebend gerne Cary Grant!« Es hat mir oft geholfen, »Koenig« zu sein. Ich habe trotz geheimer Ängste das Kleinliche in mir abwehren können. Es war ja schließlich nicht nur Show, daß ich keinerlei Versicherungen abgeschlossen habe. »Koenig« zu spielen, hatte ja auch ganz konkrete Folgen.

Aber Tilo, ganz ehrlich, ich kann nicht mehr. Ich habe keine Abwehrkraft mehr gegen das Nicht-mehr-wollen. Ähnlich vielleicht wie sich dauernd verstellende Schwule. Ich möchte jetzt nur noch das Wann und Wie meines Endes frei bestimmen dürfen. Du wirst es vielleicht nicht nachvollziehen können, aber ich fühle mich wirklich alt. Wenn Altsein heißt, daß man ohne Hoffnung auf Erneuerung ist.

Aber keine Panik, mein Freund. Häng das alles nicht so hoch! Churchill soll nach dem Krieg das Mikrofon im englischen Parlament genommen und gesagt haben: *Ladies and Gentlemen!* Wo war ich eigentlich stehengeblieben, als die Deutschen mich durch ihren Krieg unterbrochen haben? Das ist eine Haltung. So sollte es sein. Im übrigen: Wenn man erst einmal entschlossen ist, kann dich niemand mehr umstimmen. Das wäre so, als ob jemand sagte, du sollst dich gegen die Schwerkraft wehren. Sabrina hier bei mir ist fürchterlich lieb. Aber sie würde es nicht überleben, mir zu helfen: Sie würde sich verantwortlich fühlen und folgt mir am Ende. Ich liebe Dich.

Ich rechne mit Dir. So wie wir es uns versprochen haben!

Dein Freund Joachim.«

Erschöpft legte Tilo die zerknitterten Seiten zurück auf den Tisch im Bus. Er wußte erst einmal überhaupt nichts mehr. Rief Koenig nach einer Hilfe für ein anderes Leben? Rief er nach einem Hoffnungsschimmer? Oder ganz konkret nach Hilfe für ein ungestörtes Sterben?

Tilo fing an, wie ein Roboter die Sachen im Bus zu ordnen. Er ertappte sich sogar dabei, daß er einen Knick in die Sofakissen schlug, genauso wie es seine Mutter immer gemacht hatte.

Er weinte. Eigentlich nicht um Koenig, mehr um sich selbst. Mit Koenig gab sich ein Teil von ihm selber auf. Sein Freund konnte oder wollte nicht mehr vormachen, wie es weiterging, wie man, gegen den Strom schwimmend, älter werden konnte. Tilo fühlte sich alleingelassen.

Es war alles so unwirklich. Draußen hetzten die Wolkenfetzen unter dem dunkelblauen Himmel, Wind peitschte das Meer, und im Bus waren es schon wieder über dreißig Grad. Und Koenig wollte sich einfach hinlegen und totgehen. »Wo waren wir stehengeblieben? Ach ja, ich wollte noch tschüs für immer sagen!« Hatten dem Original am Schluß doch zu viele Pinscher ans Bein gepinkelt, wie er es immer gesehen hatte? Hatten sie doch sein Herz, den Kopf erreicht? War der freche Paradiesvogel doch noch getötet worden durch die neidischen Raben?

So wie Tilo die Zeilen verstanden hatte, wollte sein Freund sich schlafen legen, wie nach einem besonders erschöpfenden Tag. Tilo wollte das nicht zulassen. Er wollte nicht den toten Koenig betrauern, er wollte sich mit dem lebenden streiten. Er selbst war doch gerade erst dabei, sich aus dem hinabziehenden Sumpf der Sinnlosigkeit herauszuwühlen. Gewiß, sie hatten sich das damals bei dem Tod von Nicoles Mutter gegenseitig versprochen, sich gegenseitig beim Sterben zu helfen, aber wer denkt denn dabei an den Ernstfall? Er hatte das Bedürfnis, wie in seiner Kindheit auf den Boden zu spucken, mit dem Fuß darüberzuwischen und auszurufen: »Hingespuckt, ausgelöscht!

Güldet alles nicht!« Er gab schnell den Gedanken auf, Koenig doch noch von dem Sinn des Weiterlebens überzeugen zu können: Auf Anhieb fielen ihm tausend Gründe gegen das Weitermachen ein und nur wenige dafür. Natürlich durfte Koenig jederzeit sterben. Er war niemandem etwas schuldig. Und wahrscheinlich hatte diese Alternative einen großen Anteil an seinem Lebensmut gehabt. Man kann im Leben nur wirklich frei entscheiden, wenn man jederzeit schmerzlos sterben darf, hatte Tilos Mutter einmal so dahingesagt, und dieser Satz war haftengeblieben in seinem damals jugendlichen Gehirn.

Es klopfte plötzlich an der Bustür. Tilo wischte sich kurz über die Augen und öffnete. Es war Claudine, die er nach ihrem Geschmuse vom Vortage mit Arnim vor dessen Poco-Loco-Bar nicht erwartet hatte. Sie kam nach einer Woche zum ersten Mal wieder zu ihm an den Bus. Er hatte sich verlassen gefühlt, zumal auch Del Gardo in München war, um Lara bei der Mutter abzuholen. Dietrich war in Berlin, und Helmut hockte seit Tagen verliebt mit einer neuen Freundin in seinem Wohnwagen herum. Ein paar von den Gründen, versuchte er sich zu entschuldigen, warum er gestern so abgestürzt war.

Claudine sah hinreißend aus, und sie spürte gleich, daß er ein wenig linkisch lächelte. Stockend erzählte Tilo von dem Wunsch seines Freundes und schämte sich im gleichen Atemzug über eitle Gefühle. Claudine nahm ihn, den viel größeren, in die Arme, und wie immer bei solchen Gesten fühlte er seine Mutter. Nein, er wollte hier nicht weg!

Aber wer umarmte dann Koenig? Auch Tilo mußte ja mal sterben. Und dann? Nein, nein, er mußte zu seinem Freund! Er würde es sich nie verzeihen, wenn er ihn im Stich ließe. Claudine weinte jetzt auch. Eher wohl, weil sie sich gerade gestern von Arnim getrennt hatte. Und natürlich war der Mann noch nicht aus Kopf und Körper. Und gerade jetzt mußte Tilo weg.

Sie küßten sich verzweifelt. Und dann sprang Claudine unerwartet hoch und schlug ihm eine gemeinsame Querfeldeintour über die Insel vor. Es nieselte zwar ab und zu ein wenig, aber was machte das?

Tilo atmete durch. Begeistert gab er Claudine seinen Nierengurt und setzte seine Sonnenbrille auf, gegen die Fliegen und für ein geileres Fahrgefühl. Claudine war inzwischen eine geübte Mitfahrerin. Sie preßte sich an ihn, legte sich geschmeidig mit ihm in die Kurven und steuerte nicht mit ihrem Körpergewicht dagegen. Locker dirigierte sie ihn zu einer einsamen Finca in den Bergen von San José. Hier hatte sich Josef, ein früherer Lehrer aus München, in einer riesigen alten Höhle eine komfortable Wohnung eingerichtet. Vollkommen versteckt und von den Überwachungsflugzeugen kaum auszumachen, lebte der jugendlich wirkende Endvierziger seit acht Jahren hier mit seiner indianisch aussehenden mexikanischen Frau und drei wild aussehenden Kindern. Claudine meinte, daß er das beste Marihuana der Insel anbaute, was Tilo nach wenigen Zügen kichernd bestätigen konnte.

Ein Hund bellte am Ende des Feldes, und sofort sprang die fast nackte Frau auf ein Pony und ritt, wie verwachsen mit dem Tier, den fast nicht zu erkennenden Pfad durch das Marihuanafeld. Josef schien nicht beunruhigt zu sein. Er schnitt seinem dreijährigen Sohn ein Stück Brot vom Laib. Von Claudine erfuhr Tilo, daß Josef eines Tages einfach aus seiner bisherigen Ehe fortgegangen war, sich ein Jahr in Mexiko herumgeschlagen hatte, bis er hier durch viele Zufälle gelandet war. Er nannte sich jetzt Miguel und wirkte auf Tilo beneidenswert verbunden mit sich und seiner Umgebung. Seine Kinder unterrichtete er selbst, und da sie durch die Eltern mit zwei Kulturen und drei Sprachen aufwuchsen, war ihre Zukunft nach seiner Meinung völlig gesichert. Zum Abschied schenkte er ihnen ein paar Gramm, und sie versprachen, bald einmal wieder vorbeizuschauen, um vielleicht ein paar Tage zu bleiben.

Claudine streichelte Tilos Rücken unter seiner Jacke, als sie weiterfuhren. Der Gegenwind war angenehm warm, der spärliche Regen war wie Kinderhände auf der Haut, und Tilo fühlte sich schon wieder Jahre entfernt von Koenigs Todessehnsucht. Kurz vor San Mateo wurde der Regen zu stark, und sie rollten rechts unter einen Felsvorsprung. Als er das Motorrad abgestellt hatte, hörten sie aus dem Inneren des Berges Gelächter. Zwei Schotten oder Iren saßen da neben ihren Maschinen und versuchten, ein Feuer zu entfachen. Sie reichten eine Flasche Wein herüber, und gemeinsam warteten sie darauf, daß der Regen nachließ. Tilo hatte Mühe, ihre derben Witze zu verstehen. Er lachte mehr aus Höflichkeit und weil das Gras ihn sowieso zum Lachen reizte. Zum Abschied bekamen sie von den beiden Luftballons geschenkt. Friedlich tuckerten sie über die Feldwege der Insel. Die Erde dampfte. Tilo freute sich für die ausgetrocknete Natur. Es duftete nach Gewürzen, als sie unter Pinien hindurch und vorbei an lila Feldern und knallgelben Büschen fuhren. Claudine ließ einen der Ballons in den Himmel steigen und wünschte sich laut, daß Tilo bald zurückkommen möge aus Deutschland. Um abzulenken fragte Tilo, was denn auf den Feldern wuchs. Claudine antwortete: »Bestimmt ganz tolle Sachen!« Dem konnte Tilo zustimmen. Gerade als sie beide das Gefühl hatten, durch eine Parfümerie zu fahren, fing es wieder an, stärker zu nieseln. Sie schafften es gerade noch bis zu einer Drei-Häuser-Siedlung in der Nähe von San Juan, im Norden der Insel. Sie hielten unter dem Vordach eines Gebäudes, das vermutlich einmal als Schule gedient hatte. Die Tür war offen, und Tilo spielte in dem noch vollständig eingerichteten Klassenzimmer Lehrer, Claudine die frühreife Schülerin. Sie alberten herum und wurden dabei, etwas verschämt, zärtlich miteinander.

Sie hatten ja immer noch nicht miteinander geschlafen. Claudine wollte das bisher wegen Arnim nicht, und Tilo war irgendwie erleichtert gewesen, daß sie so war. Überrascht stellte er fest, daß es ihm wirklich Spaß machte, Claudines Mund zu liebkosen und zu küssen. Das passierte ihm nur selten, meist wollte er dabei nur gut sein. Er lutschte an ihrer Zunge, sie zog sie kichernd weg, dann stürzte sie aus dem alten Schulraum, und sie fuhren weiter.

Rudi hatte einmal gesagt, daß sie doch eigentlich bescheiden wären: Sie wollten doch nur eine Frau, die selbst Spaß an der Erotik hatte, die selbst wollte und sich ehrlich gehenließ. Vielleicht war es das. Claudine hielt ihn jetzt noch fester umschlungen. Aufgeregt jagte Tilo durch ausgetrocknete Flußläufe und landete schließlich auf einer Bergspitze, von der aus sie die fast unbewohnte Felseninsel Tago Mago sehen konnten. Als sie danach langsam zum Bus zurückfuhren, saß Claudine am Lenker, und Tilo hielt sich an ihr fest. Eine viel logischere Platzverteilung, dachte er, als er mit seinen Händen unter ihrem Wollpulli die nackten Brüste streichelte. Claudine hatte das Motorradfahren schnell gelernt, und sie hatte ihm versichert, daß er doch nicht so schlecht sei als »Lehrer«.

Claudine steuerte in eine Ruine und versuchte vergeblich, eine alte Treppe hinaufzufahren. Sie kippten um. Lachend blieben sie liegen und streichelten sich gegenseitig. Durch die glaslosen Fenster wuchsen Apfelsinenbäume in den Raum, und oben, in einem der früheren Schlafzimmer, konnten sie sogar Weintrauben pflücken. Sie mußten warten. Es goß inzwischen in Strömen. Tilo war verzweifelt glücklich: Genoß er das alles nur so intensiv, weil Koenig bald sterben würde? Erlebte er das alles, als wäre es das letzte Mal?

Claudine reichte ihm einen Joint. Mit Marihuana im Kopf gebe es immer etwas zu kichern, fand sie. Tilo gab ihr lachend recht und flüsterte ihr ins Ohr: *»I try to be normal!«* Sie prusteten beide los. Einfach so.

Als sie dann weiterfuhren, regnete es immer noch, aber sie genossen beide die warmen Tropfen. Sie brüllten und lachten. Tilo fand es abenteuerlich, daß Claudine auf französisch schrie. Dann rollten sie direkt vor den Bus. Wie immer war die Tür unverschlossen, und sie konnten direkt hineinstürmen. Claudine zog sich aus. Tilo kannte sie fast nackt vom Strand, aber als sie jetzt dort stand, mit naß glänzendem Haar und strahlenden Augen, entdeckte er sie für sich völlig neu. Er ruffelte sie trokken, und als sie im Bett lag, imitierte er Arnold Schwarzenegger, als er sich selber auszog. Er fühlte sich Claudine sehr nahe. Ganz nah dem alles erhellenden Vertrauen. Sie war ihm nicht fremd. Sie nahm ihn wie selbstverständlich. Es war herrlich. Wie sie da aufrecht im Schneidersitz saß und selbstverloren einen Joint baute. Es war ein Bild zum Malen, zum länger Genießen, ein Bild, das Gauguin in der Südsee erlebt hatte. Er achtete nicht darauf, wie er wirkte. Sie flüsterte ihm unverständliche französische Sätze ins Ohr, wobei er eine Gänsehaut bekam. Er machte Witze über die deutschen Wörter: »erigiert« und »er regiert«. Das möchtest du wohl, lächelte sie. Er lag da und hatte keine Eile.

Sie stand auf, um Wasser zu holen. Er bewunderte ihren kleinen »Negerpopo«. Tilo versuchte, einen Kugelschreiber daraufzulegen, sie kicherte und drückte ihren Hintern so kokett hoch, daß der Kuli liegenblieb. Tilo schwebte nach dem dritten Joint schwirrend über dem Bett. Er war körperlos geworden. Er zog seinen Slip aus, weil seine Latte sowieso schon immer herausschaute.

Claudine dirigierte ihn so, daß er hart auf ihrer Klitoris lag. Sie bewegten sich nur ganz leicht gegeneinander und rauchten. Claudine genoß diese Haltung wie eine Köstlichkeit, und er verlor vollends den Überblick. Sie ließ den Joint einfach fallen und knetete seinen Po. Sie drückte einen Finger hinein, und er fragte sich, warum sie plötzlich so groß aussah. Claudine stöhnte, daß sie ihn mochte, daß sie ihn liebte. Sie steckte seinen Schwanz zwischen ihre flutschenden Schamlippen, aber er bewegte sich nur ganz langsam in ihr, fast feierlich. Ihre Körper preßten den Schweiß zu den Seiten hinaus. Er flüsterte ihr Phantasien ins Ohr, sie nannte ihn »Daddy«. Er fühlte seine Eichel in ihr glühen. Sie wurden wilder. Claudine leckte seinen Po. Er drückte sein Gesicht in ihre pulsierende Muschi, sie setzte sich auf ihn und knetete ihn zärtlich. Er drehte sie auf den Rücken, hielt ihre Arme fest, er wollte kommen, sie stöhnte, sie kratzte, er stieß in sie hinein. Sie blickte ihn an wie in Trance. Er schloß seine Augen und rammte sie mit aller Gewalt. Er spürte das Zusammenziehen seiner Hoden. Alles in ihm wollte seine Flüssigkeit herauspressen, er wollte seinen Samen in sie hineinspritzen. Claudine lag regungslos angespannt unter ihm, bis ihr Unterleib zu zucken begann. Er konnte den hinausschießenden Samen nicht mehr zurückhalten. Er zuckte im gleichen Rhythmus, wie er in Claudine kam, immer wieder und immer befreiender.

Dann lagen sie schweißgebadet nebeneinander. Sprachlos. Claudine hatte Tränen in den Augen, und er wußte in diesem Augenblick, daß er ein zweites, ein viel bewußteres Mal, entjungfert worden war. So hatte ihn noch keine Frau vorher angesehen. Noch nie. Da war er sich erst jetzt sicher. Er lächelte sie dankbar an und küßte ihr die salzigen Tränen vom Gesicht. Dann flüsterte er ihr ins Ohr: »Ich habe dir doch gesagt, *I'll try to be normal.*« Sie lachten beide ein wenig schüchtern. Ihre Seelen hatten noch keine neue Haut bekommen, sie lagen noch offen und verwundbar da. Mit dem Gefühl, Claudine weglecken zu können, schlief er glücklich erschöpft neben ihr ein. Keiner von beiden hatte sich noch gewaschen. Es roch herrlich nach Schweiß, Sperma und Muschi.

Als er spät am nächsten Morgen aufwachte, hing an der Bustür ein Luftballon, auf dem mit Lippenstift geschrieben stand: »*Thank you for that one day!*« Tilo war glücklich.

10. Kapitel

Im Sommer 1988. Zwei Tage danach. Der Abschied.

Sie hatten sich am Flughafen umarmt, und Tilo hatte gespürt, daß sie auf ihn warten würde. Es war sich vorgekommen wie einer, der in den Krieg ziehen mußte und nicht als derselbe zurückkehren würde. Claudine war seine Kriegsbraut, ohne daß sie Krieg überhaupt jemals erlebt hatten.

Er war froh über dieses Glück der letzten Tage. Er hatte mit ihr das Sehen wiedererlernt. Mit echtem Interesse und fürsorglicher Geduld hatte er »sie« wahrgenommen und einmal nicht die Projektion der eigenen Angst. *»Try to be normal!«* hatte sie ihm noch ins Ohr geflüstert, und er hatte es sich fest vorgenommen. Jetzt saß er in der ersten Maschine nach Hamburg. Er hatte sich von der Stewardeß eine kleine Flasche Wein bringen lassen und lächelte, als er daran dachte, wie sich Claudine über das deutsche Wort Orgasmus aufgeregt hatte: Sie hatte es als Orgasmuß aufgefaßt.

Unter ihm zogen die Alpen vorbei, und er fühlte sich von Koenig geliebt. Tilo war für diesen der wichtigste Mensch auf dieser seltsamen Kugel. Koenig interessierte sich nicht mehr für Gorbatschow und die Freiheitskämpfe Osteuropas, Koenig wollte nur noch Hilfe beim Sterben. Tilo beschäftigte sich zum ersten Mal in seinem Leben ernsthaft mit dem Sterbenmüssen und damit irgendwie auch das erste Mal mit seinem Leben. Er glaubte inzwischen, daß die Angst vor dem Tod mit dem Gefühl wächst, nicht wirklich gelebt und etwas verpaßt zu haben. Hätte Koenig sonst einen derartigen Brief schreiben können, mit einer so furchtlosen Bestandsaufnahme?

Sabrina, Koenigs treueste Freundin, sollte Tilo in Hamburg-Fuhlsbüttel abholen und zu ihrem Blockhaus an den Fischwassersee fahren. Er hatte immer gefunden, daß Sabrina im Grunde intelligent war und um das Schwachsein der meisten Männer wußte, viel eher als »bürgerlich solide lebende« Frauen. Aber auch ihr fehlte ein ganz bestimmter Charakterzug. Jede Frau, die Hure geworden war, hatte ihn auf eine andere Art verloren oder nicht entwickelt.

Sabrina war ein Typ wie Melanie Griffith, Amerikas Unschuld im Film. Auch Sabrina bezog große Teile ihres »Erfolges« aus der vorgetäuschten Haltung, von nichts etwas zu verstehen. Sie hatte den Männern nie Angst gemacht. Das schienen sie an ihr zu lieben. Sie hatte Koenig und Tilo einmal erzählt, sie sei in den letzten Jahren so in ihrer Rolle aufgegangen, daß sie am Ende selbst nicht mehr hatte unterscheiden können zwischen echt und gespielt.

Und das Unglück bestand darin, daß sie deshalb auch bei Männern nicht mehr zwischen Lüge und Wahrheit unterscheiden konnte. Sabrina war sehr weiblich gebaut und hatte ein attraktives Gesicht. Aber irgendwie gab es zwischen ihrem Gehirn und ihrem Körper keine Verbindung. Sie benutzte diesen wie ein schönes Kleid oder ein dekoratives Schmuckstück. Sie ging mit sich selber um, als könnte sie ihren Körper in die Reinigung geben, und danach war alles wieder in Ordnung. Es hatte Tilo eine Zeitlang fürchterlich aufgeregt, daß Sabrina nie jemandem wirklich böse war. Nicht einem verletzenden Schweinefreier, erst recht keinem brutalen Zuhälter, der ihr entwürdigend verdientes Geld mit anderen Frauen verpraßte. Sie hatte die für Tilo unverstehbare Fähigkeit, allen alles zu verzeihen, nur nicht sich selbst. Koenig hatte ihm erzählt, daß sie bei unerlaubten Pokerpartien als lebendes Pinkelbecken benutzt worden war. Sie hatte die Hunde ihrer Luden geleckt, stundenlang nackt im Schnee stehen müssen und war so geschlagen worden, daß ihr vor Angst und Schmerz die Schließmuskeln versagten.

Dann hatte sie Koenig kennengelernt, der hatte sie von ihrem Zuhälter freigekauft und dann so getan, als sei er »ihr Freund«. Seitdem unterlag Koenig den selbstgeschaffenen Gesetzen des Kiezes: Deshalb hatte er damals nicht die Bullen rufen dürfen, als Nugent und seine Leute sein Formel Eins überfallen hatten.

Sabrina war jetzt einunddreißig und damit uralt in ihrem Gewerbe. In den letzten, zuhälterfreien Jahren hatte sie sich etwas zurücklegen können und lebte nun davon. Aber man sah ihr auf wunderbare Weise ihr Leben und ihr Leiden nicht an. Wenn man ihr nicht zu genau in die traurigen dunklen Augen blickte, jedenfalls.

Nach der Landung in Hamburg vermuteten die Zollbeamten bei seinem Aussehen wie immer Rauschgift im Gepäck. So wurde er wie immer peinlichst genau untersucht. Glücklicherweise mußte er sich dieses Mal nicht nackt ausziehen und seinen Hintern inspizieren lassen. Dann ging er durch die Sperre, und Sabrina kam freudestrahlend auf ihn zugesegelt. Sie wirkte erleichtert, daß er wirklich noch gekommen war. Als sie zu Koenigs 450er gehen wollten, nahm Sabrina automatisch Tilos Koffer. Er war beschämt und dackelte unschlüssig hinter ihr her. Sie fuhr lässig und sicher durch den auf Tilo hektisch und nervend laut wirkenden Verkehr. Fasziniert schaute er Sabrina auf die schlanken gepflegten Hände. Sie hatte für ihn die frische unschuldige Ausstrahlung, die Marilyn Monroe im Film rüberbringen konnte. Sie erzählte ihm von einem Besuch Tatjanas in dem Blockhaus. Die hatte gefunden, daß Koenig wie ein alter Mann herumschleiche, seit er seinen Nachtklub nicht mehr habe, und sie hatte ultimativ gefordert, daß Koenig sich für eine der beiden Frauen entscheiden müsse. Dann war sie wütend nach Rom zurückgekehrt.

Tilo wurde traurig. Hatte Tatjana nicht das Recht, Bescheid zu wissen, vielleicht Abschied zu nehmen, ohne böse Worte? Oder sollte man immer so miteinander umgehen, als ob der nächste Tag der letzte miteinander sein konnte? Tilo war verunsichert. Auf jeden Fall würde er nicht in Tatjanas Haut stecken wollen, wenn sie irgendwann von Koenigs Tod erfuhr.

Tilo spürte einen kurzen Moment Sabrinas Blick auf sich ruhen, dann erzählte sie: Nicole hatte sich kurz nach seiner Abreise mit Rudi zerstritten. Schon kurz nach der Abfahrt Tilos hatte Rudi mit der Journalistentochter Susi im Lila Haus ungeniert herumgeknutscht, obwohl er wußte, daß Nicole im nächsten Augenblick von der Hochschule nach Hause kommen konnte.

Rudi hatte mit Tilo einen wichtigen Zeugen seiner Eroberung

verloren und damit offenbar auch sein Interesse. Wieder war er wohl beim ›Montag‹ seiner ›Verliebtheit‹ angekommen.

Sein Schneider's lief ganz gut, und Rudi hatte sich nach Sabrinas Einschätzung auf viele, viele Jahre Gastronomie eingestellt. Ihr einstmals so aufregendes Varieté hatte sich zu einer Gaststätte entwickelt, in der man zu untermalender Musik gepflegt essen und trinken konnte. Und Rudi ging darin scheinbar regelmäßig zur Arbeit. »Nicole und du, ihr wart ein so tolles Paar«, versuchte Sabrina ihn aufzumuntern. »Ich versteh' Nicole nicht.«

»Was verstehst du nicht? Daß sie nicht mehr mit Rudi herumhängt, daß sie jetzt erkannt hat, was für ein Langweiler das ist ohne mich?« Tilo regte sich auf, obwohl er glaubte, Nicoles Weggang längst überwunden zu haben. Er spürte die Hitze bis zum Halsansatz, als Sabrina antwortete: »Nein, das doch nicht. Ich dachte, du weißt das. Nicole hat mir erzählt, daß sie sich, wenn Männer sowieso alle gleich seien, gleich Nugent schnappen könnte. Vielleicht bringt der's ja, hat sie gesagt. Ja, und jetzt, da lebt sie mit diesem ›Killer‹ seit zwei Wochen zusammen.« Tilo fühlte ganz plötzlich keinerlei Hitze mehr in sich. Er hatte nach seiner Einschätzung überhaupt keinen Blutdruck mehr. »Na ja, irgendwie stand sie wohl schon immer auf diese harten Typen, die sich nehmen, was sie wollen. Ganz anders soll er sein, der Nugent. So privat, sagt sie, und er würde bestimmt mit all dem Blödsinn aufhören...«

Tilo schwieg während der langen Fahrt an die holsteinischen Seen. Seine Gedanken überschlugen sich: Nach dieser Kindheit, nach den Erfahrungen mit diesem Vater? Nach dem Leben mit ihm...

Nach all dem ins Bett seines ärgsten Feindes. Sabrina unterbrach seine Gedanken: »Vielleicht hatte die Nicole so viel Angst, daß sie es nur so irgendwie schafft...?!«

Tilo spürte, daß er Nicole loslassen mußte. Er konnte ihr nicht helfen. Das, was sie zerstörte, zog sie wohl an. Wie eine Droge, bei der man beim ersten Einnehmen kotzte?

Nach einer Stunde nicht wirklich wahrgenommener Schweigsamkeit kehrten seine umherschwirrenden Gedanken zurück zu Koenig. Er hatte noch mehr Angst als schon auf Ibiza. Er gestand

Sabrina, daß er noch nicht wußte, ob er das mit Koenig könnte. Sie hatte Tränen in den Augen und nickte heftig. »Tilo, vielleicht können wir ihn beide überzeugen, es noch einmal zu versuchen. Er weiß ja gar nicht genau, wie krank er wirklich ist. Er sagt nur immer, daß er sich selbst zu kaputt ist. Sich selbst? Was heißt das?«

Tilo meinte, daß sich wohl jeder eine andere Grenze setze. Er selbst wolle auf jeden Fall nicht mehr weiterleben, wenn er sich nicht selbst auf Dauer versorgen könne. Aber vielleicht sagte man das leicht dahin, solange es nicht wirklich konkret wurde? Sie fuhren jetzt durch düstere Waldstücke und auf immer enger werdenden Feldwegen. Hinter einer alten Sägemühle überquerten sie eine kleine Holzbrücke und sahen dann auf einer Art Halbinsel das Blockhaus in der Mittagssonne leuchten. Nichts erinnerte ans Sterben, alles war durchzogen von sommerlichem Leben. Tilo stand ein wenig neben sich selbst, als er daran dachte, daß er gekommen war, um seinem Freund die Tür zum Tod zu öffnen.

Koenig erwartete sie mitten auf dem Vorplatz des Holzhauses und winkte, freundlich lachend. Er hatte eine schwarze Lederhose an und ein buntgeschecktes Holzfällerhemd, er hielt zwei tote Fische hoch und zeigte auf die vorbereitete Feuerstelle. Sabrina schnüffelte und flüsterte, als sie ausstiegen: »So ist er immer. Ich verstehe das nicht, nicht mal richtig traurig wirkt er.«

Tilo umarmte den Freund. Koenig war dürr geworden und versteckte seine hervortretenden Gesichtsknochen hinter einem Stoppelbart. Er lächelte Tilo an. Es war ein warmes echtes Lächeln, nicht das Lächeln eines Verlierers. Koenig war nicht gebrochen. Sabrina reichte ihm die Librium-Pillen und sagte, daß es zweihundert seien, mehr habe sie nicht organisieren können. Koenig nickte und steckte die beiden kleinen Plastikdosen in sein weites Baumwollhemd.

Aus der Hütte ertönte Kris Kristoffersens: *Freedom is just another word for nothing left to loose!* Tilo wußte: Das hatte Koenig für ihn vorbereitet. Sie setzten sich an die Feuerstelle, und Koenig schaffte es überraschend schnell, das vorbereitete Holz zu entflammen. Nachdem Sabrina die Fische ausgenommen hatte, legte Koenig sie auf den Rost.

»Übrigens hat mir eine Werbeagentur in Hamburg vorgeschlagen, ich sollte in den nächsten Jahren den Camel-Mann mimen.« Koenig schien sich königlich zu amüsieren: »Ich! Ich soll Werbung machen für das Meilenweit-gehen! Wenn das kein guter Witz ist.«

Tilo gab den Gedanken auf, daß er seinen Freund überreden könnte, mit ihm auf Ibiza zu leben. Das hier war kein verzweifelter Depressiver, das hier war ein entschlossener Mensch.

»Um eins gleich klarzustellen, Tilo: Ich bin nicht traurig. Meine Bitte an dich ist kein Verzweiflungsschritt, sondern ich habe nur konsequent zu Ende gedacht. Okay?«

Tilo nickte, einen Kloß im Hals. »Weißt du, ich sitze hier sehr oft die ganze Nacht und denke nach. Ich blicke über das dunkle Wasser und in den wahnwitzig aktiven Sternenhimmel. Ich schlafe sehr wenig in letzter Zeit.« Wozu auch? dachte Tilo und wurde rot. »Ich stelle mir vor, daß jemand auf einem anderen Stern sitzt, Millionen Lichtjahre entfernt, und zu uns mit einem sehr starken Fernglas rüberguckt. Daß hier die kleinen Menschen sitzen, sieht er erst in einer Million Lichtjahren, und wenn er uns dann mit Lichtzeichen etwas mitteilen will, kommt das hier erst an, wenn es die Erde längst nicht mehr gibt.« Tilo und Sabrina hörten gespannt zu. »Habt ihr euch mal überlegt, ob das Wort ›Allein‹ nicht vielleicht bedeuten kann: Mit dem All eins sein. Ich jedenfalls fühle das nachts so, wenn ich hier sitze und über den Tod nachdenke. Komisch, nicht?«

Alle drei stierten ins Feuer. Die Mücken und Fliegen verzogen sich langsam. Als Tilo Koenig anguckte, sah er in erschütternd traurige Augen, die Augen eines Menschen, den Tilo so nicht kannte. Sein Freund hatte mit seinen Hoffnungen abgeschlossen.

Leise begann er zu reden. »Sie erzählen einem immer, das Leben wäre zu komplex, um es zu verstehen. Alles Quatsch! Das stimmt überhaupt nicht: Das Leben ist ganz einfach. Man muß nur einmal wirklich ehrlich über den Tod, über das eigene Sterben nachgedacht haben. Du hast mal gesagt, Tilo, daß man alt wird, wenn man nicht mehr neugierig ist, wenn man nicht mehr wachsen will. Ich bin rund. Ich weiß, wer ich bin. Jetzt bin ich nur noch neugierig auf meinen Tod. Schrecklich neugierig. Aber ich will nicht auf ihn warten.

Wenn nichts mehr besser wird, alles nur schlechter, wird alles so endlos, und das ist wirklich grausam, das sage ich dir. Gnadenlos ist das, wenn kein Wechsel mehr möglich ist. Vielleicht würde ich meine Umgebung damit überraschen können, wie kaputt man weiterleben kann. Danke! Darauf kann ich wirklich verzichten. Ich zeige, wie man es machen sollte, wenn man ehrlich sich selbst gegenüber ist.«

Tilo überlegte, was ihn denn selbst weiterleben ließ. Geschäfte? Ein Haus? Ein Auto? So ein Tag wie mit Claudine auf Ibiza schien ihm das Weiterkämpfen wert. Gespräche, Erotik, Sehen, Erkennen! Hoffnung, daß alles intensiver erlebbar wird. Das war nur ohne ständige Schmerzen möglich, das war nur mit einem intakten Unterleib vorstellbar.

Koenig fragte sie beide, was in ihren Leben wirklich lebenswert gewesen sei. Sabrina antwortete, ohne zu zögern: »Du!«

Tilo war nicht so spontan. »Mein erstes Fahrrad, mein erster eigener Schreibtisch im eigenen Zimmer«, überlegte er, »das erste Mal mit einem Finger in einer Muschi, das erste eigene Zimmer weg von der Mutter...«

»Siehste!« meinte Koenig triumphierend, »alles das erste Mal. Und ich sterbe das erste Mal.«

Tilo war nachdenklich geworden. Koenig fuhr fort: »Es ist doch wirklich komisch, daß uns kaum Dinge einfallen, die wir als Erwachsene erlebt haben. Der erste Suff vielleicht, der erste Joint oder irgendeine sexuelle Erfahrung, aber doch nichts mehr, was so lebenswert war wie die neuen Erlebnisse der Kindheit und der Jugend. Oder?«

Sie hatten den Fisch inzwischen verschmoren lassen und waren direkt beim Weißwein gelandet. Koenig hatte Schmerztabletten geschluckt und schwärmte, daß das zusammen unheimlich gut anknallte. »Jeder träumt doch von schönen Erlebnissen«, fuhr er fort, »Sabrina von einem Baumhaus bei den nordamerikanischen Indianern, Tatjana von einem reichen Kerl und Kindern, Nicole von dem wahren, echten wirklichen Mann, und du, Tilo, du willst endlich einmal deinen Kopf beim Bumsen verlieren!« Koenig redete mehr als früher, Tilo schwieg zum erstenmal in seinem Leben und hörte zu, ohne unter Langeweile zu leiden. Im Verlaufe des Abends ermunterte Koenig ihn, von

Ibiza zu erzählen. Tilo schwärmte von den sonntäglichen Treffen der spanischen Großfamilien, wie sie an jedem Feiertag rund um seinen Bus Tische aufbauten und feierten, alte, uralte Menschen zusammen mit kaum geborenen. Hier in Deutschland bekomme man doch überhaupt nichts mit vom Sterben und Leben der Menschen. Das war höchstens die Angelegenheit für Fernsehserien oder Knallblätter. Er erzählte von Claudine, von Del Gardo und der kleinen Lara. Aber plötzlich fand er das alles so unwichtig und sagte: »Es ist schön hier. Du hast eine herrliche Fluchtburg geschaffen, Sabrina.« Und etwas leiser fügte er hinzu: »Das ist eigentlich kein Platz zum Sterben. Es ist ein Platz zum Leben.« Dabei blickte er Koenig an.

»Tilo, ich kann das sehen. Natürlich ist es wunderschön hier. Das ist nur überhaupt nicht mehr wichtig. Ich bin wie befreit, seitdem ich weiß, daß es bald vorbei sein wird. Ich freue mich auf das Einschlafen.«

Tilo glaubte es das erste Mal wirklich. ›Einschlafen‹ klang in seinen Ohren nicht tödlich, sondern anheimelnd. Sabrina weinte und ging ins Haus, um noch eine Flasche Wein zu holen. Tilo flüsterte: »Ich bin dann allein hier, Joachim, keiner ist da, der unsere Geschichte kennt.« Koenig umfaßte Tilos Unterarm und lächelte: »Ich versteh' dich, Alter, für dich hau' ich einfach ab und lass' dich in dem Scheißleben allein zurück, oder?«

Tilo nickte, er hatte plötzlich Angst, das alles nicht zu verkraften. Genauso wie er nicht wußte, ob er das Zusehen bei einer Geburt unbeschadet überstehen würde. Er hatte Angst vor späteren Phantasien, Träumen, Ängsten. Was wußte er, ob und wie sein Gehirn das verarbeiten würde. Und überhaupt: Wie sah man eigentlich, daß jemand tot war. Die erste Leiche im Leben und gleich der beste Freund. Aber so was war schlecht zu trainieren. Ob ein Mensch vor dem Sterben noch die Gewalt über die Schließmuskeln verlor?

Irgendwann in den nächsten Tagen würde er hier sitzen und nie wieder mit Koenig reden können. Nie wieder! Nirgendwo! In tausend Jahren nicht! Kein späteres Treffen, kein Erinnern mehr. Einfach vorbei. Oder nein: die Erinnerung blieb. Er würde sich immer an dieses Vorbild erinnern, und er würde immer von ihm erzählen.

Er würde Abschied nehmen durch ständige Erinnerung. Das wußte er. Wie war das wohl, wenn man spürte, daß man in der nächsten Sekunde oder Minute für immer das Bewußtsein verlieren und im Nichts versinken würde? Nie mehr Koenig sein? Tilo wollte etwas sagen und fand, daß alles plötzlich so unwichtig war. Wozu hatten sie denn überhaupt miteinander geredet, wenn jetzt alles nur bei Tilo blieb? Wozu die Streitereien, und warum hatte Tilo immer recht bekommen wollen?

»Kannst du nicht wenigstens noch Nugent erschießen?« fragte Tilo so dahin, als Sabrina neuen Wein brachte. »Wenn du das wirklich willst«, antwortete Koenig todernst, »dann tue ich das für dich. Aber in Indien sagt man: Wer auf Rache aus ist, sollte gleich zwei Gräber schaufeln.« Sabrina nickte, als ob sie in ihrer Lebenshaltung soeben bestätigt worden sei. Tilo war es peinlich, daß Koenig ihn ernst genommen hatte. »Und außerdem«, fuhr sein Freund lächelnd fort, »glaube ich, daß der Herrgott in seiner unendlichen Zerstreutheit wieder zuviel Kraft an ein großes Arschloch vergeben hat!«

Sie lachten, und tatsächlich war dieser Catcher die Mühe nicht wert. Tilo entdeckte, daß er sich langsam der Endgültigkeit von Koenigs Sehensweise anpaßte. Sie erzählten sich jetzt gegenseitig Geschichten und Anekdoten aus einer glücklicheren Zeit. Sogar Sabrina hatte hier und da fröhliche Dinge erlebt. Koenig bewunderte Tilo dafür, daß dieser Vergangenes so entstehen lassen konnte, daß es lebendiger wirkte als zu der Zeit, in der sie es erlebt hatten. Sie quatschten, lachten, weinten. Es war wie Pfeifen im dunklen Wald. Sie erinnerten sich und nahmen dabei Abschied für immer. Tilo wollte gerne wissen, welches Buch, welcher Film und welcher Song Koenig am stärksten beeindruckt habe. Koenig überlegte kurz und sagte dann lächelnd: »Wenn du schon irgend etwas hinüberretten willst, okay: Buch: Kerouacs *Unterwegs*, Film: Dennis Hoppers *Easy Rider* und Song: *Time is on my side* von den Stones mit Brian Jones!«

Koenig meinte, daß die Stones damals die *tolle* Wirkung von Drogen vermittelt hatten. Alles sollte angeturnt machen: kreativ und fröhlich. Nicht »stoned«: dumpf und depressiv. »Habe ich dir eigentlich mal gesagt, daß ich finde: Koks macht geil, aber auch fremd?«

Sie gingen schlafen. Draußen quakten die Frösche. Tilos Zimmer roch muffig und nach Majoran, alles fühlte sich feucht und kalt an. Bestimmt wußte dieses kleine Haus, daß es bald einen Toten umschließen würde, dachte Tilo und schlief ein. Im Traum sah er sich selber im Koma liegen. Hilflos und bewegungsunfähig, dabei aber alles spürend und alles hörend. Er war wieder eingeklemmt in der Röhre: Hinein ging es immer, nur zurück nicht mehr. Ein Symbol der Geburt, hatte Nicole einmal vermutet.

Tilo wachte auf und stierte auf die Astlöcher an der Zimmerdecke. In der Ecke über ihm war ein Spinnengewebe. Ein weiches Netz fing die Tiere auf, dann wurden sie gelagert und gefressen. Wurde man bestraft vom Schicksal, wenn man zuviel wußte? War Koenigs Leben ein Warnschuß für andere? Sollte man sich wirklich nackt durch die Fußgängerpassage wagen, wenn man einen kleinen Pimmel hatte?

Es wurde hell. Die Sonne kämpfte mit dem schwer über dem See liegenden Nebel, Tilo mit dem Kater in seinem Schädel. Sabrina hatte im nächsten Dorf Brötchen gekauft und einen richtigen gemütlichen Frühstückstisch gedeckt. Es duftete anheimelnd nach Kaffee, und draußen auf dem überdachten Vorbau roch es nach frisch gemähten Wiesen und feuchtem Gras. Es war kitschig, und es war die Wirklichkeit.

Sie setzten sich auf die zu engen Bänke unter dem Vorbau und frühstückten. Koenig erzählte, wie er das von Tilo entdeckte Buch *Anleitung zum Freitod* hatte kaufen wollen. Die Verkäuferin hatte ihn angesehen und sich dann geweigert, einem derart jungen gesunden Menschen ein solches »Machwerk« zu verkaufen. Tilo wußte, daß sich Koenig durchsetzen konnte, und hoffte auf deftige Einzelheiten der Auseinandersetzung. Statt dessen ging Koenig kurz über den Zwischenfall hinweg: »Ich habe ihr schließlich klarmachen können, daß sie mir das Buch verkaufen mußte!« Tilo begriff, daß dies nicht mehr die Kämpfe waren, die seinen Freund begeisterten. Plötzlich kam er sich selbst fürchterlich unwesentlich vor.

Koenig sprach weiter: »Ihr wißt, daß ich es immer wichtig gefunden habe, Gefahren und Tricks präzise und schneller als andere feststellen zu können. Insofern war ich ein ›Seismograph für Gemeinheiten und Fiesitäten‹, wie es Tilo so klassisch formuliert hat, während er sich im Schneider's selbst gegen's Bein pinkelte! Ich fand immer Nähe und Wärme wichtig, aber zweitrangig. Das hat sich im Laufe der letzten Monate geändert. Du, Tilo, bist einer der Verrückten, die verdrängte Wahrheiten bei sich oder bei anderen, im Suff oder nüchtern, auskotzen. Das machte es nie langweilig mit dir. Das machte es aber auch ausgesprochen anstrengend.« Koenig grinste.

Das war mal ein Lob, das Tilo hinnehmen konnte, und er fand den Mut, seinem Freund etwas entgegenzuhalten: »Du hättest mir zeigen können, wie man älter wird, ohne daß man die Lebenslust verliert.«

Koenig umarmte ihn und stützte sich dabei auf die Margarinepackung: »Du hast recht: Ich will aber nichts mehr beweisen. Ich zeige dir, wie man stirbt.«

Tilo schluckte. Okay! Er würde seinem Freund die Hand halten. Wie versprochen! Wenn nicht er, wer dann? Wenn nicht jetzt, wann dann? Er konnte sich schwer mit einem toten Koenig abfinden, aber erst recht nicht mit einem an Maschinen angeschlossenen. Mit einem nachträglich blöden überhaupt nie! Es gab nichts zum Wählen. Alles war klar.

Koenig fragte ihn, ob er mit auf den See hinausfahren wollte, in die kleinen Seitenflüsse. Tilo war froh, mit seinem Freund noch ein paar Stunden ganz allein verbringen zu können. Sie stiegen in Sabrinas langgestrecktes Boot mit dem fast unhörbaren Elektromotor. Es war angenehm warm, obwohl immer noch Nebel die Sonne behinderte.

Es war friedlich und beglückend, wie sie beide leise unter tiefhängenden Ästen dahinglitten. Manchmal erschreckte sie kurz eine plätschernde Bisamratte. Koenig zeigte ihm die Muscheln am Ufer. Er erklärte, daß keiner von dieser Fluchtburg wußte. »Keiner soll es je erfahren«, mahnte er, »ich jedenfalls werde es keinem erzählen.« Tilo wußte nicht, ob das ein Witz gewesen war. Koenig blickte ernst über das stille Wasser: »Ich vertraue darauf, daß du es schaffst! Ich kann nur sterben, wenn ich mich nicht wehre. Mein Herz ist noch zu stark. Versprich mir, daß du nachher nie fragen wirst, ob du nicht doch... und ob nicht doch noch Spaß am Leben...! Ich hätte nicht! Okay?«

Die Sonne ging unter hinter dem nahen Wald. Fische schnappten nach Luft. Tilo fühlte, daß es heute abend sein mußte. Er konnte keinen Tag länger Abschied nehmen. Als sie zurück am Blockhaus waren, fing Koenig an, Whisky zu saufen. Chivas-Regal-Whisky, wie er betonte. Die beiden anderen sahen wie erstarrt zu. Nach einiger Zeit ging Koenig ins Nebenzimmer, und sie folgten ihm. Er zog sich leicht wankend aus, nur den Slip behielt er an. Dann legte er sich ins Bett.

Tilo schickte Sabrina hinaus und gab ihr das Gefühl, daß ihrem Koenig nichts Böses geschehen würde.

Koenig nahm Tilo noch einmal in die Arme und tröstete ihn. Es war zum Lachen oder zum Weinen. »Du mußt jetzt stark sein, Alter!« flüsterte Koenig, schon ein wenig weggetreten. Tilo redete, was ihm gerade in den Kopf kam. Koenig schluckte die Librium-Pillen. Immer zwanzig auf einmal. Dann wieder Whisky, damit er nicht kotzte. Tranquilizer wie Librium ließen ihn nur schmerzfrei ohnmächtig werden, hatte das Buch versprochen, den Tod aber brachten die sechzig »Vesparax«. Koenig mußte, bevor er ohnmächtig wurde, diese Barbiturate einnehmen. Er wollte jetzt ganz unter die Bettdecke. Ihm wurde kalt. Tilo mixte die Vesparax-Pillen mit dem Whisky und hielt Koenig den Kopf, während dieser schluckte. Tilo redete und redete, auch als Koenig meinte, nicht mehr schlucken zu können. Er mußte! Alles andere bedeutete das Irresein und nicht das Sterben. Tilo hörte Sabrina abwaschen und aufräumen. Koenig war jetzt völlig eingehüllt in Decken. Er hatte alles geschluckt. Seine unter dem Kopf verschränkte Hand hielt Tilos, er atmete ruhig.

Tilo quatschte und erzählte. Was war unwichtig, dachte er, Hauptsache Koenig hörte den Tonfall: Alles geht klar. Schlaf beruhigt ein.

Das letzte, was sein Freund ihm sagte, war: »Tut mir leid.«

Dann schlief er.

Tilo heulte und redete.

Sabrina schluchzte und wusch noch lauter ab.

Tilo spürte plötzlich, daß Koenigs Hand ganz schnell kaltgeworden war. Er redete immer weiter. Dann hörte er ein tiefes Durchatmen, ähnlich wie ein Schnottern. Dann hörte er nichts mehr. Er weinte und stammelte. Irgendwann kam Sabrina und nahm ihn mit in die Stube. Sie blickte ihn an, und Tilo wußte, daß er einen Freund verloren und eine Freundin gewonnen hatte. Sie saßen da und hofften, daß Koenig nicht plötzlich in der Tür erscheinen und sich zwischen sie setzen würde.

Nach einigen Stunden gingen sie zurück in das Sterbezimmer. Tilo hob die Decke, und Sabrina befühlte den blutunterlaufenen Rücken.

»Joachim ist tot«, meinte sie.

Tilo konnte nicht mehr weinen.

Der Tod war ganz leicht und ohne sichtbare Schmerzen gekommen.

Als die Sonne langsam das Schwarz in Grau wandelte, saßen sie immer noch da. Sie waren jetzt nicht mehr zu dritt in dem Blockhaus. Ihr Freund hatte es hinter sich.

Epilog

Zehn Tage danach. Spätsommer 1988.
Auf dem Weg nach Ibiza.

Tilo stand einsam unter den vielen Urlaubsbereiten im Hamburger Flughafengebäude. Er fühlte sich nach den verletzenden Rechtfertigungsstreitereien mit Tatjana und Koenigs Familie inmitten dieser Menschenmenge wie ein vom stürmischen Meer mißachteter Leuchtturm. Beim Einchecken ließ er die vergangenen Tage in Niendorf mit vorgeschützter äußerer Gleichgültigkeit an sich vorüberziehen.

Zurück aus Rom, hatte sich Tatjana zu der Annahme verstiegen, daß sie Koenig vom »Selbst-Mord« hätte abhalten können. Mit bitteren Worten warf sie Tilo vor, verhindert zu haben, daß sie noch reden und erklären konnte. Sie schien sich durch den Tod des anderen bestraft zu fühlen. Tilo wurde das Gefühl nicht los, daß sie nicht bereit war, die grundsätzliche Tragik wahrzunehmen. Sie wollte noch immer Einzelheiten zu Ende diskutieren.

Im Gegensatz zu ihr schien Nicole ihn zu verstehen. Er hatte sie eher zufällig im Lila Haus getroffen, als sie ein paar Sachen abholen wollte. Daß sie mit diesem Nugent leben konnte, machte sie fremd, und gleichzeitig war sie ihm doch noch sehr vertraut, wie sie so verloren dastand und ihn trotzig anschaute.

Sie ahnten wohl alle, daß sie lernen mußten, allein leben zu können, um den Gedanken an das Sterbenmüssen überhaupt zu ertragen. Tilo versuchte den anderen die Erfahrung zu vermitteln, daß es immer die Alternative eines schmerzfreien würdevollen Todes gab. Sogar der noch tiefer sprechende Rudi fand Koenigs Entscheidung »gar nicht mal soo daneben«. Nicole wirkte bei dieser Äußerung sichtbar genervt. Tilo fühlte sich eher traurig als triumphal bei dieser Beobachtung. Was war nur aus ihrer Gemeinschaft geworden? Starb das Leben mit den Freundschaften, die zu Ende gingen? Ihn erschütterte während dieser Gespräche in der sich auflösenden Wohngemeinschaft etwas anderes noch viel mehr: Er stellte fest, daß er eigentlich nicht so trauerte, wie er sich das immer vorgestellt hatte. Zwar heulte er zusammen mit Sabrina in den langen alkoholverhangenen Nächten, aber noch hatte er den Eindruck, etwas verloren zu haben, was er wiederfinden oder zumindest ersetzen konnte. Er stellte in sich nur das Selbstmitleid eines Verlassenen fest und keine großen Gefühle. Er funktionierte wie vorher. Eher noch besser.

Der letzte Aufruf für die Maschine nach Ibiza weckte ihn aus seinen Erinnerungen. Kurz darauf klemmte er in einer der Stuhlreihen des vollgepfropften Airbus. Rechts neben ihm eine gestylte Punkerin mit grellbunten Haaren und schrillem Schmuck, die alle verächtlich ansah, denen Äußerlichkeiten wichtig waren. Links neben ihm ein schwer schnaufender Fettwanst, dessen Hosenbund fast am Hals endete. In einem der häufigen Telefongespräche mit Claudine hatte Tilo erfahren, daß Del Gardo und die kleine Lara wieder zurück auf der Insel waren. Zurück? Er fragte sich, ob er jetzt zurück nach Hause flog, oder ob Heimat immer nur innerhalb der Kindheitssprache stattfinden konnte. Er fühlte sich verstanden und humorvoll angenommen dort unten am Ende Ibizas, dort wo sich Sand und Wasser streitend liebkosten. Und er genoß den größten Luxus, den die verplante Industriegesellschaft zu vergeben hatte: Er hatte Zeit ohne Erwartungspanik. Er konnte in der Sonne liegen und genießen, faul sein. Sich treiben lassen und dabei beobachten.

Gut zwei Stunden später landete das riesige Flugzeug stolpernd und quietschend auf dem ungepflegten Rollfeld. Die Passagiere applaudierten. Sie waren wohl froh, überlebt zu haben, und stürmten wie dem Käfig entschlüpfte Zirkustiere zum Gepäckband. Als Tilo aus der klimatisierten Halle hinaus auf den Vorplatz trat, flog die quirlige Lara in seine Arme und zerrte an seinen Haaren. Dann schmatzte sie ihm einen Kuß auf die Wange und rief kichernd: »Lecker-Schmecker!« Ein Ausdruck, den sie vor Wochen neu von ihm gelernt hatte. Del Gardo stand lächelnd an seinem alten Diesel, und Claudine küßte Tilo ganz zart auf die Lippen. Sie hatte sich die Haare abschneiden lassen, und Tilo hoffte inständig, daß er sich dazu nicht äußern mußte. Log er und lobte sie dafür, würde sie sich vielleicht immer so frisieren lassen, kritisierte er ihren Geschmack, wäre sie verletzt. Tolle Alternative. Schweigsam gingen sie zum Mercedes, und wäre da nicht die fröhlich plappernde Lara gewesen, hätten sie wahrscheinlich bis zur Ankunft an den Wohnmobilen verlegen aus den Wagenfenstern gestarrt. So waren sie froh, daß sie sich alle zusammen in die türkis-blauen Wellen stürzen konnten. Prustend und brüllend ließen sie sich auf den hohen Wellen treiben. Jetzt stimmte der Rhythmus, jetzt wurde Tilo nicht mehr übel wie vor Monaten auf der Fähre. Es packte ihn ein pränatales Wohlgefühl. Er »verstand« das Wasser plötzlich und hatte keine Angst mehr vor der mitreißenden Gewalt der Wellen. Gemeinsam halfen sie der tapferen Lara, gegen die Strömung zu schwimmen, damit sie nicht zu weit weggetrieben wurden.

Es war schon kurz vor acht, als sie schließlich aus dem Meer an Land stapften. Der riesige gelbrote Sonnenball versteckte sich langsam hinter den in die See ragenden Felsen. Del brachte seine vor Erschöpfung zitternde Tochter ins Bett, und Tilo begleitete Claudine in ihre Wohnung über der Cafeteria. Das Bad war zugepflastert mit schmalen Regalen, auf denen sich Fläschchen, Töpfe, Tuben und Tücher bedrängten. Es roch herrlich nach einer Mischung aus Parfüm und Sauberkeit. Keine gelben Pinkelränder im Waschbecken oder neben dem Klo, keine abgerissenen Schamhaare im Abfluß der Dusche, keine Fingernägelreste oder Schmutzkanten in der Badewanne und auch keine Schleifspuren im Toilettenbecken. Es war eben ein Frauenbadezimmer und gehörte für ihn schon zum Vorspiel.

Nachdem er heiß geduscht hatte und sich mit dem gebügelten Handtuch abruffelte, fragte er die sich badende Claudine, woran das mit Arnim denn letztendlich gescheitert war. Daraufhin drückte sie ganz langsam den durchtränkten Schwamm in ihr tiefbraunes Gesicht und lächelte, während sie lakonisch feststellte: »Eigentlich war an allem ich schuld. Ich wollte unbedingt etwas, was er auf keinen Fall wollte, und ich vertrug mich einfach nicht mit den Frauen, die er regelmäßig daraufhin aus dem Poco Loco mit in seine Wohnung brachte.« Tilo lachte unsicher und hoffte, daß er das auch einmal so einfach beschreiben konnte.

Sie legten sich auf die riesigen Kissen auf dem Wohnzimmerfußboden und redeten. Manchmal nahm sie ihn ganz weich in die Arme, und manchmal liebkoste er die Hautpartien unter ihren Armen, dort wo sich sein Kopf verkrochen hatte. Dabei kam es ihm vor, als ob ihre Brüste viel größer waren, als er das erinnerte. Er schwärmte von seiner Hoffnung, wieder schöpferisch werden zu können. Er hoffte, daß er diesmal von der Muse nur geküßt wurde und daß sie sich nicht auf ihn setzte und erdrückte mit ihrer Erwartungshaltung. Während er über das Malen und Fotografieren sprach, spürte er, daß der endgültige Abschied von seinem Freund Kräfte in ihm freilegte, die er verschüttet geglaubt hatte. Vielleicht war das echte Trauer? Er wußte es nicht, es beflügelte ihn aber. Claudine hörte zu, und Tilo spürte eine seltsam traurige Zurückhaltung ihm gegenüber. Er fühlte sich wie ein Reh, das in die heranrauschenden Autoscheinwerfer blickt und gebannt stehenbleibt, bis es knallt.

Beinahe schüchtern ging ihre Fürsorglichkeit in erotisches Streicheln über, und ohne ihren zärtlichen Rhythmus zu verändern, schliefen sie miteinander, in stiller Übereinstimmung, den Streß übergroßer Erwartung nicht über die Nähe siegen zu lassen. Spät in der Nacht lauschte er den tiefen regelmäßigen Atemzügen seiner fremd-vertrauten Partnerin. Ihm fiel seit dem Tod des Freundes das Einschlafen immer schwerer, er hatte eine innere Abwehr gegen das Sich-Fallenlassen entwickelt.

Spät am nächsten Morgen stürmte Lara in die Wohnung und überraschte ihn mit einer Kanne heißem Tee und frischem Baguette. Er hörte Claudine im Bad herumwerkeln und setzte sich zu seiner kleinen Freundin an den Frühstückstisch auf dem Ostbalkon. Mit ernstem Eifer schmierte sich Lara ein riesiges Stück des französischen Weißbrotes. Dann sah sie ihn neugierig an und meinte: »Daddy hat mir erzählt, ich soll dich nicht nerven, denn du hast einen lieben Freund verloren und bist ganz traurig. Stimmt das?« Tilo nickte und nahm sie auf seinen Schoß, als er anfing zu erzählen.

»Damit du verstehst, wer dieser Freund war und was er für mich bedeutet hat, werde ich dir eine kleine Geschichte erzählen. Also, paß auf! Stell dir vor, irgendwo in Deutschland gab es einen wunderschönen Garten mit weichem grünem Gras. Auf dem Rasen strahlten Blumen und Blüten wie bunte Sterne, und rund um einen Teich mit bunten Seerosen standen alte knorrige Obstbäume mit leuchtend weißen und zartrosa Trieben. Vögel sangen fröhlich auf den Ästen, und alle Tiere lebten in Harmonie miteinander. Es waren genug Pflanzen für alle da, jeder wurde satt, keiner jagte den anderen, und niemand kannte das Wort Neid. Das war so, weil eine riesige, scheinbar unüberwindliche Mauer irgendwann errichtet worden war. Jenseits des aufregenden Gartens hatte man alles funktionsgerecht betoniert, da wildwuchernde Pflanzen und ungebändigte Flüsse nur die Jagd aufeinander behinderten. Es gab kaum Plätze zum Verweilen, es gab nichts zu bestaunen, und der Ablauf eines jeden Tages war bestimmt durch das Jagen und Gejagtwerden. Viele schwächere Tiere wollten gerne über die hohe Mauer springen, um dem gehetzten Leben zu entfliehen. Doch tausend Jahre alte Schildkröten, die nie eine Chance hatten, über das Bollwerk zu kommen, erzählten, daß dahinter ein tiefer Abgrund sein könnte. Und so traute sich keiner, einfach hinüberzuspringen, und auf die Mauer hinauf konnte man nicht, weil das die darauf angebrachten Glassplitter und spitzen Nägel verhinderten. Nur ein verzweifelt mutiger Löwe wagte es eines Tages, nachdem er den letzten gesunden Zahn beim Wegbeißen jüngerer Rivalen auch noch verloren hatte. Er überredete seinen Freund, einen neugierigen Affen, den Sprung ebenfalls zu riskieren und mitzukommen, gleichgültig, was die anderen erzählten. Die Neugierde und Hoffnung des Affen war größer als die Angst, und so flog er, festgekrallt auf dem Rücken des Königs der Tiere, über die gefährlich unbekannte Grenze ihres Lebensraumes. Auf alles gefaßt, landeten sie auf einer moosweichen, herrlich grünen Wiese und dachten, sie wären gestorben und irgendwie im Paradies gelandet. Doch langsam, so nach und nach begriffen sie. So lebten sie eine lange Zeit in Freundschaft mit allen anderen Lebewesen und genossen das leichte heitere Leben im wildwuchernden Urwald. Als sie von vereinzelt über die Mauer kommenden

Tieren erfuhren, daß es immer trostloser und gefährlicher auf der anderen Seite zuging, beschloß der Löwe, zurückzuspringen in sein altes Reich, um allen von der Leichtigkeit des Lebens außerhalb der Begrenzung zu berichten.

So kam es, daß Tausende mit verschiedenen Hilfsmitteln die künstliche Sperre überwanden und durch die verletzliche Natur trampelten. Es waren so viele, daß sie nur sich selbst wahrnahmen und sonst nichts sahen. Schon nach kurzer Zeit kam ihnen die übersichtliche Ordnung ihrer betonierten Welt wie das Paradies vor, in dem sie nichts behinderte beim Vergleichen, Jagen, Verfolgen und Übereinanderherfallen.

So kamen sie nach und nach alle wieder zurück in ihre anheimelnde Wüste, und sie traten, bespuckten und verletzten den scheinbar verlogenen Löwen, der sie aus ihrer gewohnten Bahn geworfen hatte, ohne ihnen eine neue Heimat bieten zu können. Mit letzter Kraft sprang der Löwe auf die Mauer und starb dort mit einem letzten Blick auf die zertrampelte Natur.« Bei Tilos letzten Worten war Claudine leise aus dem Badezimmer gekommen und hatte sich still zu ihnen gesetzt.

Lara blickte mit ernstem Gesicht und klugen Augen auf seine Lippen und schob ihre kleine Hand in seine und fragte: »Was hat denn der Affe gemacht, wo er doch plötzlich so alleine war?« Tilo fühlte die Liebe zu diesem kleinen Wesen mit körperlichem Schmerz und antwortete: »Weißt du, der Affe fraß vergorene Äpfel und war einige Tage betrunken, und dann begrub er seinen Freund und zog fort aus dem verwüsteten Garten. Immer weiter, bis er eines Tages am Ende des Landes ans Meer kam und neue Freunde fand. Hier auf der Insel.«

Aufgeregt sprang Lara hoch und stürmte davon, um die Geschichte ihrem Vater zu erzählen. Claudine hatte Tilo umarmt, und er spürte, daß das Reh jetzt vom Auto erfaßt wurde. »Ich bin schwanger.« Noch hatte er den Knall nicht verspürt. »Ich bin am Anfang des vierten Monats.« Jetzt wurde er endgültig erfaßt und flog durch die Luft. Das also hatte sie gewollt und Arnim nicht. Er nahm sie in seine Arme und wußte, daß er diesmal mit ihr über eine Mauer springen mußte. Und wieder war es ungewiß, wo sie landeten.